집

김언수 소설

제

jab-jab!!

문학동네

차례

잽

나에게는 오래된 샌드백이 하나 있다. 1미터 20센티미터쯤 되는 걸 이용으로 당시로서는 권투 도장에서나 쓰는 천연 소가죽의 고급 샌드백이었다. 그것은 아직도 우리집 마당의 감나무 가지에 매달려 있다. 하지만 몇 년이고 비와 바람에 그대로 방치되어서 이제는 살짝 건드리기만 해도 안에 있는 톱밥과 모래를 다 토해낼 것처럼 낡아버렸다. 고등학교를 졸업하고 나서 나는 단 한 번도 그 샌드백을 치지 않았다. 어째서 그랬을까. 지나가는 길에 장난삼아 한번쯤 툭 쳐볼 수도 있었을 텐데 말이다.

근육이라고는 하나도 없는 요즘의 깡마른 내 몸을 보면 아무도 믿지 않겠지만 나는 권투를 배운 적이 있다. 고등학교 1학년 가을부터 고등학교를 졸업할 때까지였다. 선수로 뛴 것은 아니지만 그렇다고 단순히 취미생활이나 체력단련을 위해 배운 것도 아니었다. 에두아르 마네는 열다섯 살을 두고 '세계를 다이너마이트로 폭파시키고 싶은 나이'라고 말했다. 꼭 그런 기분이 드는 시절이었다. 나는 늘 무언가에 잔뜩 화가 나 있었는데 그 분노의 정체는 대체로 터무니없거나 나 자신도 이해할 수 없는 것들이 대부분이었다.

나는 학교의 모든 것이 맘에 들지 않았다. 그중 가장 맘에 들지 않았던 것은 소년들이여 야망을 가져라! 동상이었다. 길에서 운 좋게 다이너마이트 같은 걸 줍게 된다면 나는 우선 그 동상부터 폭파시킬 생각이었다. 2미터 40센티미터 정도로 보통 사람의 키보다 훨씬 크게 제작된 그 청동 동상은 학교 정문 앞에 서 있었다. 그것은 맨손으로 시작을 해서 자수성가한 이 고등학교의 설립자 얼굴을 본뜬 것이라고 했다. 동상은 무적의 전차 군단을 이끌었던 에르빈 롬멜 장군이 자신의 전차 위에서 마지막 돌격 명령을 내릴 때처럼 하늘을 향해 45도로 팔을 뻗는 듯 결연한 형상을 하고 있었다. 그리고 동상의 발아래 대리석에는 큼지막한 글씨로 소년들이여 야망을 가져라! 라고 쓰여 있다. 하지만 설립자의 얼굴을 되도록 사실적으로 그리려 했던 조각가의 예술적 취향 때문인지, 아니면 청동 주조 과정의 실수 때문인지 주름이 많이 지고 잔뜩 인상을 찌푸리고 있는 것처럼 보이는 동상의 얼굴은 소년들에게 야망을 심어주려는 의도와는 거리가 먼 것이었다. 오히려 그 동상은 '내가 왜 로댕 갤러리 같은 곳에 있지 않고 고등학교 정문에서 저 멍청이들에게 야망 따위나 심어주고 있는 것일까' 하는 짜증스러운 표정을 짓고 있었다. 내 생각에도 소년들이여 야망을 가져라! 동상은 로댕 갤러리 같은 곳에 우아하게 서 있는 편이 그 자신에게도 소년들에게도 훨씬 나았을 것이다.

동상 아래를 지나가다보면 늘 주눅이 들었다. 학교에는 등교를 할 때마다 그 동상 아래에서 몇 초간 눈을 감고 자신의 야망에 대해 묵상을 해야 한다는 터무니없는 교칙이 있었다. 등교 시간이 되면 정문 앞에서는 학생주임 선생이 몽둥이를 들고 서 있고, 동상 아래를 지나가는 소년들은 모두들 저마다 가슴속에 그럴듯한 야망 한 가지쯤은 가지고 있다는 듯 죽기 직전의 늙은 코끼리가 눈을 껌벅거리는 것처럼 3초쯤 눈을 감고 자신의 야망에 대해 생각을 하는 것이다. 그 야망이 현실적으로 가능하든 그렇지 않든 간에 상관없이 말이다. 돌이켜보면 2천 명이나 되는 소년들이 학생주임 선생의 몽둥이 앞에서 아침마다 자신의 거대한 야망을 묵상하는 모습은 꽤나 이상한 풍경인 것이다.

불행하게도 그 시절의 나에게 야망이라고는 전혀 없었다. 그래서 나는 소년들이여 야망을 가져라! 동상 앞에서 형식적으로 눈을 감을 때마다 내 인생은 어딘가 잘못된 것이 아닐까, 하는 생각이 들곤 했었다. 소년들에게는 모두 의사가 된다든지, 변호사가 된다든지, 아니면 어떤 대학에 합격하겠다든지 하는 식의 야망이 있었지만 나는 의사나 변호사가 되는 것이 어떻게 소년들이 응당 가져야 할 야망이 될 수 있는지조차 이해하지 못하고 있었다. 나는 딱 한 번 같은 반 친구 녀석에게 "너는 야망이 있니?" 하고 물은 적이 있었다. 녀석은 마치 말하는 법을 까먹은 것처럼 매우 조용한 성격이었고 반 아이들 누구와도 어울리지 않는 외톨이였다. 그래서 어쩌면 녀석도 나와 비슷한 상태에 있을지도 모른다고 생각했다. 그러나 그 친구는 소년이라면 당연히 그 정도 야망은 가지고 있어야지 하는 표정으로 "물론이지. 의사가 되는 것이야!" 하고 1초의 머뭇거림도 없이 단호하게 말했다. 내가 이해할 수 없다는 표정을 짓자 그 친구는 자신의 말을 못 알아들었다고 생각했는지 "의사 말이야. 환자 고치는 의사 몰라?" 하고 되물었다. 나는 "의사는 그냥 직업이지. 직업과 야망은 좀 다른 거잖아?" 하고 되물었다. 그 친구는 잠시 고개를 갸웃거리더니 내가 아주 이상한 말을 한다는 듯이 "그게 그거 아닌가? 나는 뭐가 이상한지 잘 모르겠는데? 어쨌든 청소부가 되는 것보다는 의사가 훨씬 낫잖아?" 하고 시큰둥하게 말했다. 얼핏 그럴 것 같기는 하다. 하지만 의사가 되어서 뭘 하겠다는 것도 아니고 단지 의사가 되는 것이 청소부가 되는 것보다 왜 '어쨌든' 나은 것일까? 이해할 수 없는 노릇이었다.

그날은 토요일이었다. 수업시간에 나는 창밖의 운동장을 바라보고 있었다. 운동장에서는 아름다운 회오리바람이 9월의 은행나무 잎사귀들을 둘둘 말아 하늘 높이 올려보내고 있었다. 은행 잎사귀들은 회오리바람의 형상을 따라 나선형으로 빙글빙글 돌면서 국기게양대보다 더 높이 치솟아올랐다. 팽이의 가파른 회전처럼, 토성의 띠를 이루는 얼음 알갱이들처럼 은행 잎사귀를 머금고 빙빙 도는 바람의 모습은 놀랍고 아름다웠다. 나는 그때까지 바람의 형상을 본 적이 없었다. 내게 바람은 산소나 질소처럼, 혹은 사랑이나 분노처럼 아무런 육체도 가지지 않는 존재였다. 하지만 그날 내 눈앞에 보인 것은 근육과 힘줄을 가지고 있는 바람 그 자체였다. 그리고 아주 아름다웠다. 나는 나도 모르게 "아!" 하고 감탄사를 내뱉었다.

그때 해골처럼 깡마른 얼굴과 물기라고는 찾아볼 수 없는 건조한 피부 때문에 실리카겔이라는 별명을 가진 윤리 선생이 판서를 멈추고 뒤를 돌아보았다. "방금 누가 이상한 소리를 질렀나?" 실리카겔이 물었다. 아이들은 침묵했다. 실리카겔은 그 특유의 성마른 시선으로 아이들을 계속 노려보고 있었다. 할 수 없이 내가 손을 들었다. 실리카겔이 손가락을 까닥거려 나를 교탁 앞으로 불렀다. "뭘 하고 있었나?" 차갑고 건조한 목소리였다. 나는 그런 경이롭고 아름다운 풍경은 소년의 인생에 몇 번 오지 않는 일이라고 생각했고 선생도 내 마음을 이해할 거라고 믿었다. 그래서 나는 정직하게 말했다. "창밖에서 돌고 있는 아름다운 회오리바람을 보고 있었습니다." 실리카겔이 어처구니없다는 표정으로 나를 노려보았다. "뭐? 뭘 보고 있었다고?" 나는 다시 한번 또박또박 "은행 잎사귀를 둥글게 감아올린 회오리바람이 국기게양대보다 높이 솟아오르는 것을 보고 있었습니다. 굉장히 아름다운 바람이었습니다" 하고 말했다. 내 말이 엉뚱하다고 생각했는지 아이들이 책상을 치며 요란스럽게 웃었다. 실리카겔은 잠시 나를 멀뚱멀뚱 바라보다가 "이 새끼가…… 돌았나" 하고 말했다. 그러더니 시계를 벗어 교탁 위에 올려두고 내 뺨을 때리기 시작했다. 한대! 두 대! 세 대! 네 대! 나는 교탁에서 교실 문까지 뒤로 물러서며 계속해서 뺨을 맞았다. 뺨이 아픈 게 아니었다. 정작 나를 슬프게 한 것은 소년의 마음속에 새겨진 아름다운 풍경이 아이들 앞에서 우스개가 되고 선생에게 조롱거리가 된 것이었다. 나는 교실 문에 등을 댄 채 한참이나 뺨을 맞았다. 그때 갑자기 내 마음 깊은 곳에 있던 너무나 창백하고 슬픈 것들이 목구멍으로 북받쳐올라왔다. 나는 뺨을 때리고 있는 실리카겔의 가슴을 힘껏 밀쳤다. 그리고 머리를 쥐어뜯으며 미친 듯이 소리를 질러댔다.

"우아악! 우아악! 우아악!"

실리카겔은 깜짝 놀라서 서너 걸음 뒷걸음치다 멍하니 서버렸고, 아이들도 아무 말 없이 나를 바라보고 있었다. 세상의 모든 것이 일순간 정지되어버린 느낌이었다.

나는 아이들이 모두 돌아간 텅 빈 교실에서 오후 내내 앉아 있었다. 명목은 반성문을 쓰라는 것이었다. 하지만 대체 무엇을 반성하란 것일까. 아무리 생각해도 반성할 것이 없었으므로 나는 백지를 그대로 남겨둔 채 교실 창틀에 팔꿈치를 괴고 오후의 태양을 따라 운동장의 골대 그림자가 길게 늘어지는 광경을 바라봤다. 혼자 교실에 남아 토요일 오후의 교정을 바라보는 것은 꽤나 기묘하고도 쓸쓸한 기분이 드는 일이었다. 3시쯤 되자 담임이 뒷문을 열고 나를 잠시 바라보더니 교무실로 오라고 했다.

"그래서 너는 잘못한 게 없으니까 반성문에 쓸 말도 없다는 거지?" 백지 반성문을 내 얼굴 앞에서 팔랑거리며 담임이 물었다.

나는 아무 말도 없이 가만히 앉아 있었다. 선생들끼리 무슨 회식이라도 있는 건지 교무실 끝에서 누군가가 "김선생님, 이선생님, 이제 그만 갑시다" 하고 말했다. 담임이 내 얼굴을 쏘아봤다.

"선생님에게 반항이나 하고, 너 이 새끼 정말 혼 좀 나야겠구나." 담임이 말했다.

"너무 다그치지 마세요. 저 나이 때는 으레 그런 거니까요." 옆에 있던 실리카겔이 내 백지 반성문을 보고 피식 웃으며 말했다.

담임이 자리에서 일어나서 실리카겔에게 다 자신의 부덕이라고 다시 한번 정중하게 사과를 했다.

"원 김선생님도, 별말씀을요." 실리카겔이 말했다.

"아닙니다. 이런 녀석은 따끔하게 혼이 나야죠. 너 오늘 테니스장이랑 그 옆에 붙어 있는 화장실 청소하고 소사 아저씨에게 검사받고 가. 반성문을 못 쓰겠으면 졸업할 때까지 매주 토요일마다 청소하는 거다. 어디 네 잘난 고집이 얼마나 가는지 보자." 담임이 말했다.

실리카겔은 담임의 벌칙이 흡족한 듯 고개를 끄덕였다. 그러고 갑자기 드라마에나 나오는 자상한 아버지처럼 내 머리를 쓰다듬으며 "그나저나 그 회오리바람이 그렇게 아름다웠냐?" 하고 비웃듯이 물었다.

테니스장과 그 옆에 붙어 있는 화장실 청소를 끝내고 나는 버스를 타지 않고 걸어왔다. 고등학교에 입학하고서 나는 한 번도 그 길을 걸어서 와본 적이 없었다. 언제나 삼촌의 냉동 트럭을 타고 학교에 갔고 집으로 돌아올 때는 혼자서 버스를 타고 왔다. 하지만 그날은 걷고 싶었다. 집으로 돌아오는 길은 버스로 30분쯤 되는 거리로 결코 짧은 길이 아니었다. 상관없었다. 나는 할 수만 있다면 지구 반대 방향으로 한 바퀴쯤 돌아서 집에 가고 싶은 심정이었다.

권투 도장 광고 포스터를 보게 된 것은 한 시간쯤 걸었을 때였다. 전봇대에 삐뚜름하게 붙어 있는 그 포스터는 영화 〈록키〉에서 아폴로와 록키가 서로의 얼굴을 동시에 가격하는 장면을 모방한 것이었다. 그리고 포스터 아래쪽에는 매직으로 '선수로 뛸 사람들만 모집합니다'라는 글귀가 초등학생이 쓴 것 같은 삐뚤삐뚤한 글씨체로 적혀 있었다. 왜 그랬는지 모르겠지만 툭 튀어나온 광대뼈의 사내가 주먹을 맞고 얼굴이 찌그러져 있는 그 사진이 내 마음을 끌었다. 광대뼈의 사내는 그 누구도 때리고 싶지 않은 얼굴이었다. 하지만 상대편이 때리므로 어쩔 수 없이 자신도 주먹을 뻗을 수밖에 없다는 슬픈 표정을 짓고 있는 것 같았다. 나는 그 포스터를 30분도 넘게 바라보았다. 그리고 포스터에 적혀 있는 주소를 수첩에 쓰고 느닷없이 권투 도장을 찾아갔다.

권투 도장 앞에서 나는 한참이나 머뭇거렸다. 그것은 무뚝뚝하고 거친 근육질의 사내들이 어슬렁거릴 것 같은 권투 도장에 대한 막연한 두려움 때문만은 아니었다. 오래전에 지어진 일본식 목조건물 도장이 너무나 낡아 보여서 지금도 운영을 하고 있는지 알 수 없었기 때문이었다. 하지만 조금 더 가까이 다가가자 누군가 줄넘기를 하는지 마룻바닥을 탁탁 치는 소리가 들려왔다. 광대뼈의 그 사내가 아직도 도장에서 운동을 하고 있을까, 뭐 그런 생각을 했던 것 같다. 나는 조심스럽게 문을 열고 도장 안에 들어섰다.

도장은 무엇이든 낡아 있었다. 마루로 되어 있는 바닥에서는 햇빛을 받은 곳마다 먼지가 흩날리고 있었다. 조용히 들어갔다가 내키지 않으면 살짝 빠져나오려고 했는데 문에서는 아주 심하게 삐걱거리는 소리가 났다. 샌드백을 치고 있는 사내와 다른 편에서 샌드백을 잡고 있는 사내가 나를 힐끗 쳐다보았다. 하지만 그것은 아주 잠시였다. 샌드백을 잡고 있는 사내가 계속하라는 듯 손바닥으로 탕탕 샌드백을 쳤고, 그러자 반대쪽에 있는 사내가 샌드백을 계속 때렸다. 링 건너편에서 줄넘기를 하고 있는 사내는 이방인 따위에게는 관심이 없다는 듯 계속 줄넘기를 하고 있었다. 나는 5분도 넘게 도장 입구에 쭈뼛

대며 서 있었다. 백화점 입구에서 여직원이 문을 열어주며 "어서 오세요" 하고 밝게 인사를 건네는 그런 환대를 기대한 것은 아니었지만 너무하다 싶은 무관심이었다. 나는 아무도 내게 다가와 무슨 일이냐고 물어볼 분위기가 아니라는 것을 깨닫자 줄넘기를 하고 있는 사내에게 다가가서 권투를 배우러 왔는데 누구를 만나면 되느냐고 물었다. 줄넘기를 하고 있던 사내는 잠시 줄넘기를 멈추고 화장실 쪽으로 나 있는 조그만 사무실을 손가락으로 가리켰다.

관장은 사십대 후반쯤 되는 사람이었다. 이마에 파인 깊은 일자주름과 까맣게 그을린 피부 때문에 고생을 많이 한 사람 특유의 고집스러운 인상이었다. 권투 도장에서 왜 그런 것이 필요한지는 알 수 없었지만 관장은 드라이버로 단거리 육상 선수들이 신는 스파이크 슈즈에 나사를 박는 중이었다. 운동화는 아주 낡은 것이어서 그가 새로 박아넣은 나사는 유난히 빛나 보였다. 나는 열려 있는 문을 톡톡 두들긴 다음 "저, 뭐 좀 물어볼 게 있는데요" 하고 말했다. 관장은 나를 힐끗 쳐다보고는 다시 스파이크 슈즈로 시선을 돌렸다.

"설마 권투를 배우러 온 것은 아니겠지?" 관장이 스파이크 슈즈에 시선을 고정한 채 드라이버로 나사를 돌리며 말했다.

'설마'라니 맥빠지는 기분이었다.

"그럼 설마 이곳에 춤을 배우러 왔겠습니까?"

나는 관장이 내 말을 듣고 조금이라도 웃어주기를 바랐지만 관장은 웃지 않았다. 대신 미간을 잔뜩 찌푸리고서 나를 올려다보았다. 그리고 몹시 귀찮다는 표정으로 자리에서 일어나더니 내 어깨와 팔을 만졌다.

"권투는 뭐하러 배우려고?"

"그냥 권투가 배우고 싶습니다."

"그냥, 권투가, 배우고, 싶다."

관장은 나의 진심이 무엇인지 알아내려는 것인지, 아니면 내 말이 그저 우습게 들려서 그랬던 것인지 내가 했던 말을 한마디씩 끊어서 천천히 다시 말했다.

"몇 살이야?"

"열일곱요."

"선수로는 부적격이야. 턱이 뾰족하고 목도 가늘고 길어. 그런 턱은 카운터를 맞으면 한 방에 뻗어버리지. 게다가 너는 팔도 짧고."

"선수로 뛸 건 아닌데요."

"강한 정신력이니 체력이니 그딴 걸 단련하고 싶다면 태권도 도장이나 가봐! 여기선 다이어트나 취미생활 같은 것 안 키워."

"왜 취미로 권투를 배우면 안 된다는 거죠?"

"아마추어로는 아무것도 할 수 없으니까. 그따위로 링 위에 올라갔다간 그저 작살나게 얻어터지기나 할 뿐이지."

그저 작살나게 얻어터지기나 할 뿐이지, 왠지 그 말이 맘에 들었다. 그리고 그런 말을 아무렇지도 않게 툭툭 내뱉는 무뚝뚝한 관장이라는 사내도 맘에 들었다. 뭐랄까, 관장은 꿈은 이루어지니 소년들이여 야망을 가져라! 하고 구라를 치는 어른들과는 달라 보였다. 어쩐지 이 시니컬한 사내에게 갑자기 신뢰가 갔고, 그래서 이 도장에서 꼭 권투를 배워야겠다는 생각이 들었다.

"사실은 죽도록 패주고 싶은 놈이 있거든요. 하지만 지금은 승산이

18

없을 것 같아서요."

내 말이 끝나자 관장은 고개를 들어 내 얼굴을 바라봤다. 그리고 실리카겔에게 뺨을 맞아서 통통 부어오른 내 얼굴을 유심히 살펴보더니 뭔지 알겠다는 듯 피식 웃음을 터뜨렸다.

"센 놈이야?"

"아마도요."

"뭘 하는 놈인데."

"그놈 아버지가 올림픽 유도 동메달리스트예요."

"요 앞 삼거리에서 유도 도장 하는 놈?"

"네."

"하지만 아버지가 중국집 주방장이라고 해서 아들놈도 자장면을 잘 만드는 것은 아니잖아?"

"그래도 구청 환경과 계장을 아버지로 둔 아들놈보다는 낫겠죠. 게다가 그놈은 덩치가 100킬로그램도 넘어요."

"자넨 몸무게가 얼만데?"

"62킬로그램이요."

관장이 드라이버를 거꾸로 들고 손잡이 부분으로 자신의 손바닥을 톡톡 쳤다.

"100 대 62라. 흠, 그렇다면 적어도 취미로 배우려는 것은 아니군."

"절대 아니죠."

"그럼 그놈을 패줄 수 있을 때까지만 다녀."

어째서 그때 갑자기 유도부 녀석이 튀어나왔는지는 나로서도 이해할 수 없는 일이었다. 자기 아버지의 도장에 다니는 아이들과 어울려 다니며 그 큰 덩치로 거들먹거리는 꼴이 유치하고 얄밉긴 했지만 유도부 녀석과 내가 특별히 악연이 있는 것은 아니었다. 게다가 녀석은 덩치도 엄청나게 커서 설령 특별한 악연이 있다고 해도 결코 싸우고 싶지 않은 상대였다.

어쨌든 유도부 녀석 덕택으로 나는 다음날부터 권투라는 것을 시작하게 되었다. 도장에서만 신는 운동화와 트렁크 팬츠를 샀고, 러닝 셔츠도 몇 벌 샀다. 도장에는 공동으로 쓰는 줄넘기가 많이 있었지만 나는 군이 내 키에 맞는 줄넘기를 하나 샀다. 학교를 마치면 나는 매일 8킬로미터를 달렸고 도장으로 돌아와서 30분 동안 줄넘기를 했다. 링에서 뛰는 것처럼 3분 동안 줄넘기를 하고 1분을 쉬고, 다시 3분 동안 줄넘기를 하고 1분을 쉬는 식이었다. 그리고 마룻바닥에 그려진 발바닥 모양을 따라 스텝을 밟거나, 팔꿈치를 몸에 붙이고, 가드를 올리고, 턱을 바짝 당긴 자세로 전진 더킹과 후진 더킹을 하며 주먹을 피하는 자세를 계속 반복했다. 거울 속의 내 모습은 한 마리의 번데기가 꿈틀꿈틀 기어가는 것처럼 우스꽝스러워 보였다. 두 달 내내 그 자세였다. 관장은 그 자세 하나만을 덜렁 가르쳐주고 주먹을 뻗는 것에 대해서는 단 한마디도 하지 않았다. 이유는 간단했다. 뭐든 처음부터 제대로 해놓지 않으면 나중에는 어떻게 해도 수습이 되지 않을 정도로 엉망이 되어버린다는 것이다. "바보들은 권투가 주먹을 쓰는 거라고 생각하지. 하지만 권투는 9할이 풋워크야. 주먹은 그 황홀한 스텝 위에서 장단만 맞추는 거지" 하고 관장은 말했다. 그 말은 나에게 전혀 설득력이 없었지만 관장이 아무것도 가르쳐주지 않는 한 나로서는 어쩔 수 없는 일이었다. 도장 구석에서 몸을 번데기처럼 잔뜩 움츠린 자세로 앉았다 일어서기를 반복하고 있는 동안에 선수들은 스냅을 줘서 펀치볼을 때리거나 거울 앞에서 원투 스트레이트와 콤비네이션을 연습했다. 그러다가 이따금씩 번데기 흉내를 내고 있는 나를 귀엽다는 듯이 힐끗 쳐다보았다. 처음 얼마 동안 도장 사람들은 내게 한마디 말도 건네지 않았다. 그들은 나보다 서너 살씩은 나이가 더 많은 형들이었고 또 프로 선수들이었다. 그리고 나는 아직도 번데기일 뿐이었다. 하지만 몇 주가 더 지나자 주니어 라이트급 챔피언이었던 형이 내 곁을 지나가며 턱을 더 당기는 것이 좋을 거다, 하고 조언을 해줬고 두 명의 선수가 한날에 경기를 치러 바빠진 코치가 다른 선수의 샌드백을 잡아달라는 부탁을 하기도 했다. 저녁 시간이면 도장 사람들과 강변을 따라 호흡을 맞춰가며 조깅을 하기도 했다. 운동을 끝내고 샤워장에서 다 같이 샤워를 하고 있거나 세탁기에서 꺼낸 관원들의 수건을 빨랫줄에 하나씩 널고 있노라면 어쩐지 그들과 조금씩 친해지고 있는 느낌이었다.

석 달째 도장비를 냈을 때도 관장이 주먹을 어떻게 뻗는지에 대해 가르쳐주지 않자 나는 사무실로 가서 관장에게 따지듯이 물었다.

"도대체 언제까지 이런 자세만 해야 하는 거죠? 주먹을 안 뻗으면 유도부를 잡을 수가 없잖아요."

"어쩌겠나. 유도부만 전문적으로 상대하는 권투에 대해서는 내가 전혀 아는 바가 없는데." 관장은 복싱 잡지를 뒤적거리며 무성의하게 말했다.

하지만 나는 마당 감나무에 샌드백을 하나 걸어놓고 저녁마다 샌드백을 때리고 있었다. 관장이 주먹을 어떻게 뻗는지 가르쳐주지 않아도 샌드백을 치는 건 아무나 할 수 있는 일이다. 샌드백 따위를 잘못 때려서 나중에 무엇이 수습하지 못할 정도로 잘못되어버린단 말인가. 나는 매일 밤마다 기분 내키는 대로 샌드백을 쳤다. 그러고 있노라면 장난삼아 말을 꺼낸 유도부 녀석을 내가 정말 굉장히 증오하고 있는 것처럼 느껴졌다. 사실은 샌드백을 때릴 때 떠오르는 얼굴은 누구라도 상관없었을 것이다. 그게 유도부 녀석이든, 담임이든, 실리카겔이든, 소년들이여 야망을 가져라! 동상이든.

그날은 토요일이었고 또 개교기념일이었다. 개교기념일에는 등교를 하지 않지만 나는 테니스장 청소를 하기 위해 아침 일찍 학교에 가야 했다. 12월의 쌀쌀한 초겨울 바람 속에서 누군가 빨래를 널어놓았는지 잘 마른 침대 시트 냄새가 났다. 어쩐지 쓸쓸한 기분이 드는 날이었다. 모두가 늦잠을 자고 있는 개교기념일에 테니스장 청소 따위를 하겠다고 학교로 터벅터벅 올라가는 기분이 유쾌할 리가 없었다. 회오리바람 사건이 있은 후 석 달이나 지났지만 그때까지 나는 여전히 반성문을 내지 않고 있었다. 대신 매주 토요일마다 테니스장과 그 옆에 붙어 있는 화장실 청소를 했다. 테니스장은 혼자 청소하기에는 지나치게 넓었고 화장실은 아이들이 몰래 피운 담배꽁초로 지저분했다. 게다가 더 큰 문제는 토요일에 테니스를 치는 선생들이 모두 나갈 때까지 교실이나 도서관에서 혼자 시간을 보내야 한다는 것이었다. 모두가 돌아가고 학교에 수위 아저씨와 나밖에 남지 않게 되었을 때에야 나는 테니스장으로 어슬렁어슬렁 내려와 롤러를 밀고 화장실에 물청소를 했다.

하지만 그날은 개교기념일이어서 선생들은 아무도 없었다. 수위 아저씨도 보이지 않았다. 테니스장 청소를 끝내고 나는 운동장 철봉에 거꾸로 매달려 소년들이여 야망을 가져라! 동상을 바라봤다. 그리고 소년을 이따위로 비루하게 대접하면서 어떻게 야망까지 가지라고 하는지, 해도 해도 너무한 거 아니냐고 동상에게 따져물었다. 물론 무뚝뚝한 소년들이여 야망을 가져라! 동상은 내 말에 아무런 대답도 해주지 않았다. 나는 운동 가방을 챙겨들고 권투 도장으로 갔다.

토요일 아침의 권투 도장에는 아무도 없었다. 그래서 나는 한 번도 건드려보지 못한 도장 중앙에 있는 샌드백을 치기 시작했다. 그때까지 나에게는 주먹을 보호하기 위해 끼는 백글러브가 없었다. 그리고 붕대 같은 것을 손에 감지도 않았다. 솔직히 말하면 그 무렵의 나는 샌드백을 때릴 때 그런 것이 왜 필요한지도 모르고 있었다. 처음에는 가볍게 툭툭 샌드백을 건드렸다. 그러다가 나는 점점 더 세게 샌드백을 치기 시작했다. 그것은 조금씩 더 격렬해지고 점점 더 거칠어졌다. 백 번이고 천 번이고 계속해서 샌드백을 때리다보면 내 속에 있었다고는 도무지 믿어지지 않는 증오심이 생겨난다. 파란불이 들어오지 않는 학교 앞 건널목의 신호등이라든지, 소년들이여 야망을 가져라! 동상의 얼빠진 표정이라든지, 수업시간에 잠시 졸았다는 이유로 분필지우개로 얼굴을 때리거나 단지 독일어 불규칙 동사를 제대로 암기하지 못했다는 이유로 복도에 한 시간씩 머리를 처박게 하면서 소년들에게 야망을 가지라고 강요하는 이 어처구니없는 학교에 대해서, 인근 고등학교 중에서 가장 촌스러운 교복이나 점심 급식에 나오는 맛

없는 샐러드나 혹은 학생 생활기록부에 박혀 있는 맘에 안 드는 내 증명사진에 대해서, 그리고 자신을 밀쳤다는 이유로 수업시간마다 계속해서 나를 웃음거리로 만들고 있는 실리카겔의 얄밉고 소심한 복수에 대해서 조금씩, 조금씩 증오심이 생겨나는 것이다. 선생씩이나 되어먹은 작자가 그게 대체 뭐하는 짓이냔 말이야! 하고 나는 속으로 소리쳤다. 마치 과즙기에서 일그러진 채 빠져나오는 과일 찌꺼기처럼 그러한 것들이 내 마음 어떤 곳에서 비틀어진 채로 흘러나와 다시 하나의 거대한 분노로 뭉쳐졌다. 그리고 이 세상은 어딘가 분명 틀려먹었다는 생각이 드는 것이다. 나는 심장이 터질 것처럼 숨을 헐떡이며 계속해서 샌드백을 때렸다. 얼마나 지났던 것일까. 누군가 뒤에서 내 팔을 잡았다. 관장이었다.

"그만해. 손에서 피가 나잖아."

정말로 내 주먹에서는 피가 나고 있었다. 오른손 왼손 할 것 없이 온통 피부가 다 벗겨져 있었다. 관장은 나에게 잠시 기다리라고 말하고는 사무실에 들어가서 구급약통을 가져왔다.

"왜 이런 짓을 하지?" 주먹에 과산화수소를 부으면서 관장이 물었다.

"잘 모르겠어요. 왜 그러는지." 내가 대답했다.

"늘 그렇게 화가 나 있나?"

"네, 늘 화가 나 있어요. 하지만 그것도 왜 그런지 모르겠어요."

관장이 상처 부위에 빨간약을 바르고 다시 그 위에 흰 가루약을 뿌린 다음 붕대로 상처를 천천히 감쌌다. 그리고 가위와 붕대와 소독약을 구급약통 속에 집어넣었다. 나는 흰 붕대에 감싸여 있는 내 주먹을 우두커니 바라보고 있었다. 관장이 윗주머니에서 담배를 꺼내 한 대 물고는 불을 붙였다.

"정말로 유도분가 뭔가 하는 100킬로그램짜리 덩치랑 한판 붙을 생각이야?"

관장이 내 얼굴을 정면으로 바라보고 있었다. 내가 고개를 끄덕였다.

"그렇게 막무가내로 때려서는 유도부는커녕 쥐도 못 잡아. 네가 휘두른 주먹에 다치는 건 네 주먹뿐이지."

관장은 피우던 담배를 유리 재떨이 위에 올려놓고 자리에서 일어나 권투 자세를 잡더니 허공을 향해 두어 번 잽을 뻗었다. 빠르고 근사한 잽이었다.

"이게 잽이라는 거다. 어깨와 주먹에 힘을 빼고, 툭툭, 주먹으로 치는 게 아니라 냉장고에서 방울토마토를 재빨리 꺼내온다는 느낌으로 팔을 뻗는 거야. 툭툭, 스텝을 밟으면서 기계적이고 반복적으로, 툭툭, 발의 움직임을 따라 몸에 리듬을 타면서, 툭툭, 상대가 짜증이 나도록, 상대가 초조해지도록, 상대의 얼굴에서 서서히 분노가 차오르도록 툭툭, 계속해서 날리는 거야. 그럼 알아서 무너져. 잽으로 다 무너뜨린 다음 한 방에 보내는 거지. 해봐."

나는 자리에서 일어나 관장이 가르쳐준 대로 주먹을 뻗었다. 어깨에 힘을 빼, 주먹을 날리는 게 아니야, 재빠르게 방울토마토를 가져오는 거야. 관장의 목소리가 들려왔다. 관장이 재떨이 위에 있는 담배를 들어 한 모금을 빨고 다시 재떨이 위에 올려놓았다. 그리고 다시 권투 자세를 잡고 잽을 날렸다. 툭툭.

"링이건 세상이건 안전한 공간은 단 한 군데도 없지. 그래서 잽이 중요한 거야. 툭툭, 잽을 날려 네가 밀어낸 공간만큼만 안전해지는 거지. 거기가 싸움의 시작이야. 사람들은 독기나 오기를 품으라고 말하지. 마치 싸움을 할 때 독기를 품으면 훨씬 도움이 되는 것처럼 말하지. 하지만 실제로 그렇게 뜨거운 것들은 결코 힘이 되지 않아. 그렇게 뜨거운 것들을 들고 싸우면 다치는 건 너밖에 없어. 정작 투지는 아주 차갑고 조용한 거지. 상대방은 화가 나 있어. 네가 자기 땅에 함부로 들어왔으니까. 네가 그의 자존심에 상처를 줬으니까. 상대방은 아주 뜨거워졌지. 하지만 너는 차가워. 너는 그저 냉장고에서 방울토마토를 가져오고 있는 중이니까. 툭툭, 방울토마토 하나. 툭툭, 방울토마토 두 개. 툭툭, 방울토마토 세 개. 상대방의 얼굴이 피투성이가 되어도 여전히 방울토마토를 가볍게 가져올 수 있는 마음이 필요한 거지. 싸움은 그렇게 잔인한 거야. 어때? 너는 끝없이 잽을 날리는 인간이 될 수 있을 것 같아?"

관장이 팔을 내리고 숨을 몰아쉬었다. 그리고 내 눈을 똑바로 바라봤다.

"끝없이 잽을 날리는 인간이 못 되면요?"

"홀딩이라는 좋은 기술도 있지. 좋든 싫든 무작정 상대를 끌어안는 거야. 끌어안으면 아무리 미워도 못 때리니까. 너도 못 때리고 그놈도 못 때리고 아무도 못 때리지."

나는 어떤 종류의 인간이었던 것일까? 상대방의 얼굴이 퉁퉁 부어오르고 피투성이가 될 때까지 끝없이 냉장고에서 방울토마토를 가져오듯 가볍게 잽을 날릴 수 있는 인간? 아니면 싫든 좋든 무작정 상대를 끌어안는 인간? 글쎄, 잘 모르겠다. 사실 나는 그 무엇에도 어울리는 인간이 아니었다. 야망도 없고, 마땅히 하고 싶은 일도 없고. 잽도 못 날리고, 홀딩은 더더욱 못 하는 그런 인간이라고나 할까.

하지만 나는 고등학교를 졸업할 때까지 권투 도장을 계속 다녔다. 누군가를 흠씬 두들겨패지도 못했고 누군가에게 흠씬 두들겨맞지도 않았다. 누군가를 향해 끝없이 잽을 날리는 인간도 되지 못했고 누군가를 무작정 끌어안지도 못했다. 그저 나는 강변을 따라 매일 8킬로미터씩 달리기를 하고, 도장에 돌아와 스텝을 밟고 줄넘기를 하고, 거울 속에 있는 멍청한 왼손잡이 사내를 향해 수천 번의 잽과 어퍼컷을 날렸다. 그리고 주말이 되면 테니스장과 화장실 청소를 했다. 나쁜 일만 있었던 건 아니었다. 주말 오후에 테니스를 치던 선생들이 모두 돌아가고 청소를 할 무렵이면 내가 좋아하는 예쁜 여선생이 테니스를 치러 오기도 했다. 이제 막 대학을 졸업한 사회 과목을 가르치던 선생이었다.

"끝난 거니?"

"괜찮아요. 기다릴 수 있으니 치세요."

"미안해. 테니스는 배우고 싶은데 너무 못 쳐서 사람들 앞에 서기가 부끄러워."

여선생이 멋쩍은 듯 테니스 라켓을 빙글빙글 돌리며 테니스장을 둘러봤다. 그리고 다소 수줍은 표정으로 나를 바라봤다.

"부탁이 있는데, 내 공 좀 받아줄 수 있어?"

내가 여선생의 공을 받아줬다. 통, 틱, 통, 틱, 통, 탁, 어? 앗! 이런.

"미안해."

"괜찮아요."

"내 테니스 실력 너무하지?" 여선생이 아주 미안한 표정으로 물었다.

"눈으로 직접 봐도 믿기 힘든 운동신경이죠." 내가 웃으면서 말했다.

"그런데 넌 주말마다 왜 혼자서 테니스장 청소를 하는 거니? 벌이야?"

"말하자면 복잡해요. 그냥 남들은 보지 못한 아름다운 회오리바람을 혼자 봐버린 죄라고 해두죠."

"아름다운 회오리바람?"

"제 인생을 말아먹은 그런 굉장한 바람이 있어요."

학년이 바뀌어 2학년이 되었을 때 나는 매일 8킬로미터씩 달리던 거리를 12킬로미터로 늘렸고 여름방학에는 시합에 나가기 위해 식단을 조정하고 체중 조절을 했다. 그리고 토요일이면 변함없이 테니스장과 화장실 청소를 했다. 학교 도서관에는 식민지 시절에 출판됐을 것 같은 낡고 오래된 세계문학전집이 있었다. 깨알 같은 글씨의 한없이 지루한 소설들이 대부분이었다. 하지만 아무도 신경쓰지 않는 학교 도서관에서 그것 말고는 별달리 읽을 책도 없었다. 공 튀는 소리, 고함을 지르는 소리, 파이팅과 탄식 소리, 선생들의 짜증나는 웃음소리가 멈추고 테니스장이 조용해질 때까지 나는 매주 토요일마다 도서관 귀퉁이에 앉아 세계문학전집을 읽었다. 그리고 테니스장이 조용해지면 혼자 내려와서 테니스장과 화장실 청소를 했다.

2학년의 새 학기가 시작되었을 무렵 실리카겔이 테니스장으로 찾아왔다. 나는 그때 롤러를 밀고 있었고 실리카겔은 테니스장의 펜스 끝에 우두커니 서서 나를 노려보고 있었다. 실리카겔은 반성문 때문에 아직도 내가 토요일마다 청소를 하고 있다는 사실에 적잖이 놀란 표정이었다. 실리카겔은 테니스장 철망 끝에서 30분도 넘게 내가 청소하는 것을 지켜보다가 청소가 다 끝날 무렵 테니스장을 가로질러 걸어왔다.

"토요일마다 혼자 남아서 화장실 청소하니 좋냐?" 실리카겔이 빈정거렸다.

잽!

"그렇게 청소가 좋으면 졸업하고도 청소하러 오지 그러냐?"

잽!

"반성문 그깟 게 뭐라고 일 년이나 이 고생을 하냐, 너도 참 어지간한 놈이다."

잽!

"토요일인데 점심은 먹었냐?"

잽?

"나도 아직 안 먹었다. 같이 자장면이나 한 그릇 하자."

실리카겔은 나를 학교 앞 중국집으로 데리고 갔다. 자장면 두 그릇을 앞에 두고 실리카겔은 별말이 없었다. 우리는 대화도 없이 각자 앞에 놓인 자장면을 먹었다. 자장면 위에 뿌린 고춧가루가 유난히 붉어서 어색하고 민망한 식사였다. 자장면 한 그릇을 다 비운 실리카겔이 젓가락을 놓고 엽차를 한 모금 마셨다. 그리고 가만히 내 얼굴을 바라봤다.

"이제 테니스장 청소는 그만해라. 가만히 보니 반성문은 네가 쓸 게 아니라 내가 써야 할 것 같네." 실리카겔이 머쓱한 표정으로 말했다.

홀딩!

하지만 나는 고등학교를 졸업할 때까지 토요일마다 학교에 나가 테니스장 청소를 계속했다. 실리카겔 때문도, 반성문 때문도, 오기 때문도 아니었다. 그냥 그러고 싶었다. 나는 늘 하던 대로 매일 저녁 운동화 끈을 묶고, 호흡을 맞춰 강둑을 달리고, 거울을 보며 잽과 어퍼컷을 날렸다. 그리고 토요일 오후에는 도서관에서 낡아빠진 세계문학전집을 읽다가 선생들이 사라지면 테니스장을 청소했다. 졸업이 가까워지자 학교 수위 아저씨가 "너 졸업하고 나면 이 넓은 테니스장은 누가 청소한다냐, 넌 유급 같은 거 안 하냐? 예전에는 유급 제도도 있어 가지고 학교 4년씩 다니는 놈들도 많더니만, 요즘은 너도 나도 너무 쉽게 졸업을 해" 하며 진심으로 안타까운 표정을 짓기도 했다.

고등학교를 졸업하고 나는 권투를 그만두었다. 도장 로커에서 물건을 빼고 있을 때 관장이 다가와서 물었다.

"그나저나 유도부 녀석은 KO 시켰나?"

"KO까지는 못 시켰지만, 뭐 판정승 정도는 거두었다고 생각해요."

내 말에 관장이 피식 웃음을 터트렸다.

"에이, 싸움에 판정승이 어디 있어. 싸움은 KO 시키거나 KO 당하거나 둘 중에 하나밖에 없는 거지."

나는 천장을 향해 고개를 들고 내 주먹을 맞고 바닥에 쓰러진 사람이 누구인지 잠시 생각했다.

"하긴, 그 말이 맞아요. 싸움에 판정승 따위는 없죠." 내가 웃으면서 말했다.

나는 요즘 활어 트럭 운전을 하고 있다. 보수도 시원치 않고 주로 밤에 고속도로를 달리는 일이라 그리 좋은 직업이라고는 말할 수 없다. 그렇다고 그렇게 나쁜 직업도 아니다. 일은 좀 고되지만 다른 직업처럼 상사에게 간섭도 받지 않고 또 차를 운전하면서 음악도 들을 수 있다. 그것만 해도 대단한 행운이다. 서른쯤 되면 세계를 다이너마이트로 폭파시키고 싶다는 생각 같은 것은 하지 않게 된다. 자잘한 일들로 너무나 바빠져버려서 다이너마이트를 한 트럭 가져다줘도 세상을 폭파시키는 일 따위에는 관심 없게 되는 것이다. 트럭을 재빨리 몰아서 시간을 줄여야 하고, 트럭 할부금도 조금씩 갚아야 한다. 주택청약 적금도 꼬박꼬박 내야 하고, 연말이면 이것저것 영수증을 모아서 세금 공제도 받아야 한다. 그러니 잽 같은 건 날릴 생각도 못한다. 매일매일 누군가에게 흠씬 두들겨맞고 있는 것 같은데 막상 뒤를 돌아보면 아무도 주먹을 내밀지 않고 있는 고요한 세상이어서 도대체 어디다 잽을 날려야 할지 모르겠기 때문이다.

그리고 얼마 전에는 고속도로 휴게소에서 실리카겔을 만났다. 고등학교를 졸업한 지 11년 만이었다. 내가 활어 탱크 위에 올라가서 수온을 재고 있는데 누군가 내 트럭 뒤로 슬금슬금 다가오더니 말을 걸었다.

"어이, 회오리바람. 너 맞구나, 회오리바람."

고개를 돌리자 실리카겔이 아주 반가운 얼굴로 나를 향해 웃고 있었다. 내려가서 인사를 했다. 실리카겔은 많이 늙어 있었다. 몸이 안좋아져서 정년보다 일찍 퇴직을 했다는 이야기를, 하지만 지금은 많이 나아져서 아내와 함께 여행도 다닌다는 이야기를 빠르게 했다. 그리고 실리카겔은 내가 몰고 있는 15톤 대형 활어 트럭을 보고 굉장하다는 듯 입을 벌렸다.

"이 엄청난 걸 네가 모는 거냐?"

"네."

"굉장하다. 어때, 벌이는 생활할 만하고?"

"좋을 때도 있고 안 좋을 때도 있어요. 생선은 계절을 많이 타거든요."

그때 실리카겔의 부인이 우리가 이야기하고 있는 활어 트럭 쪽으로 왔다. 인자한 얼굴을 가진 중년의 여자였다.

"최재구라고 내가 아주 아끼는 제자야. 별명은 회오리바람이라고. 정말 한 고집 하는 친구지."

"반가워요."

사모님이 자상한 미소를 지으며 손을 내밀었다. 내가 손을 잡지 않고 멈칫했다.

"생선 만지던 손이 돼놔서. 좀 더러워요." 내가 약간 부끄러워하며 말했다.

"뭐 어때요. 다 열심히 사느라고 그런 건데."

사모님이 내 손을 꽉 잡았다.

"식사 안 했으면 같이 점심이나 할까?" 실리카겔이 물었다.

"어쩌죠? 빨리 가야 하거든요. 물고기들이 온도에도 예민하고 성질도 더러워서 조금만 지체해도 모두 상해버리거든요."

"마치 너 같은 놈들이구나." 실리카겔이 살짝 웃으며 말했다.

나도 실리카겔을 따라 웃었다.

"그래도 이렇게 보내자니 섭섭한데." 실리카겔이 정말로 섭섭한 표정을 지었다.

"저도 아름다운 사모님과 같이 식사를 하고 싶은데 말이죠. 이놈의 직업이 말썽이군요. 선생님 말씀대로 학교 다닐 때 공부나 열심히 할걸 그랬어요."

"아냐, 아냐, 멋진 직업이야. 이렇게 열심히 사는 모습을 보니 난 참 좋다. 정말 좋아."

식사를 같이 하지 못해 조금 미안한 마음이 들었지만 나는 서둘러 운전석에 올랐다. 정말 시간이 별로 없었다. 활어는 늦지도 빠르지도 않게 운반해야 하고 또 일정한 속도로 달려주어야 한다. 그것이 요령이다. 조금 지체했다고 해서 속도를 내면 탱크 속의 물들이 출렁거리고 그러면 고기들이 스트레스를 받아 죽어버린다. 죽은 생선들이 물을 오염시키면 다른 생선도 죽게 되어 손해가 이만저만한 것이 아니다. 나는 시동을 걸고 다시 한번 실리카겔에게 인사를 했다. 그리고 차를 출발시켰다. 휴게소를 빠져나올 때까지 실리카겔이 내내 손을 흔들고 있었다.

금고에
갇히다

세상에, 어쩌다 이런 멍청한 일이 벌어졌을까.

우리가 금고 문을 연 것은 금요일 밤 9시였다. 금고 문이 열릴 때 들리는 육중하고 맑은 금속성 소리가 좋았다. 사실 그것은 도둑이라면 누구나 좋아할 소리일 것이다. 감탄할 새도 없이, 철기 녀석이 재빨리 가방에서 공구를 꺼내 수없이 많은 개인 금고들을 일일이 따기 시작했다. 역시 귀신같은 솜씨였다. 그때 나는 금고 문이 열릴 때마다 쏟아지는 돈과 보석을 자루 속에 정신없이 주워담고 있었다. 혈관 속으로 아드레날린이 미친 듯이 질주하고 있었다. 그때 여자는 쏟아지는 돈과 보석을 보며 환호성을 지르고 있었다. 흥분한 여자는 미친 듯이 소리를 질러댔고, 이리저리 날뛰었고, 춤을 췄다. 금고의 이쪽 벽에서 저쪽 벽까지 달리기를 하기도 했다. 어쩐지 너무 호들갑을 떤다는 생각이 들었지만 그냥 놔두었다. 저 여자의 심심한 인생에서 이처럼 환호할 만한 일이 과연 몇 번이나 있었겠는가. 참자! 찢어진 비닐 사이로 새는 겨울바람처럼 앙칼진 여자의 웃음소리가 몹시 거슬렸지만 참았다.

어쨌거나, 우리는, 지금, 금고를 열었으니까.

세번째 자루의 매듭을 묶을 때까지 여자는 웃음을 멈추지 않았다. 그러다 결국 일을 냈다. 보석을 온몸에 걸치고 바닥을 데굴데굴 구르면서 연신 깔깔대던 여자가 금고 문에 받쳐둔 나무 버팀목을 발로 걷어차버린 것이다. 버팀목이 빠지자 특수강으로 만들어진 육중한 금고 문은 천천히 움직이며 거짓말처럼 덜컹하고 닫혀버렸다. 아주 느리게 움직였으므로 누군가 재빨리 달려갔다면 막을 수 있었을 것이다. 하지만 아무도 달려가지 않았다. 모두들 바보처럼 우두커니 선 채 금고 문이 서서히 닫히는 광경을 멍하니 보고만 있었다. 금고 문이 닫히는 육중한 소리를 듣고 나서도, 자동으로 작동하는 잠금장치가 돌아가는 소리가 들리고 나서도 우리는 한참 동안이나 이것이 대체 무엇을 의미하는 상황인지 모르고 있었다. 닫힌 금고 문을 멀뚱멀뚱 보고, 서로의 얼굴을 멀뚱멀뚱 보고 있을 때만 해도 우리의 얼굴에는 아직 웃음기가 떠나지 않았다.

"하하하. 친구, 설마 저 문, 정말 닫힌 거 아니지?" 철기가 물었다.

"하하하. 당연히 아니지." 내가 말했다. "아니겠지?" 여자를 향해 눈길을 던지며 내가 다시 말했다.

바닥에 누워 있던 여자가 몸을 추스르더니 머쓱한 표정으로 자리에서 일어났다. 철기가 공구를 집어던지고 터벅터벅 걸어가 금고 문을 살폈다. 금고 앞에서 철기가 한참 동안 탁탁! 끼익끼익! 탕탕! 따위의 소리를 냈다.

"시팔, 이거 진짜 닫혔어." 철기가 말했다.

진짜 닫혔단다. 이런, 정말, 젠장.

그렇게 된 것이다. 그러니까 말하자면, 우리는 지금 금고 속에 갇혀 있는 것이다.

창문도 없고 변기통도 없는, 오직 사방이 특수강으로 된 반들반들한 벽뿐인 금고 속에, "밖에 누구 없어요? 사람이 갇혔어요" 아무리 소리를 질러도 누구하나 대답하지 않는, 설령 대답을 한다 하더라도 금고 주인이 아니라면 문을 열어줄 수도 없는, 이토록 한심한, 이토록 재미없는, 이토록 막막한 금고 속에, 갇혀버렸다.

비현실적인 기분이다. 금고의 차가운 바닥에 엉덩이를 깔고 앉아 있는데도, 특수강으로 된 한쪽 벽면에 머리를 콩콩 찧어봐도 도무지 현실적인 기분이 들지 않는다. 비현실적인 기분이 드는 게 참 당연하기도 하지. 6개월 동안이나 작전을 짜서 힘겹게 열고 들어온 금고 속에서 나무 버팀목 따위를 발로 차서 갇힌다는 게 도무지 말이나 되는가.

하지만 말이 되건 말이 안 되건 정말로 갇혀버렸다. 그것으로 별 다섯 개짜리 특급 호텔에서 샴페인을 터뜨리며 주말연속극을 보겠다는 계획은 물건너가버렸다. 빨간 포르쉐 스포츠카도, 괌과 요트와, 비키니를 입은 해변의 여자도 모두 황이다. 다섯 명의 베네수엘라 미녀들과 한꺼번에 섹스를 하겠다던 철기 놈의 오랜 꿈도 더불어 황이다. 어쩐지 너무 쉽게 풀린다고 생각했다. 우리 주제에 베네수엘라는 무슨.

꽉 막힌 금고에 갇혀 이렇게 하염없이 서로의 얼굴을 보고 있노라니 꼭 감방에 갇혀 있는 기분이다. 하지만 감방보다 더 정이 안 간다. 창문도 없고, 배식구도 없고, 화장실도 없다. 하염없이 심심한 죄수들을 위해 바깥세상의 이야기를 맛깔나게 해주는 나팔수도 없다. 당연히 텔레비전도 없고, 캔맥주도 없고, 캔맥주를 시원하게 해줄 냉장고도 없다. 금요일, 오후 9시. 경찰은 월요일 아침에나 올 것이다. 그때까지 뭘 하나? 금고 속에 수족관이라도 놔두었다면 좋았을 것이다. 천연색의 앙증맞은 열대어들이 노니는 것도 보고. 시종일관 보글보글 거품을 올리는 물레방아도 보고. 하염없이 올라오는 물방울 숫자를 세다보면 시간은 잘도 갔을 것이다. 하지만 수족관은 없다. 이곳에 있는 거라곤 인생을 통틀어 뭐 하나 되는 일이 없었던 한심한 두 남자와 멍청하기 이를 데 없는 여자 한 명, 이제는 경찰의 확실한 증거물 이외에는 아무짝에도 쓸모없는 한 무더기의 돈과 보석뿐이다. 그리고 그저 심심하고 하염없이 심심한 금고 벽뿐이다. 저 벽, 너무 단단해 보인다. 장비도 없지만 장비가 있다 해도 저 벽을 뚫지는 못할 것이다. 월요일에는 경찰들이 들이닥칠 텐데. 저 벽을 뚫으려면 족히 한 달은 걸릴 것이다. 저것은 콘크리트 벽도 아니고 그냥 강철도 아니고 이름도 무시무시한 특수강이다. 아주 단단하게 생겨먹은 특수강의 벽면은 반짝반짝 빛나며 우리의 멍청한 얼굴을 비춰주었다. 그 벽은 자신의 단단함을 자랑하며 너희들이 얼마나 한심한 놈들인지 알고는 있지? 하고 우리를 비웃고 있었다.

안다. 우리도 우리가 얼마나 한심한 놈들인지는 충분히 알고 있다. 전 세계에서 가장 멍청한 도둑상 같은 게 있다면 응당 우리 차지일 거라는 것도 알고 있다.

사실 나는 철기가 가방을 뒤져서 여러 가지 연장을 꺼낼 때까지만 해도 그다지 절망적인 기분에 빠지지는 않았다. 왜냐하면 지금은 고인이 되셨지만 철기의 아버지는 국내 최고의 금고 제작 기술자였고 유수한 금고회사의 기술 자문위원이었으며 무엇보다 최고의 금고털이였으니까. 나는 철기 놈에게 아버지에게 전수받은 막강한 비법이 있을 거라고 막연하게 생각했다. 뭐라도 있겠지. 뭐라도 있겠지. 없을 리가 없지.

그런데 방금 철기가 연장을 집어던지고 한숨을 쉬었다.

"안 돼?" 내가 물었다.

"시팔, 안에서 금고 문 따는 금고털이 봤냐?" 철기가 투덜댔다.

"야, 이 새끼야, 그래도 열정과 진정성을 가지고 좀더 노력해봐." 내가 다그쳤다.

"잠금장치가 문밖에 있잖아. 무슨 구멍이라도 있어야 수작을 벌이지."

정말로 그랬다. 금고 문 뒤쪽은 그냥 반들반들한 벽뿐이었다. 구멍도 잠금장치도 없는 그저 반들반들하기만 한 벽을 가지고 대체 뭘 한단 말인가. 게다가 철기 말대로 금고 안에서 금고 문을 따는 금고털이는 없다. 어떤 금고털이가? 대체 뭐하러? 그딴 짓을 하겠는가. 도둑이 연구해야 하는 것은 오직 금고 밖에서 금고 안으로 들어가는 것뿐이다.

힘이 빠졌는지 철기가 바닥에 퍼더앉았다. 덩달아 나도 바닥에 퍼더앉았다. 여자는 잔뜩 겁먹은 얼굴로 아까부터 무릎을 모은 채 구석

자리에 쭈그리고 앉아 있었다. 철기와 나는 서로의 얼굴을 보고, 천장을 보고, 바닥을 바라봤다. 내가 길게 한숨을 내쉬었다. 한숨 소리를 들었는지 철기가 내 쪽으로 고개를 돌렸다.

"담배 있냐?" 철기가 물었다.

"차에 두고 왔어."

"제기랄, 담배도 없군."

"라이터는 있는데." 내가 말했다.

"라이터는 있어? 지금 장난하냐?" 철기가 짜증을 냈다.

여자가 울기 시작했다. 미안해서 우는 건지, 창피해서 우는 건지, 무서워서 우는 건지 알 수가 없다. 여자도 버팀목을 발로 찬 자신의 발목을 자르고 싶을 것이다.

"닥쳐, 쌍년아. 뭘 잘했다고 울고 지랄이야." 철기가 신경질적으로 말했다.

철기의 거친 목소리가 금고 벽면에 부딪혀 웅성거리며 심벌즈처럼 긴 여음을 냈다. 철기의 거친 목소리에 놀랐는지 여자가 울음을 뚝 멈췄다. 갑자기 금고 안이 조용해졌다. 그리고 한동안 아무 소리도 나지 않았다. 아무도 말하지 않았고 아무도 움직이지 않았다. 우리는 정적 속에서 아주 오랫동안, 그저 가만히, 앉아 있었다.

금고 속의 정적이, 기묘하다. 천장의 할로겐 불빛을 받아 반짝반짝 빛을 내는 수십억 혹은 수백억 원이 넘는 보석과 골동품이, 금세 무감 각하다. 저것들을 호주머니에 집어넣으면 마냥 행복해질 거라고 아주 오랫동안 생각해왔다. 솔직히, 지금도 그렇게 생각하고 있다. 저 반짝 반짝하는 것들을 가지려고 훔치고, 사기치고, 속이고, 거짓말하면서 살았다. 심지어 자신에게도 거짓말을 하고 살았다. 하지만 눈앞에 있고 당장 손에 쥘 수 있어도 결국 금고 밖으로 못 가지고 나간다. 내 인생은 늘 그랬다. 다른 놈들 인생도 비슷할 것이다. 사실 아무도 금고 밖으로 저 반짝이는 것들을 손에 쥐고 나가지 못한다. 그것은 저 보석의 주인들도 마찬가지일 것이다. 금고 밖에 놔두면 불안하니까. 불안하니까.

정말로 호주머니에 저것들을 잔뜩 집어넣으면 행복해질까? 아직 안 집어넣어봐서 모르겠다. 나는 발 앞에 있는 통통한 순금 돼지 한 마리를 신발 끝으로 톡톡 건드려본다. 통통한 순금 돼지가 한쪽으로 톡 꼬꾸라진다. '너도 이 지겨운 금고 밖으로 나가고 싶지?' 내가 묻는다. 하지만 통통한 순금 돼지는 내 질문에 대답하지 않는다. 아마도 그럴 것이다. 요술램프 속에 갇혀 있는 지니처럼 이 금고 속의 수많은 보석과 골동품도 오랫동안 누군가 문을 열어주기를 애타게 기다리고 있었는지도 모른다. 금고 속의 할로겐 불빛 아래가 아니라 금고 밖의 태양 아래서 빛을 내며 자랑하고 싶었을 것이다. 미안하다, 통통한 순금 돼지야. 기껏 문을 열어준 놈들 꼬락서니가, 이 모양, 이 꼴이라서.

시간이 지나자 금고 안의 기이한 정적 속에서 조금씩 소리들이 생겨나기 시작했다. 담배가 없는 게 몹시 아쉽다는 듯이 철기가 긴 한숨을 토해냈고, 어디선가 손목시계의 바늘이 가늘게 책책거리는 소리도 들렸다. 바닥이 불편한지 여자가 몸을 조금씩 움직였고 그때마다 여자의 스커트가 바닥에 미끄러지는 소리도 들렸다. 소리가 난 곳은 여자의 엉덩이 부분일 것이다. 그럴 수도 있고 아닐 수도 있다. 하지만 그렇다고 생각하니 기분이 조금 좋아진다. 철기가 또 한번 길게 한숨을 쉬었다. 아직까지 담배 생각을 하고 있을 것이다. 이제 그만 포기해라. 여기 담배는 없다. 여자가 다시 소리를 내며 울기 시작했다. 특수강에 얼굴을 비추며 이 사이에 끼인 고춧가루를 빼내던 철기가 여자를 날카롭게 째려봤다. 철기의 시선을 느꼈는지 여자가 울음을 뚝 그쳤다. 하지만 여자의 눈에서는 여전히 눈물이 흘러내리고 있었다. 아마 버팀목을 발로 차버린 자신이 좀 한심할 것이다. 철기가 갑자기 바닥에 엎드려 팔굽혀펴기를 시작했다. 그러더니 이내 일어나서 화가 나 견딜 수 없다는 표정으로 작은 금고 문을 발로 꽝 하고 찼다. 소리 없이 울고 있던 여자가 화들짝 놀란 표정으로 철기를 바라봤다. 여자의 놀란 눈이 방울만큼 커졌다가 점점 초승달처럼 움츠러들었다. 작업할 때는 잘 몰랐는데 자세히 보니 예쁜 얼굴이다. 여자가 입고 있는 유니폼도 무척이나 섹시하다. 이상하게도 나는 유니폼을 입은 여자를 보면 성욕을 느낀다. 백화점 입구나 엘리베이터에 있는 안내양들을 봐도 그렇고 은행 여직원들이 입고 있는 유니폼을 볼 때도 그렇다. 그런 유니폼을 보고 있노라면 내 성기는 어느새 사정없이 발기를 해버린다. 유니폼에 대한 성적 판타지. 이상한 일이다. 나는 내 인생을 통틀어 단체로 맞춰 입는 모든 제복을 싫어했는데, 고등학교 때 입고 다녔던 낡고 꽉 끼는 교복도, 군대 시절의 촌스러운 군복도 끔찍하게 싫어했는데, 왜 여자들의 제복을 사랑하는 것일까. 아마 재질이 달라서 그럴지도 모른다. 나의 첫 제복이었던 우리 고등학교의 교복이 너무 촌스러웠기 때문일지도 모른다. 솔직히 그 교복은 촌스러움을 넘어 재앙이라 부를 만한 수준이었다. 어쩌면 나만 유독 제복 입은 여자를 좋아하는 것은 아닐 것이다. 아마 은행 사장들이 여직원에게 유니폼을 입히는 이유도 나와 똑같을지 모른다. 그놈들은 여직원에게 유니폼 같은 것을 입혀놓고 업무 시간 내내 엉덩이나 가슴 같은 데를 슬금슬금 보면서 이상한 상상을 할 것이다.

홀쩍홀쩍 소리를 죽여 울던 여자가 급기야 엉엉 큰 소리를 내며 울기 시작했다. 바닥에서 팔굽혀펴기를 하고 있던 철기가 신경질을 내며 자리에서 일어났다. 말릴 새도 없이 철기가 달려가더니 여자의 머리를 퍽퍽 쥐어박았다. 여자가 고개를 푹 숙이고 있었기 때문에 얼굴은 아니고 뒤통수 어디쯤일 것이다. 여자는 철기에게 뒤통수를 얻어맞고 바닥에 개구리처럼 엎어졌다. 연두색 투피스, 검은색 스타킹, 통통한 엉덩이와 잘록한 허벅지, 어쩐지 섹스를 잘할 것 같은 여자다. 저 엉덩이. 저 유니폼. 울먹일 때마다 흔들리는 저 가냘픈 어깨. 이 판국에, 난데없이, 섹스가 하고 싶어진다.

"쌍년이 뭘 잘했다고 울고 지랄이야. 가뜩이나 열불이 나 죽겠는데." 철기가 자리로 돌아오며 말했다.

"너는, 그렇다고 연약한 여자를 때리냐. 무식하게시리." 내가 여자를 바라보며 부드럽게 말했다.

"저년 때문에 나온 지 두 달도 안 돼서 다시 빵에 들어가게 생겼잖아. 그 지긋지긋한 곳에 말이야. 아 정말, 이번엔 진짜 착실하게 살아보려고 했는데. 저년 때문에 다 잡쳤잖아. 게다가 나 집행유예 기간인데. 아, 시팔, 화딱지가 나서 죽겠네."

"넌 이번에 들어가면 몇 개냐?"

"열 갠가? 아니, 열한 갠가?" 철기가 고개를 갸웃거렸다. "너무 많아서 잘 모르겠다. 너는 몇 갠데?"

"네 개."

"정말? 너 인생 모범적으로 살았구나?"

"내가 너랑 같냐? 그러니까 머리를 쓰면서 살아야지. 세상이 어떻게 돌아가는지 살펴도 보고. 머리는 중심 잡으라고 있는 건 줄 아냐."

철기가 자신의 머리를 보려는 듯 눈초리를 위로 올리더니 이내 피식 웃었다. 어이가 없어서 나도 덩달아 웃었다. 철기는 낙천적인 놈이다. 녀석에게는 감방 밖이나 감방 안이나 별 다를 것도 없다. 소년원을 들락거렸던 시절까지 포함하면 아마 녀석 인생의 반은 감방에서 지나갔을 것이다. 사실 감방에 다시 가는 게 좋은 일은 아니지만 죽을 만큼 나쁜 일도 아니다. 감방 밖이라고 뭐가 그리 좋겠는가. 별것도 아닌 것들에게 전과자라고 무시당하기 일쑤고 또 무슨 일이 터질 때마다 그놈의 지겨운 짭새들이 소집해서 귀찮게 한다. 늘 먹살 잡히고, 욕먹고, 이유도 모른 채 쥐어터진다. 그러니 감방 안에서 쥐어터지나 감방 밖에서 쥐어터지나 매한가지다. 어차피 세상은 다 감옥이다. 긍정적으로 생각해보면 감방 안은 속이라도 편하다.

사실 나는 털이 쪽이 아니라 사기 전공이다. 그놈이 그놈이라고 싸잡아 무시하면 안 된다. 세상 모든 일이 다 그렇듯 인생에서 날로 먹을 수 있는 것은 별로 없다. 사기꾼으로 살려면 공부, 많이 해야 한다. 그래서 나는 꽤나 자주 도서관에 간다. 온갖 자격증과 취업 시험을 준비하는 수험생들 속에 둘러싸인 채 철학책도 읽고, 수학책도 읽고, 아줌마들 낚으려고 낯간지러운 시집들도 읽는다. 국제화, 세계화가 대세인 시대인지라 영어 공부, 일어 공부, 중국어 공부까지 해야 한다. 이 직업, 공부하지 않고는 살아남을 수 없는 나름 전문직이다. 철기

놈 봐라. 아버지에게서 배운 금고 따는 기술 하나로 평생 밥 벌어먹고 산다. 얼마나 편한가. 녀석은 아마 도서관과 서점을 구별할 줄도 모를 것이다.

사람들은 사기꾼이 거짓을 파는 직업이라고 생각한다. 하지만 그것은 틀린 말이다. 사기꾼은 환상을 파는 직업이다. 그리고 그 환상은 거짓보다 진실에 훨씬 가깝다. 진실에 가까운 환상 때문에 사람들은 자신이 갈 수 없는 곳에 가려 하고, 자신이 움켜쥘 수 없는 것들을 움켜쥐려고 한다. 자신이 진실이라고 믿는 환상 때문에 사람들은 사기꾼과 손을 잡는다. 구석에 쭈그려앉아 울고 있는 저 여자도 마찬가지다. 저 여자는 사설 금고업체의 과장이었다. 나름 안정적이었고 또 보수도 괜찮은 직업이었다. 매달 따박따박 월급을 받아서 알뜰하게 살면, 벤츠는 못 굴리더라도 생활비 걱정은 안 하고 살 수 있는 직장 말이다. 하지만 여자는 자신의 진실이 알뜰하고 정직한 삶에 있다고 생각하지 않았다. "이 지겹고 거지 같은 인생을 포맷하고 새롭게 시작하려면 뭐가 필요할 것 같아?" 내가 물었을 때 여자는 눈을 동그랗게 뜨고 고개를 갸웃거렸다. "한 50억? 그 돈이면 얼굴도 바꾸고, 이름도 바꾸고, 인간도 바꾸고 당연히 인생도 바꿀 수 있지. 어때? 인생 제대로 살고 싶지 않아?" 환상은 욕망이 되고 욕망은 금세 진실이 된다. 여자는 먹이를 덥석 물었다.

그녀가 맡은 것은 금고로 들어가는 두 개의 문 열쇠와 금고 비밀번호 그리고 보안장치에 대한 정보였다. 금고의 메인 열쇠는 다른 놈이 가지고 있었지만 구태여 그것까지는 필요 없었다. 대한민국 최고의 금고털이범 아들이 내 친구니까. 나는 철기가 감옥에서 나오는 날을 기다리기만 하면 됐다. 그리고 철기가 감옥에서 나온 지 두 달, 우리는 금고 문을 열었다. 비자금, 눈먼돈, 세탁자금, 국세청의 추적을 피하려는 고가의 물건들을 보관하는 이 사설 금고는 생각보다 훨씬 더 경비가 허술했다. 생각해보면 당연한 일일 수도 있다. 비자금이나 세탁자금을 숨겨놓았다고 동네방네 자랑할 일은 없으니까. 어쨌든 여자가 금고 바닥을 뒹굴며 아프리카 원주민들이나 추는 괴상한 춤을 추다가 나무 버팀목을 발로 차지만 않았어도 우리는 지금쯤 미리 사다 놓은 돈 세는 기계에다가 만 원짜리 돈다발들을 밀어넣고 있었을 것이다. 아 참! 근데 돈 세는 기계는 이제 어쩌나. 꽤 비싸게 주고 샀는데. 에이, 모르겠다. 지금 그딴 게 대순가.

그동안 철기 녀석은 어디서 찾았는지 고려청자처럼 생긴 도자기를 벽 모서리에 놔두고 길게 오줌을 갈기고 있었다. 그리고 고추를 털털 털고 지퍼를 올린 다음 주머니에서 핸드폰을 꺼내 천장을 향해 이리저리 비췄다.

"네 핸드폰 좀 줘봐. 내 건 안 터져." 철기가 말했다.

"핸드폰은 뭐하게?" 내가 물었다.

"경찰에 신고하게. 우리 여기 있다고."

"장난하냐?"

"이왕 이렇게 된 거 그냥 빨리 잡혀가는 게 낫지. 월요일 되면 어차피 잡혀갈 텐데 그때까지 여기서 뭐하러 죽치고 있냐? 여긴 심심하기만 한데. 게다가 배도 고프고."

하긴 듣고 보니 그렇다. 내가 주머니에서 핸드폰을 꺼냈다. 금고 속이라 그런지 내 핸드폰도 전파가 잡히지 않았다.

"내 것도 안 터지는데?"

"이봐, 아가씨, 당신 핸드폰도 안 터져?" 철기가 여자를 향해 말했다.

여자가 원망 가득한 눈빛으로 철기를 쳐다보다가 다시 고개를 푹 숙였다. 멋쩍은지 철기가 내 쪽으로 고개를 돌렸다.

"저년 것도 안 터지는 모양이다. 그럼 이제 여기서 뭐하나?" 철기가 투덜거렸다.

"잠이나 자자." 내가 말했다.

"이 금고 안에는 무슨 동작 센서 같은 것도 없나, 하다못해 화재경보기라도 있어야 할 거 아냐. 하여간 시설 꼬락서니하고는. 이딴 시설에다 돈 넣어두고 잠이 오나?"

"그놈들은 열쇠만 가지고 있으면 뭐든 안전하다고 믿는 놈들이니까."

"정말 미치겠네. 월요일 아침까지 이 지랄을 해야 한다니. 나는 심심하고 따분한 건 질색인데. 배도 고프고. 내 평생에 이토록 간절하게 경찰 기다려보긴 또 처음이네."

"사실 나도 그래. 따분한 건 얻어터지는 것보다 더 짜증나는 일이지."

"화투라도 있으면 셋이서 패나 돌리면 되겠는데, 화투도 없고. 담배도 없고. 에이, 정말."

"그래도 여자는 있잖아."

내가 여자 쪽으로 턱을 추켜올리며 넌지시 말했다. 놀란 듯 철기가 눈을 동그랗게 뜨고 나를 바라봤다.

"여자라……"

철기가 눈동자를 위로 치켜뜨고는 이리저리 머리를 굴렸다. 나는 철기의 표정을 살피면서 눈빛으로 간절하게 말을 걸었다. '생각해봐.

이제 감방 가면 너도 여자 구경은 한동안 땡이야. 게다가 유니폼 입은 여자야. 대학도 나왔을 테고. 네깟 놈 주제에 대학 나온 여자랑 언제 섹스를 해보겠냐? 벌써 아랫도리가 시큰시큰해오지?' 하지만 철기는 여전히 아무 대답도 하지 않았다. 고개를 푹 숙이고 있던 여자가 이상한 낌새를 눈치챘는지 슬그머니 몸을 가눴다. 철기가 곤혹스러운 표정으로 뭔가를 생각하다가 고개를 흔들었다.

"에이, 아무리 그래도 그건 아니지. 겁탈은 안 돼. 왜냐하면 울 아버지가 도둑질을 해도 사람 다치게 하지는 말라고 그랬고, 그리고 또, 그러니까, 에이 몰라 몰라. 아무튼 사내새끼가 쪽팔리게 강간이 뭐냐, 강간이. 어둠 속에 살아도 최소한의 신사도라는 게 있어야지. 그리고 털이로 들어가면 1, 2년이면 되지만 강간으로 들어가면 너 그거 골치 아파진다. 저년이 여기서 겁탈당하고 경찰에 잡혀가면 잠자코 있을 년 같냐?"

"맞아요. 저는 절대 가만히 있지 않을 거예요." 구석에 웅크리고 있던 여자가 갑자기 자리에서 몸을 꼿꼿하게 일으키며 냅다 소리를 질렀다.

"저년이! 확 처발라버릴라. 누구 때문에 이 지랄이 됐는데." 홧김에 내가 여자에게 소리를 질렀다.

여자가 다시 고개를 떨어뜨리고 몸을 웅크렸다. 생각해보니 철기 말이 맞다. 신사도 어쩌고 하는 말은 거지 같은 이야기지만 강간으로 잡혀간다는 건 좀 그렇다. 강간으로 들어가면 빵에서도 사람대접 못 받는다. 나와서도 밤거리에서 염치가 안 선다. 에이, 진짜. 되는 일이 하나도 없다. 나는 잠바를 머리끝까지 덮어쓰고 바닥에 드러누웠다.

잠이나 자자. 자고 또 자면 시간이야 알아서 갈 테고, 시간이 가면 경찰도 올 테고. 경찰이 오면 그다음엔 놈들이 다 알아서 할 것이다. 잠을 청하려고 눈을 감자 금고 바닥의 서늘한 냉기가 등줄기를 타고 올라왔다.

얼핏 잠이 들었는데 요란한 공구 소리에 다시 잠이 깼다. 철기 녀석이 공구를 들고 남은 금고 문을 부지런히 따고 있었다. 여자는 한쪽 벽 끝에서 여전히 걱정스런 표정으로 앉아 있었다.

"지금 뭐해?" 내가 짜증 섞인 목소리로 물었다.

"화투 찾아. 화투라도 있으면 셋이서 패 돌리면 되니까 안 심심하잖아."

"미친놈아, 화투를 금고 안에 보관하는 인간이 어디 있냐?"

"그건 모르는 일이지. 울 아버지는 금고 안에서 금으로 된 마작 패를 발견하기도 했다더라."

"등신아, 그건 금이니까 그렇지."

"그럼 금으로 된 화투가 나올지도 모르지."

"그만해. 그거 다 따면 형량이 더 늘어날지도 모르잖아."

"설마 금고 문 몇 개 더 땄다고 형량이 늘어나겠냐. 어차피 저 문이 닫히는 순간에 형량은 정해졌어."

"설령 화투가 나온들."

"심심해서 그래. 가만히 앉아 있으면 울화통만 터지고."

"공구 소리 때문에 시끄러워서 잠이 안 오잖아."

하지만 철기 놈은 내 말에 아랑곳하지 않고 여전히 금고를 따고 있었다.

"이 새끼가 정말."

내가 연장통 속에 있는 공구를 하나 집어 철기에게 던졌다. 철기는 장난스러운 표정으로 날아온 공구를 슬쩍 피했다. 그리고 깔깔거렸다. 내가 연장 하나를 더 집어들었을 때 구석에 있던 여자가 조심스럽게 입을 열었다.

"감옥은 어떤 곳이죠?"

"뭐?"

뚱딴지같은 질문이라 욕이라도 한 바가지 해주려고 했는데 여자의 표정이 너무나 슬프고 침울했다.

"감옥 말이에요, 영화에 나오는 것처럼 그렇게 무서운 곳이에요?" 여자가 다시 물었다.

"아냐, 아냐. 영화에 나오는 건 구라가 좀 심한 거지. 감옥이란 게 기본적으로 그렇게 살벌한 곳은 아니야. 처음엔 좀 힘들겠지만 곧 적응도 되고 감방에 가면 재미있는 친구들도 많으니까. 시간이 지나서 친해지면 같이 놀기도 하고 이야기도 하고 뭐 그렇게 시간 때우는 곳이지." 철기가 대신 대답했다.

"예전에 텔레비전에서 보니까 멕시코 여자 감옥이 나오던데 거긴 힘센 여자 죄수가 맨날 힘없는 여자 죄수를 때리고 밤마다 성폭행도 하던데요."

"에이, 그건 멕시코 이야기고 우리나라는 한방에서 다 같이 지내는데 뭐 그렇기야 하겠어. 밖에 못 나가니 좀 갑갑해서 그렇지, 여기나 감옥이나 살다보면 사람 사는 곳은 다 똑같아." 철기가 여전히 금고

문을 따면서 말했다.

"뭐, 그렇지. 사람 사는 곳이야 어디나 다 비슷비슷한 거지." 내가 철기의 말을 거들었다.

"이제 저는 어떡해요?"

철기와 내 말이 전혀 위로가 안 되었는지 여자는 무릎에 얼굴을 파묻고 다시 훌쩍훌쩍 울기 시작했다. 감옥에 간다고 생각하니 무서운 모양이다. 하긴 나도 처음 감방으로 끌려갔을 때는 저 여자처럼 무서웠다. 처음엔 뭐든 무서운 법이다. 철기는 우는 여자를 한동안 안쓰러운 눈길로 바라보다가 어깨를 한 번 으쓱거리고는 다시 공구를 켜고 금고 문 따는 일을 시작했다. 나는 다시 잠바를 얼굴까지 덮어쓰고 바닥에 드러누웠다.

"찾았다."

그때 갑자기 철기가 금고 안에서 뭔가를 꺼내며 소리쳤다.

"봐! 봐! 내가 이런 거 있다고 했지." 철기 놈이 아주 신이 나서 말했다.

철기의 손에 들려 있는 것은 화투가 아니라 금으로 만든 주사위였다.

"뭘 그깟 걸 찾았다고 호들갑이냐." 내가 말했다.

"주사위 하나면 얼마나 많은 놀이를 할 수 있다고. 종이만 있으면 뱀놀이 같은 것도 할 수 있잖아." 철기가 얼굴에 흥분을 감추지 못한 채 말했다.

"뱀놀이? 그게 뭔데?"

"뱀놀이도 몰라? 뱀놀이가 얼마나 재미있는데. 어릴 때 그런 것도 안 해봤어? 추억의 뱀놀이?"

철기는 내가 뱀놀이를 모른다는 것을 도무지 이해할 수 없다는 표정이었다.

"추억이고 지랄이고 몰라. 아가씨는 뱀놀이 알아?" 내가 여자에게 물었다.

여자가 무릎에 파묻었던 얼굴을 들었다. 얼마나 울었는지 눈이 통통 부어 있었다.

"뱀놀이 알아요." 여자가 울먹거리며 말했다.

"거봐. 저년도 안다잖아. 너는 고등학교까지 나온 놈이 어떻게 뱀놀이도 모르냐?" 철기가 빈정대듯이 말했다.

"야 이 새끼야, 고등학교가 뱀놀이 따위나 가르치는 곳인 줄 아냐. 이 무식한 새끼야." 내가 화를 버럭 내며 말했다.

"이리 와봐, 내가 가르쳐줄게. 내가 판을 그릴 테니까 잘 보고 설명을 들어. 아주 쉬운 거야. 그리고 아가씨, 당신도 그만 울고 이리와. 운다고 일이 해결되나. 기분 전환도 할 겸 같이 뱀놀이나 해." 철기가 여자를 보고 말했다.

"그렇지만 이 판국에 뱀놀이가 다 무슨 소용이에요?" 여자가 신경질적으로 소리쳤다. 여자의 소리가 절규에 가까울 정도로 우악스러웠기 때문에 철기와 나는 잠시 멍해졌다. 그러나 여자는 자기가 지금 신경질을 부릴 처지가 아니라는 것을 깨달았는지 무릎에 얼굴을 묻고 다시 엉엉 울기 시작했다. 처음에는 짜증스러웠는데 조금 측은한 느낌이 들었다. 더구나 유니폼 입은 여자가 우니까 더 불쌍한 것 같았다.

"뱀놀이 재미있는데." 철기가 멋쩍은 듯 말했다. "뱀놀이는 둘이서 하면 재미 별론데." 철기가 연이어 말했다.

철기도 여자가 좀 안쓰럽기는 한 모양이었다. 여자는 철기와 나의 우호적인 태도에 약간 안심이 되었는지 이제는 맘 놓고 큰 소리로 울기 시작했다. 그러자 아주 곤혹스러운 분위기가 되었다. 가서 몇 대 패면 조용해지기야 하겠지만 어쩐지 지금은 그럴 타이밍이 아닌 것 같았다. 여자는 한참 동안 큰 소리로 울었다. 하지만 여자가 울건 말건 철기는 무슨 채권 같은 종이 뒤에다가 줄을 그어서 백 개의 칸을 만들었다. 그리고 각각의 칸에다가 1부터 100까지 숫자를 적은 다음 여기저기에 뱀을 그려넣었다.

"이게 뱀놀이야? 뱀을 요리조리 피해서 100까지 도착하는 거 말이지?" 내가 말했다.

"아니지, 처음에는 뱀을 타고 올라가는 게 더 좋지."

"어쨌거나 이 새끼야. 나 이거 알아."

"아가씨는 정말 뱀놀이 안 할 거야?" 철기가 여자를 보고 말했다.

여자는 아주 한심스럽다는 표정으로 우리를 바라보더니 다시 무릎에 얼굴을 파묻었다. 철기가 여자를 잠시 바라보다가 아쉽다는 표정으로 고개를 돌렸다.

"안 할 건가봐, 우리끼리 하자." 철기가 말했다.

여자 말이 맞다. 이 마당에 뱀놀이가 다 무슨 소용인가. 그렇다고 안 하면? 이 기나긴 시간에 안 하면 또 뭘 할 건가. 그래서 철기와 나는 뱀놀이를 시작했다.

추억의 뱀놀이. 길이가 긴 뱀도 있고 길이가 짧은 뱀도 있다. 머리를 하나 가진 뱀도 있고 머리를 두 개 가진 뱀도 있다. 많이도 그려놨

다. 뱀. 몇 살 때까지 이 유치한 놀이를 했을까. 기억도 나지 않는다. 철기가 먼저 주사위를 던졌다. 그리고 내가 던졌다. 철기가 다시 주사위를 던지고 내가 던지고. 뱀을 타고 올라갔다가 뱀을 타고 떨어지고. 뱀에 죽고 뱀에 살고. 우리는 두 시간이나 쉬지 않고 뱀놀이를 했다. 100에 먼저 도착한 사람이 꿀밤을 열 대쯤 때리기도 하고, 목마 태워주기 같은 시시한 심부름을 시키기도 했다. 그것도 시들해지자 금고 안의 돈다발과 보석 들을 잔뜩 꺼내서 100에 먼저 도착한 사람이 갖기로 하는 내기도 했다. 하지만 철기가 내 돈을 15억쯤 먹었을 때 뱀놀이는 시시해졌다. 번호를 정해 돈을 1, 2억쯤 걸고 그 번호에 걸리면 보너스를 주는 놀이도 해보았지만 시시하기는 마찬가지였다. 중간에 놓여 있는 돈들을 다 먹고 요리조리 뱀을 피해서 끝까지 가면 뭐하는가? 돈을 수십억씩 먹어봐야 이 금고 안에 갇혀서 뭘 한단 말인가. 게다가 철기 놈의 머리통에 꿀밤을 때리는 벌칙은 내 손만 더 아픈 바보짓이다.

"에이, 시시해."

내가 바닥에 벌렁 드러누웠다. 철기도 주사위를 집어던지고 바닥에 드러누웠다. 그때 여자가 갑자기 얼굴을 들고 소리쳤다.

"방법이 있어요."

"무슨 방법?" 내가 물었다.

"여기서 빠져나갈 방법 말이에요."

"어떻게?" 바닥에 누워 있던 철기가 벌떡 일어나며 물었다.

"금고를 턴 것은 두 분이 한 일이고 저는 아저씨들에게 납치되어서 어쩔 수 없이 끌려온 걸로 하면 되잖아요. 그러니까 저는 위협과 협박에 못 이겨 어쩔 수 없이……"

철기의 싸늘한 표정을 봤는지 여자의 말꼬리가 흐려졌다.

"이년이, 우는 게 가여워서 봐주니까 누굴 호구로 아나. 야, 이년
아, 누구 때문에 이 지랄이 났는데? 니가 양심이란 게 고양이 코털만
큼이라도 있다면 이 마당에 어떻게 그런 말이 입 밖으로 나오냐. 그러
니까 지금 너 혼자만 살겠다는 거 아냐?" 철기가 말했다.

"그렇지만 이왕 이렇게 된 거, 모두 죽을 수는 없잖아요. 한 명이라
도 살 수 있으면 살아야죠. 아까는 신사도 어쩌고 하더니만 다 헛말인
가봐요. 그리고 저라도 살아야 밖에서 옥바라지라도 할 거 아니에요."

여자의 표정이 아주 필사적이었다. 철기는 신사도라는 말에 잠시
멈칫했다. 철기 놈은 신사도라는 말에 뭔가 삥 가는 구석이 있다. 그
러니 평생 애인 하나 못 만들고 맨날 여자들에게 사기나 당하지.

"저년 말대로 그렇게 할까?" 철기가 물었다.

"총 맞았냐? 왜, 저년이 정말 네 옥바라지라도 할 것 같아서? 철기
야. 철기야. 제발 정신 좀 차려라, 철기야. 이 마당에 자기 혼자 빠져
나가려고 하는 저 여우 같은 년이 네 옥바라지 잘도 하겠네요."

"그게 아니라 우리 둘만 잡혀가도 되는 일인데 구태여 여자까지 끌
고 갈 건 없잖아. 또 전과도 없는 년인데. 불쌍하잖아." 철기가 타이르
듯이 말했다.

"신사도를 가진 놈이 여자를 그렇게 우악스럽게 패냐?" 내가 말했다.

"그건 아까 순간적으로 너무 열이 받아서 그런 거고. 알잖아, 나 욱
하는 성질. 그러니 그냥 여자는 놔주자." 철기가 칭얼거렸다.

나는 철기의 말에 대답하지 않고 고개를 딴 곳으로 돌렸다.

"너는 사내새끼가 속이 어째 그래 밴댕이만하냐?" 철기가 다시 말했다.

"다 된 밥에 코 빠뜨린 게 누구 때문인데? 저년이 미친년처럼 날뛰다가 버팀목만 안 찼어도 우리는 지금쯤 별 다섯 개짜리 호텔에서 베네수엘라 아가씨랑 그 짓을 하고 있었을 거다. 어디 베네수엘라뿐이겠냐. 러시아, 미국, 필리핀 아가씨들을 다 불러놓고 미녀 선발 대회라도 열었겠네. 그런데 우리는 감방 가고 저년은 밖에서 룰루랄라하게 해주자고? 너야말로 속도 없냐?"

"허긴, 베네수엘라는 좀 아깝네. 베네수엘라 애들은 참 예쁜데. 미스 유니버스 대회를 봐도 좀 예쁘다 싶으면 다 베네수엘라거든." 철기가 정말 아쉽다는 듯이 말했다.

우리는 베네수엘라 아가씨들과 별 다섯 개짜리 특급 호텔을 상상하며 잠시 입맛을 다셨다. 그때 구석에서 눈치를 보던 여자가 수줍게 입을 열었다.

"저를 빼주면…… 제가 대신 해드릴게요."

철기 놈과 나는 그 말을 듣고 잠시 멍해졌다.

"뭘? 뭘 대신해줘?" 철기가 조심스럽게 물었다.

"베네수엘라……" 여자가 아주 작은 소리로 말했다.

베네수엘라? 철기가 내 눈을 바라봤다. 나도 철기 눈을 바라봤다. 갑자기 머릿속에서 100년 동안의 낮잠을 자던 톱니바퀴들이 미친 듯이 돌아가기 시작했다. 베네수엘라, 베네수엘라, 베네수엘라. 이러면 이야기가 달라진다. 뭐 철기 놈이나 나나 어차피 감방에 갈 것이고, 물귀신처럼 저 여자를 끌고 들어가본들 남는 것도 없다.

"정말이야? 정말 빼주면 해줄 거야?" 내가 물었다.

"그럼 정말이죠. 그렇지만 두 분 다 해드릴 수는 없어요. 아무리 상황이 그래도 사람이 지켜야 할 도리가 있는 거죠. 제가 창녀도 아니고…… 어쨌든 두 분 다 해드리는 건 곤란해요." 여자가 단호하게 말했다.

"그럼 누가 해?" 철기가 말했다.

"너는 신사도나 지켜, 인마." 내가 말했다.

"아니지, 이건 경우가 다른 거지. 아까는 겁탈이고 지금은, 거 뭣이냐, 어디까지나 서로 합의해서 하는 상황인데."

철기가 절대 물러설 수 없다는 듯 강하게 나왔다.

"그건 두 분이 알아서 정하세요. 그보다 우선은 경찰에 조사를 받을 때 제대로 하기 위해 입을 맞춰야 해요."

여자는 이제 제법 생기가 도는 것 같았다. 그러더니 이내 명랑한 목소리로 경찰에게 우리가 해야 할 말들을 또박또박 이야기했다.

"그러니까 일단 저는 흉악한 강도들로부터 흉기로 협박을 받았기 때문에 어쩔 수 없이 출입문 열쇠와 금고 비밀번호를 주게 된 거예요. 당신들은 저를 놓아주면 경찰에 신고할까봐 부득이 금고 안까지 끌고 들어온 거고요. 그런데 제가 놀라운 상황판단력과 뛰어난 기지를 발휘하여 금고 문에 받쳐둔 나무 버팀목을 발로 걷어차버렸기 때문에 고객들의 돈을 안전하게 지킬 수 있었던 거지요. 또 흉악한 강도들도 잡을 수 있게 된 거구요. 뭐 대충 이런 이야기예요. 어때요?"

"그런데 흉악한 강도는 우리를 말하는 거야?" 철기가 물었다.

"아니, 말이 그렇다는 거지요." 여자가 금고 문이 닫힌 이후 처음으로 환하게 웃으며 말했다.

"에이, 강도, 흉기, 협박 이런 건 우리 스타일이 아니야. 우리는 그런 무서운 짓 못하는 사람들이야. 강도, 흉기 이런 건 좀 그렇고, 그냥 살짝 위협했다고 하지?" 내가 절충안을 내놓았다.

"그렇지만 살짝 위협만 했는데 열쇠도 주고 비밀번호를 줄줄이 다 불었다면 웃긴 일이잖아요."

"그래도 흉기로 위협했다고 하면 안 돼. 형량이 늘어나. 게다가 사내새끼가 얼마나 못났으면 쪽팔리게 여자를 흉기로 위협하나. 나는 절대 그런 캐릭터 아니야." 철기가 단호하게 말했다.

"알았어요, 알았어요. 그냥 말로 무섭게 위협했다고 할게요." 여자가 말했다.

철기와 나는 여자의 말에 대해 잠시 생각했다.

"그러면 정말 그거 해주는 거지? 베네수엘라?" 철기가 여자에게 재차 확인을 했다.

"해준다니까요. 사람 말을 왜 그리 못 믿어요?" 여자가 약간 짜증을 내며 말했다.

"좋아, 까짓기. 그렇게 해." 철기가 신이 나서 말했다. 그리고 내 쪽으로 고개를 돌리고는 "인생 어렵게 갈 거 뭐 있어. 다 좋은 게 좋은 거 아냐?" 하고 말했다.

"그래, 까짓거 뭐." 내가 흔쾌히 철기 말에 동의했다.

"그럼 이제 저를 묶어주세요." 여자가 말했다.

"묶다니?" 내가 물었다.

"경찰이 언제 들이닥칠지 모르는데 지금부터 묶여 있어야지요. 또 묶인 자국도 있어야 경찰이 의심하지 않잖아요."

"햐! 확실히 똑똑한 여자예요. 그런 세세한 디테일까지 다 생각하고. 그치?" 철기가 나를 향해 말했다.

"그러면 베네수엘라는 어쩌고?" 내가 물었다.

"아이 참, 베네수엘라 할 때만 살짝 풀면 되죠." 부끄러운지 여자가 살포시 웃으면서 말했다.

웃으니까 여자는 참 예뻤다. 그리고 이제 여자의 얼굴에서 눈물 자국은 보이지 않았다. 우리는 가방에서 밧줄을 꺼내 여자의 손목과 다리와 몸을 묶었다. 묶은 모양새가 맘에 들지 않았는지 여자가 짜증을 냈다.

"이렇게 어설프게 묶으면 어떡해요. 뭔가 가짜 같은 느낌이 들잖아요."

우리는 할 수 없이 묶은 밧줄을 다시 풀었다. 그리고 여자가 지시하는 대로 손목, 팔과 다리, 그리고 몸통을 꽁꽁 묶었다. 여자는 밧줄이 제대로 묶였는지 팔다리를 흔들어 확인하고는 약간이라도 헐렁한 곳이 있으면 다시 풀어서 꽉 묶으라고 말했다. 우리는 여자가 말한 헐렁한 곳을 다시 풀어서 세게 묶었다.

"너무 세게 묶은 것 같아. 피도 안 통할 것 같은데." 너무 꽉 묶인 여자의 모습이 안쓰러운지 철기가 말했다.

"그러게, 경찰은 월요일이나 되어야 올 텐데 지금은 좀 풀고 있어도 되잖아." 내가 말했다.

"아니에요, 아니에요. 묶여 있으니까 오히려 맘이 편해요. 혹시라도 경찰이 들이닥칠지 모르잖아요." 여자가 밝은 목소리로 말했다.

여자는 정말 묶여 있는 것이 훨씬 마음 편한 것 같았다. 오히려 묶여 있으니까 점점 더 쾌활해지는 것 같기도 했다. 급기야 여자는 우리가 처음 금고 문을 열었을 때처럼 깔깔거리며 웃기까지 했다.

이제 철기와 나는 아름다운 베네수엘라의 짝을 뽑기 위해 뱀놀이판 앞에 앉아 있다. 황금주사위를 판 중간에 놓고 우리는 서로의 눈을 노려봤다.

"구차하게 여러 번 할 것 없이 그냥 깔끔하게 딱 한판으로 끝내지?" 철기가 말했다.

내가 고개를 끄덕였다. 딱 한판이다. 지면 사내답게 신사도나 지키며 멀찌감치 물러서서 베네수엘라와의 일이 끝날 때까지 벽만 바라보는 것이다. 우리는 뱀놀이판과 주위에 어지럽게 흩어져 있던 돈과 보석 들을 멀찌감치 치워버렸다.

선을 잡은 건 철기였다. 녀석이 주사위를 던졌다. 그다음에는 내가 던졌다. 다시 철기가 던지고 그다음엔 또 내가 던졌다. 우리는 둘 다 말이 없었다. 주사위를 잡은 손에서 식은땀이 나는 것 같았다. 철기 놈이 요리조리 뱀을 피해 한 칸씩 나아갈 때마다 입안이 바짝바짝 타들어갔다. 여자도 누가 자신의 짝이 될지 궁금한 모양인지 밧줄에 묶인 채로 몸을 이리저리 비틀어서 판 근처까지 왔다. 당연히 나를 응원하고 있겠지. 아무래도 중학교를 중퇴한 철기 놈보다는 고등학교라도 졸업한 내가 낫겠지. 암, 그렇고말고. 내가 먼저 90번대를 밟았지만 이내 긴 뱀을 밟고 미끄러졌다. 뱀이 미웠고 뱀이 야속했고 뱀이 무서웠다. 하지만 철기 놈의 말도 방금 97번 뱀을 밟고 40번까지 미끄러졌다. 뱀이 고마웠고 뱀이 사랑스러웠고 뱀에게 감사했다. 우리는 뱀을 타고 올라갔다 뱀을 타고 떨어지기를 수도 없이 반복했다.

그리고 나는 지금 수많은 뱀들을 지나서 94번을 밟고 있다. 95번에 뱀 하나, 97번에 뱀 하나, 99번에 뱀 하나. 아! 이 징그럽고 얄미운 뱀들, 많기도 많아라. 하지만 상관없다. 이제 주사위가 6으로만 떨어지면 저 베네수엘라는 내 거다. 나는 천천히 황금주사위를 들어올렸다. 철기 놈의 눈빛이 바짝 긴장해 있다. 밧줄에 묶여 있는 여자도 바짝 긴장해 있다. 나는 밧줄에 꽁꽁 묶인 채 나를 바라보는 베네수엘라에게 회심의 윙크를 보내고 주사위를 꼭 움켜쥐었다. 나는 천지신명과 조상님과 알라신과 하느님과 부처님, 그리고 내가 아는 모든 신들에게 빌고 또 빌었다.

'이제 저는 아무것도 필요 없어요. 돈도 필요 없고, 멋진 자동차도 필요 없어요. 그저 6 한 번만 나오게 해주세요. 솔직히 제 인생에서 뭐 하나 잘해준 것도 없잖아요. 그러니 이번에 6 한 번만요! 제발 6 한 번만요. 네?'

나는 허공으로 주사위를 던졌다. 황금으로 만들어진 주사위가 천장의 할로겐 빛을 받아 반짝이며 허공으로 떠올랐다. 허공에서 빙글빙글 돌고 있는 저 주사위. 몇 번이냐, 몇 번이냐, 대체 몇 번이냐. 나도 모르게 내 입에서 간절한 한마디가 튀어나왔다.

"제발, 6 한 번만. 6!"

단발장
스트리트

1

비가 내린다.

창밖으로 보이는 목조건물들이 우두커니 비에 젖는다. 아무도 빨래를 거둬들이지 않아서 골목에 줄줄이 늘어선 빨랫줄의 옷가지들은 장례식 행렬처럼 쓸쓸해 보인다. 나는 창틀에 앉아 담배에 불을 붙였다. 머릿속이 온통 뒤죽박죽이다. 마치 거대한 안개가 들어앉은 것처럼 무겁고 흐릿해서 어떤 생각도 오랫동안 할 수가 없다. 주먹으로 머리를 쿵쿵 때려본다. 안개가 좀처럼 머릿속에서 빠져나가지 않는다. 야구방망이 같은 걸로 머리를 실컷 얻어터지고 나면 좀 나아지지 않을까. 어쩌면 그럴지도 모른다. 내 머리가 이 모양이 된 것은 아마 두통약을 너무 많이 먹어서 그럴 것이다. 머리가 복잡해지면 두통약을 먹고 두통약을 먹으면 다시 머리가 복잡해진다. 계속 그것이 반복된다.

골목에는 아무도 보이지 않는다. 웨이터와 술집 아가씨, 밴드와 삐끼와 건달이 모여 사는 이 골목에선 아침에 잠드는 사람은 있어도 아침에 일어나는 사람은 없다. 이 도시의 곳곳에서 사람들은 출근을 한다고 법석을 떨고 있겠지만 이 골목은 아직도 한밤중이다. 그렇지만 나는 매일 아침 일찍 일어나 캔맥주를 마시거나 담배를 피우면서 골목을 바라본다. 좋아서 그러는 것은 아니다. 요즘엔 좀처럼 제대로 된 잠을 자지 못한다. 아무리 술을 많이 마시고 곯아떨어져도 몇 시간만 지나면 어김없이 눈을 뜨고 만다. 잠이 부족해서 피곤하다거나 하는 문제는 아니다. 나는 원래 잠이 별로 없다. 정말로 화가 나는 것은 다른 사람들보다 더 오랫동안 눈을 뜨고 있어야 한다는 것이다. 더 오래 깨어 있다는 것, 사실 그것은 정말 엿 같은 일이다.

나는 골목에 덩그러니 있는 '우울한 쓰레기통'을 보고 있다. 비가 내려서 그런지 오늘따라 쓰레기통은 더 우울해 보인다. 우울한 쓰레기통은 골목에 있는 공동 쓰레기통의 별명이다. 누가 지었는지는 모르지만 우울한 쓰레기통은 정말 그럴듯한 이름이다. 그 통 속에 들어 있는 쓰레기들을 뒤져본다면 내가 왜 우울한 쓰레기통이 정말 그럴듯한 이름이라고 하는지 이해하게 될 것이다. 사실은 우울한 쓰레기통을 뒤지는 고양이를 한참 동안이나 보고 있었다. 고양이는 발톱을 세워 검은 비닐봉지를 뜯어내려고 안간힘을 쓴다. 코를 킁킁거리며 냄새를 맡는다. 뭘 찾고 있는 것일까? 만약에 먹을 것을 찾고 있다면 헛수고를 하고 있는 거다. 우울한 쓰레기통 속에 들어 있는 것이라곤 일회용 주사기와 생리대, 약봉지들, 콘돔, 화장품 케이스 그리고 찢어진 팬티뿐이다. 아무리 배가 고파도 그딴 것들을 먹어서는 안 된다. 고양이는 누군가 자신을 바라보고 있다는 것을 금방 눈치챈다. 영민한 동물이다. 고양이가 고개를 돌려 나를 쳐다본다. 자신을 노려보고 있는 시선을 확인하고 싶은 것이다. 나라도 그랬을 것이다. 아니다. 나라면 그러지 않았을 것이다. 경계심으로 가득찬 고양이의 눈. 이것만은 빼앗길 수 없다는 성마른 눈. 저 눈을 어디선가 본 적이 있다. 어디서 보았을까. 어디서 보았을까. 나는 입술을 조그맣게 오물거려서 고양이에게 말을 건넨다. 걱정 마라. 너의 쓰레기를 빼앗아가지는 않는다. 내겐 필요 없으니까 그 쓰레기들이 필요하다면 네가 다 가져가라.

바람이 불자 목조건물이 합창하듯 삐걱거리는 소리를 낸다. 태풍이라도 불어서 이 골목의 모든 목조건물들을 깡그리 쓸어가버렸으면 좋겠다. 그러면 아마 여기를 떠날 수 있을지도 모른다. 두번째 담배에 불을 붙이고 두통약을 한 움큼 입속에 털어넣는다. 그리고 캔맥주를 한 모금 마신다.

"문 좀 닫아. 찬바람 들어오잖아."

여자가 있다. 지금 침대에서 자고 있다. 그녀는 나와는 다르게 잠이 많은 편이다. 그러니 좀더 자야 한다. 그녀는 술집 아가씨다. 내 애인이기도 하다. 아니다. 애인인지 아닌지는 확실치 않다. 언제부턴가 그녀는 내 방에 와서 무작정 살기 시작했다. 내 칫솔을 쓰고, 내 와이셔츠를 잠옷 대용으로 입기도 하고, 텔레비전 채널을 자기 멋대로 고정하기도 한다. 서로 사귀자고 약속한 것도 아니고 사랑하니까 같이 살자 뭐 그런 것도 아니다. 그녀와 나는, 그냥 어쩌다가 그렇게 되어버렸다. 어느 날 우리는 둘 다 술에 잔뜩 취해버렸다. 그녀가 나를 부축해서 들어왔는지 내가 그녀를 부축해서 들어왔는지 아니면 서로가 서로를 부축해서 들어왔는지 기억도 안 나지만 어쨌든 그녀는 내 방으로 들어왔다. 그래서 그녀는 내 방에 같이 지내는 여자가 없다는 것을 알게 되었을 것이다. 그녀는 다음날도, 다음 다음날도, 그다음 다음날도 내 방에서 나가지 않고 계속 살았다. 이 골목에선 흔히 있는 일이다. 웨이터와 술집 아가씨. 어쩐지 싸구려 냄새가 난다.

"내 말 안 들려? 창문 좀 닫으라니깐."

여자가 짜증을 낸다. 눈자위에 푸른 멍자국이 있다. 내가 때린 것일까. 잘 모르겠다. 도무지 기억이 나지 않는다. 어제는 술을 너무 많이 마셨다. 그러니 내가 때린 것일 수도 있고 손님한테 맞고 온 것일 수도 있다. 어쩌면 그녀도 누가 때렸는지 기억 못할지도 모른다. 하지만 멍자국은 그리 심해 보이지 않는다. 화장을 해서 대충 가리면 가게에 나갈 수 있을 것이다. 가게에 나가서 장사를 할 수 있다면 그녀도 멍자국 따위에는 그리 개의치 않을 것이다. 나는 남은 캔맥주를 마저 마시고 담배를 끈다. 그리고 소리가 나지 않도록 조심해서 창문을 닫는다.

그녀는 어제 술에 잔뜩 취했다. 새벽이 다 되어 돌아와서는 멀거니 가로등 앞에서 구토를 세 번이나 했다. 개좆같은 세상이라고 골목이 떠나가라 한참 동안 발악하듯 고함을 질러댔다. 그때 약방 위에 있는 여인숙 창에 불이 켜지면서 한 사내가 창문 밖으로 얼굴을 내밀었다. "이년아, 술 처먹었으면 들어가서 잠이나 처자!" 하고 사내가 말했다. 그러자 그녀는 2층 창을 올려다보면서 "야 이 개새끼야, 너 이리 내려와봐. 자신 있으면 나랑 씹 한번 하자" 하고 말했다. 사내는 내려오지 않았다. 다행이다. 내려왔다면 정말 씹 한번 했을 여자다. 사내가 내려오지 않았으므로 그녀는 "시발놈, 씹도 못하는 병신이" 하면서 집으로 비틀거리며 걸어왔다. 그녀는 우울한 쓰레기통을 붙잡고 다시 한번 구토를 했고 무슨 일인지 목조 계단에 앉아서 한참 동안 고양이처럼 울어댔다. 그리고 계단 중간쯤에서 오줌을 갈기고는 방으로 들어왔다. 그녀는 치마를 벗어 구석에 아무렇게나 집어던지고 나를 노려봤다. "팬티는 왜 안 입고 다녀?" 내가 물었다. "어떤 변태 새끼가 가져갔다. 왜?" 그녀가 말했다. 여자 팬티는 가져가서 어디에 쓰는지 도무지 알 수가 없다. 아마 그런 놈들은 국수 육수를 낼 때 멸치와 함께 여자 팬티를 넣을지도 모른다. 그녀는 내가 마시고 있던 양주를 빼앗아 한 컵을 단숨에 마셨다. 그리고 바닥에 침을 한 번 뱉었다. "너, 미숙이 년하고 잤지?" 그녀가 물었다. 눈물 때문에 그녀의 마스카라가 흉하게 일그러져 있었다. 미숙이랑 내가 잤을까? 모르겠다. 며칠 전에 가게를 마치고 미숙이랑 술을 마신 건 기억이 나는데 그다음엔 도무지 기억이 나질 않는다. 나는 술을 마시면 매번 정신을 잃는다. "말해봐 이 개새끼야, 너 미숙이 년이랑 잤어? 안 잤어?" 그녀가 내 멱살을 잡고 다그쳤다. 어이없는 일이다. 자기는 어떤 놈팡이에게 팬티까지 선물해주고 와서는 나로서는 기억도 안 나는 일을 자꾸 다그친다. "너도 아무 놈하고나 자잖아." 내가 말했다. 그러자 그녀가 내 멱살을 놓았다. 그녀의 눈에서 흘러내린 검은 눈물이 볼을 적시고 있었다. "개새끼야, 나는 이게 직업이잖아." 그녀는 무슨 말을 더 하려다가 그냥 침대로 가서 엎어졌다. 그리고 금세 잠이 들었다. 그녀가 잠이 들고 난 다음에 나는 창틀에 앉아서 손님이 남기고 간 양주를 거의 두 병이나 마셨다. 그다음이 또 기억나지 않는다. 아침에 일어나보니 바닥에는 양주병이 깨져 있었고 내 이마에는 피딱지가 앉아 있었다. 그리고 그녀의 얼굴엔 멍이 들어 있었다. 그녀가 내 머리를 양주병으로 찍고 화가 난 내가 그녀의 얼굴을 때린 것일까? 아마도 대충 그런 식이었을 것이다. 늘 그런 식이니까. 하지만 정말로 무슨 일이 일어났는지는 아무것도 기억나지 않는다. 술이 떡이 되도록 마신 그녀도 어젯밤 일을 하나도 기억 못할 것이다. 다행이다. 끔찍한 것은 기억나지 않는 것이 낫다. 그러지 않아도 내 머릿속에는 이상한 안개들이 잔뜩 들어 있어서 터질 지경이다.

나는 다시 담배에 불을 붙이고 캔맥주를 하나 더 딴다. 그리고 우울한 쓰레기통을 뒤지는 고양이를 바라본다. 저 고양이에게도 이름을 하나 지어줘야 하지 않을까. 이 골목에는 신호등이건 담벼락이건 모두 하나쯤은 가짜 이름을 가지고 있다. 언제부터인가 이 골목의 아가씨들은 온갖 사물들에 이름을 붙여주기 시작했다. 내 생각에 그것은 아가씨들이 할 짓이 없기 때문이다. 그녀들은 황폐한 오후의 시간을 죽이기 위해 화투를 치거나 수다를 떨면서 온갖 것들에 이름을 붙인다. 예를 들어 골목으로 들어오는 마을버스 표지판은 '생리하는 표지판'이다. 줄여서 '생리대'라고 부르기도 한다. 빚을 잔뜩 진 아가씨들이 포주 몰래 도망을 가다가 이상히게도 꼭 그 자리에서 잡혀 얻어터진다. 이 동네 건달들이 서로 싸움을 하다가 칼을 맞는 자리도 이상하게 그 자리고, 아가씨들이 술에 취해 머리를 쥐어박는 곳도 꼭 그 표지판 앞이다. 그래서 아가씨들은 이 골목의 발전을 위해서는 무당을 불러다가 생리하는 표지판 앞에서 굿이라도 한번 벌여야 한다고 이야기하곤 한다. 생리하는 표지판 옆에는 '멀건이 가로등'이 있다. 보통은 그냥 '멀건이'라고 부른다. 멀건이는 낮에는 멀뚱멀뚱 켜져 있다가 웃기게도 한밤중에는 꺼진다. 어쨌든 이 골목의 이름은 모두 그녀들 덕택으로 온통 뒤죽박죽이 되어버렸다. 이방인들이 들어와서 시외버스 터미널이 어디냐고 묻는다면 그녀들은 "생리대에서 오른쪽으로 꺾으면 멀건이 나오거든요, 멀건이 따라 죽 가면 돼요" 뭐 이런 식으로 이야기할지도 모른다. 하긴 이 골목에선 사람들도 모두 가짜 이름을 사용하는데 가로등에게 가짜 이름이 하나쯤 있다고 해서 무슨 대수인가. 골목의 이름은 '단발장 스트리트'다. 단발장이라는 건달이 이 골목에서 대빵을 먹고 있을 때 아가씨들이 지었다고 한다. 이 동네의 모든 것들처럼 그 전설은 믿을 수 없고 유치한 것이다. 단발장이라는 전설적인 깡패가 있다. 나쁜 짓을 많이 하고 살았다. 나쁜 짓을 많이 하고 교도소를 가고, 나쁜 짓을 조금 하고 교도소를 가고, 이 동네의 다른 건달들처럼 그렇게 전과를 늘려가는 한심한 인생이다. 그런데 교도소 화장실에서 심한 변비에 시달리다가 갑자기 창살 밖에 있는 달을 보며 그는 문득 생각한다. '아! 내 인생은 대체 무엇인가? 이따위로 살면 안 되겠다. 이렇게 쓰레기처럼 살아서는 안 되겠다.' 그래서 그는 이 거리로 들어와 아가씨들의 복리후생에 앞장서는 깡패가 되었다. 뭐 그런 이야기다. 그러니까 간단하게 말하면 그는 다른 포주들에 비해 아가씨들에게 좀 인심이 후한 포주였다는 말이다. 그는 자신이 소설 속의 장발장처럼 새롭게 태어났다고 늘 주장했고, 그래서 사람들이 자신을 장발장이라고 불러주길 원했다. 하지만 이 골목의 아가씨들은 장발장 대신 단발장이라는 별명으로 그를 불렀다. 그의 머리카락이 항상 짧았고 그의 다리는 머리카락보다 더 짧았기 때문이다. 그러니까 이것은 머리카락이 짧고 키도 짜리몽땅한 한 볼품없는 깡패에 대한 이야기다. 내가 이 골목으로 들어오기 훨씬 전에 단발장은 칼을 맞고 죽었다. 마약을 빼돌렸거나, 사채를 안 갚았거나, 아가씨 문제로 다른 건달이랑 시비가 붙었거나, 이도 저도 아니라면 그냥 술 취해서 맨홀 속으로 빠졌거나 뭐 그런 이유들일 것이다. 이 골목에서 그런 일은 너무나 흔하다. 단발장이 죽었지만 여전히 이 골목의 아가씨들은 여기를 단발장 스트리트라고 부른다. 나는 단발장이란 놈을 한 번도 본 적이 없지만 어쨌든 너후나 스트리트나 강호동 스트리트보다는 단발장 스트리트가 그나마 나은 편이다. 물론 이것은 내 생각이다.

하긴 골목 이름 따위가 뭐 대순가. 나는 아직도 내 침대에서 자고 있는 저 여자의 진짜 이름을 모른다. 처음에는 미나라고 했다가 그다음에는 운정이, 그다음엔 은실이었다. 조금씩 더 촌스러워지는 것을 보면 진짜 이름에 어느 정도 접근해가고 있는 것도 같다. 가게에서는 야우라는 이름을 사용한다. 사실 그녀의 진짜 이름이 궁금한 것은 아니다. 은실은 어쩌면 진짜 이름일지도 모르지만 진짜 이름 따위가 뭐가 중요한가. 10년 뒤에 혹시 그녀가 보고 싶어진다 하더라도 그녀의 진짜 이름을 가지고는 그녀를 찾지 못할 것이다. 하긴 10년 뒤에 그녀는 내 얼굴을 기억도 못할 것이다.

2

금요일! 잭이 가게에 오는 날이다.

어쩌면 두꺼비도 올지 모른다. 금요일엔 갑자기 가게에 손님이 많아진다. 그러면 잭의 아가씨들을 부르든, 두꺼비의 아가씨들을 부르든 재수 없으면 둘 다 부르든 누구든 불러서 아가씨 숫자를 맞추어야 한다. 아가씨들이 오면 당연히 잭과 두꺼비도 온다. 별로 반갑지 않은 인간들이다. 잭과 두꺼비도 서로 반갑지 않을 것이다. 잭이 오는 날에는 깨끗한 얼음을 준비해야 하고, 각이 없는 온더록스 잔을 준비해야 하고 주류 쪽에 전화를 걸어서 잭 다니엘도 몇 병 들여와야 한다. 국산 양주를 섞어서 뚜껑을 다시 닫은 가짜 말고 진짜 잭 다니엘. 어떤 철없는 웨이터가 실수로 가짜 양주를 건넸는데, 그걸 마신 후에 잭이 웨이터의 한쪽 눈에 이쑤시개를 박아넣었다는 소문이 있다. 물론 그 것은 잭이 몰고 다니는 무수한 소문 중에 하나일 뿐이다. 그리고 그런 소문은 이 골목에서 떠도는 대부분의 소문들처럼 그다지 믿을 만한 것이 못 된다. 그렇다 하더라도 잭에게 가짜 양주를 건네는 것은 위험한 일이다. 부모님이 물려주신 눈, 코, 귀 같은 것을 제대로 붙이고 관속에 들어가고 싶다면 이 골목에서는 뭐든지 조심하는 게 좋다.

잭은 별명이다. 잭 다니엘만 마시기 때문에 생긴 별명일지 모른다. 애꾸눈 잭이라고 부르기도 하고 그냥 잭이라고 부르기도 하고 잭이 보이지 않는 곳에서는 짝눈이라고 부르기도 한다. 잭은 이 골목에서만 10년째 어슬렁거리고 있다. 많은 건달들이 칼을 맞아 죽거나 감방에 갔거나 다른 곳으로 도망을 쳤지만 잭은 살아남았다. 한쪽 눈을 잃긴 했지만, 또 건달치고는 나이가 좀 들기도 했지만 아직까지는 다른 직업을 가질 생각이 없는 것 같다. 이 거리의 기둥서방치고는 장수하는 셈이다. 잭은 욕심을 부리는 스타일이 아니다. 아가씨 장사를 크게 하는 것도 아니고 약장사를 하거나 밀수를 하는 것도 아니다. 항상 네댓 명의 아가씨들을 거느리고 유흥업소에 접대부로 보내거나 호텔로 보내서 그 품을 뜯어먹고 산다. 큰 이권에 손대지 않으므로 조직들이 잭을 경계해야 할 필요는 없다. 가끔 큰형님을 못 알아봐서 걔네들을 난처하게 만들곤 하지만 그걸 빼고 나면 잭은 조용히 지내는 편이다.

두꺼비는 좀 지저분한 놈이다. 인상도 더럽고, 성깔은 더 더럽다. 돈 되는 짓이라면 무슨 짓이든 한다. 부두에서 약도 거래하고, 중국에서 들어오는 밀수품도 다룬다. 얼마 전까지는 조선족들의 여권 사기 일도 했었고, 떠도는 소문에는 장기 거래에도 관여하고 있다는 이야기도 들린다. 될 수 있으면 상종을 안 하는 게 좋은 놈이다. 시간이 지나면 이 거리에서 사라질 것이다. 그렇게 설쳐대다가는 이 골목에서 오래 버티지 못한다.

금요일이다. 좋지 않다. 금요일에는 샐러리맨들이 단체로 밀어닥친다. 회식도 대부분 금요일이고, 회사 간부들의 온갖 접대도 대부분 금요일에 이루어진다. 가뜩이나 아가씨가 부족한 판인데 비까지 내린다. 비가 내리면 아가씨들이 단체로 생리를 한다. 히스테리컬해지고 우울해진다. 2차를 못 나가겠다고 생떼를 쓰고, 술을 마시다가 갑자기 울어대고, 사소한 일로 손님들과 싸움을 벌인다. 게다가 우리 가게의 간판 아가씨인 그녀의 눈에는 멍까지 들어 있다. 빌어먹을, 금요일이 지구에서 영원히 사라져버렸으면 좋겠다.

3

　바의 오른쪽에는 잭, 중앙에는 두꺼비와 두꺼비가 새로 데리고 온여자, 그리고 왼쪽 구석에는 지금은 은퇴한 전직 형사 백반장이 앉아있다. 최악의 테이블이다. 돈 되는 놈도 없고 싹싹한 놈도 없다. 모두재수없는 놈들뿐이다. 그리고 두꺼비 옆에 새로 온 여자는 두꺼비와정말 잘 어울릴 만큼 탁월하게 천박해 보인다. 나는 바의 중앙에서 침묵을 지키고 있다. 침묵을 지키다니, 사실 그건 웃긴 소리다. 나는 여기서 뭐라 떠들 입장이 못 된다.

　"얼음이 좀 지저분하지 않나?" 잭이 나를 향해 말했다.

　나는 잭이 한 말이 무슨 뜻인지 잘 몰라서 약간 허둥대고 있다. 요즘엔 한 번 들어서는 무슨 말인지 도무지 감이 안 온다. 그놈의 두통약 때문이다. 할 수 없이 나는 "예?" 하고 잭에게 다시 물었다. 잭이손가락으로 위스키 잔 속의 얼음을 가리켰다. 나는 그제야 알아들었다는 뜻으로 머리를 살짝 숙여서 인사를 했다.

　"그건 사온 얼음 아니에요. 제가 정수기 물로 냉장고에서 직접 얼린 겁니다."

　잭이 온더록스 잔을 들어 불빛에 얼음을 자세히 살펴보더니 고개를끄덕였다. 그리고 손가락으로 잔 속에 있는 얼음 하나를 꺼내 바닥에버렸다.

　"직접 얼린 얼음이라. 좋아. 성의가 있어. 그리고 내가 위스키를 달라고 할 때는 언제나 얼음 세 개를 넣어. 꼭 기억해둬. 착한 어린이."

　기억해둬야겠다. 귀걸이를 사서 한쪽만 걸면서 살고 싶지 않다면 저런 말들을 제대로 기억해둬야 한다. 낮게 깔리면서 은연중에 상대방을 무시하는 잭의 목소리는 언제나 맘에 들지 않는다. 착한 어린이는 잭이 나를 부를 때 쓰는 명칭이다. 그것도 별로 맘에 들지 않는다.

"알아들었으면 대답을 해야지." 잭이 다시 말했다.

별로 대답을 하고 싶지 않다. 그런데 나도 모르게 내 혀가 제멋대로 움직이며 "예. 알겠습니다" 하고 말한다. 내 목소리는 내가 듣기에도 애처로울 정도로 공손했다. 잭은 알아들었으면 됐다는 듯 홀에 흐르는 음악에 맞추어 손가락으로 테이블을 툭툭 쳤다.

바의 왼쪽에는 백반장이 술을 마시고 있다. 나는 그가 형사였을 때는 본 적이 없다. 그것은 내가 여기서 웨이터를 하기 훨씬 전 이야기다. 내가 그를 보기 시작한 것은 형사이지만 그 앞에 전직이라는 말을 달고 다닐 때였다. 사장은 왜 백반장에게 공짜로 술을 주는지 모를 일이다. 이제 그는 형사도 아니고 더구나 건달도 아닌데 말이다.

중앙에는 두꺼비와 그의 여자가 앉아 있다. 오늘 테이블에서는 이 두 인간이 가장 짜증나는 부류다. 두꺼비의 여자는 수시로 바뀐다. 어디서 구해오는지 알 수 없지만 새로 아가씨가 들어오면 두꺼비가 일주일쯤 데리고 다닌다. 그것을 두꺼비는 교육이라고 부른다. 두꺼비의 손은 여자의 스커트 안쪽에 들어가 있다. 가끔 가슴을 주무르기도 한다. 아주 열심히 교육을 한다. 여자는 별로 거부하지 않는다. 누가 보든 말든 아랑곳하지도 않는다. 오히려 여자는 두꺼비가 무슨 말을 할 때마다 과장된 몸짓으로 천박하게 웃는다. 저 정도 되면 바닥 중에서도 바닥이다.

"간단한 안주라도 좀 드릴까요?" 내가 두꺼비에게 물었다.

두꺼비는 대답하지 않고 딴청을 피우면서 여자의 볼을 만졌다. 여자가 까르르 웃었다. 두꺼비가 가죽 잠바에서 담배를 꺼냈다. 나는 두꺼비에게 담뱃불을 붙여주기 위해 라이터를 켰다. 그러나 두꺼비는 자신의 왼쪽 주머니에서 지포 라이터를 꺼내 불을 붙였다.

"자네는 언제나 그렇게 굽실거리나?" 두꺼비가 물었다.

"착한 어린이라잖아요, 호호호." 두꺼비의 여자가 한마디 거든다.

여자의 웃음소리가 컸는지 잭이 고개를 돌려 여자를 한번 쳐다본다. 나는 두꺼비의 말에 대답하지 않는다. 여자가 대신 대답을 해줬으니 상관없다. 두꺼비도 더이상 말을 걸지 않는다. 다행이다. 두꺼비가 더이상 말을 걸지 않는다면 룸이나 창고에 무슨 일이 있다는 듯이 슬쩍 바를 빠져나가면 될 것이다. 나는 마른 수건으로 테이블을 닦으면서 "냅킨이 떨어졌네" 하고 혼잣말처럼 말했다.

"야우와 같이 산다면서?" 두꺼비가 물었다.

"같이 산다기보다는 같은 집에 살지요." 내가 말했다.

"썹……새……끼, 그게 그거지."

"……"

"야우가 예전에 내 밑에 있었다고 이야기 안 하디?"

"이야기 안 해도 압니다."

"야우 요즘도 섹스 잘해?"

"……"

"너랑 썹할 때도 손님이랑 하는 것처럼 기술 많이 쓰냐고."

"……"

"이 새끼가 사람 말을 지 애비 좆으로 아네. 사람이 점잖게 뭘 물었으면 대답을 해야 할 것 아냐, 이 좆만한 새끼야."

"무슨 질문이었는지." 그제야 내가 대답했다. 아마 목소리가 좀 떨렸는지도 모른다.

"햐, 요 새끼 봐라!"

두꺼비가 자리에서 일어나 내 멱살을 잡았다. 두꺼비의 손아귀에 잡힌 나비넥타이가 힘없이 일그러졌다. 단번에 숨이 턱 막혀온다. 두꺼비는 멱살을 잡는 데 익숙하다. 웃기는 이야기 같지만 나는 멱살을 잡히는 데 익숙하다. 두꺼비는 가죽 잠바 안쪽에서 칼을 꺼내 내 얼굴에 갖다댔다. 칼날이 차가웠다. 나는 잭과 백반장을 번갈아 한 번씩 바라봤다. 뭐 도와달라고 말하고 싶은 것은 아니었다. 그딴 것은 기대도 하지 않는다.

"야우가 니랑 공짜로 씹할 때도 기술을 많이 쓰냐고." 두꺼비가 다시 물었다.

칼 면이 내 볼 위에서 조금씩 미끄러지고 있었다.

"아뇨. 기술은 그렇게 많이 쓰지는 않습니다. 그냥 남들 하는 것처럼, 그냥 그렇게 해요. 평범하게요. 그리고 둘 다 피곤하다보니 자주 하지도 않는걸요."

두꺼비 옆에 있는 여자가 피식 웃음을 터뜨렸다. 엉망이다. 두꺼비는 만족스러운 표정을 짓더니 멱살을 풀어주었다. 나비넥타이는 두꺼비의 손아귀에서 풀려나오자 언제 그랬냐는 듯이 재빨리 앙증맞은 제 모습으로 돌아갔다. 두꺼비는 웃으면서 칼로 내 배를 찌르는 척 장난을 치고 다시 가죽 잠바 깊숙이 칼을 집어넣었다.

"왜 좆같아? 좆같으면 한번 찔러보든지, 자."

무슨 생각인지 두꺼비가 다시 칼을 꺼내 나에게 건넸다. 나는 무의식중에 두꺼비의 칼을 받았다. 두꺼비가 왜 가게에만 나오면 나에게 모욕을 주는지는 알 수 없다. 내가 맘에 안 들어서 그럴 것이다. 나도 나 자신이 맘에 안 들기는 마찬가지다. 어쩌면 옆에 여자가 있어서 그런 것일 수도 있다. 두꺼비는 여자가 옆에 있으면 우쭐대고 싶어한다. 나는 손에 들고 있는 칼과 두꺼비를 번갈아 바라봤다. 두꺼비가 한번 찔러보라는 제스처를 했다. 두꺼비는 내가 자기에게 주먹을 한방 날려주기를 기다리고 있는 것 같다. 그래야 그걸 핑계삼아 실컷 나를 두들겨팰 수 있을 테니까. 그러나 잽도 안 되는 일이라는 것을 나는 안다. 두꺼비는 싸움이라면 전문가다. 두꺼비의 실력이 얼마나 되는지는 모른다. 두꺼비가 싸움하는 것을 본 적도 없다. 그냥 여기저기서 들은 이야기뿐이다. 그러나 이 바닥에서 혼자서 아가씨들을 데리고 기둥서방을 할 정도라면 어지간한 실력은 될 것이다. 나는 두꺼비가 준 칼을 한번 움켜쥐어본다. 어쩌면 나도 놈의 배를 칼로 찌를 수 있을지도 모른다. 놈의 배라고 해서 칼이 안 들어가지는 않을 것이다. 그런데 그다음이 문제다. 경찰서에 가서 조사를 받아야 하고, 지문을 찍고, 감옥에서 얼마간 썩어야 할 것이다. 감옥을 나와서는 뭘 하나. 그때는 나이가 많이 들어서 웨이터도 할 수 없을 것이다. 그리고 나는 전과자로 살아갈 만한 별다른 기술이 없다. 항상 이것이 문제다. 사람을 칼로 찌르는 데 나처럼 너무 많은 생각을 하는 사람은 결코 싸움에서 이길 수가 없다. 나는 두꺼비에게 공손하게 칼을 건네준다. 두꺼비가 실실 웃으면서 칼을 받는다.

"나는 너 같은 놈만 보면 구역질이 올라와. 사내새끼가 그렇게 속이 없냐. 진짜 사내라면 되든 안 되든 한번 덤벼보기라도 해야지. 안 그래?" 두꺼비가 한쪽 입을 올리며 물었다.

나는 대답하지 않고 그냥 두꺼비를 향해 한 번 웃어주었다.

"안 그러냐고, 이 좆같은 새끼야."

"예, 그렇죠."

"그럼 덤벼봐! 네가 진짜 사내놈인지 아닌지 오늘 내가 판결해줄 테니까."

"에이, 그만해요. 착한 어린이한테 왜 그래요, 호호호." 두꺼비의 여자가 말했다.

말리는 시누이가 더 밉다는 말은 맞는 말이다. 여자의 쫑알쫑알거리는 입을 찢어놓고 싶다. 저 피둥피둥한 가슴을 꽉 쥐어짜서 터뜨렸으면 좋겠다. 백반장은 내 꼴이 재미있다는 듯이 시종 히죽히죽 웃고 있고, 그새 두꺼비의 손은 새로 온 여자의 가슴을 주물럭거리고 있었다. 술을 한잔 마셨으면 좋겠다. 그리고 두통약도 먹어야겠다. 제기랄.

그때 갑자기 바의 오른쪽 끝에 있던 잭이 난데없이 두꺼비에게 말을 던졌다.

"진짜 사내에 대해서 뭐 좀 아나?"

잭은 말을 던지고 두꺼비를 향해 몸을 비스듬히 돌렸다. 두꺼비는 잭을 멀뚱멀뚱 바라보다가 조금 의외라는 표정을 지었다. 하긴 나도 조금 놀랐다. 잭이 자신과 자신의 여자가 관련되지 않은 일에 참견하는 일은 좀처럼 드물기 때문이다.

"어이! 형씨 지금 뭐라고 씨부렸소?" 두꺼비가 물었다.

"진짜 사내에 대해서 뭐 좀 아느냐고. 내가 보기에는 자네가 진짜 사내에 대해 잘 모르는 것 같아서. 넌 그냥 양아치지. 약한 놈이나 붙잡고 칼 장난이나 해대는 진짜 양아치." 잭이 술잔을 돌리며 말했다.

"와, 오늘 이거 사람 딱 돌게 만드네. 어이, 늙은 아저씨. 이제 그만 인생 은퇴하고 싶소? 나잇값 쳐줄 때 그냥 술이나 처마시고 서방질이나 잘하쇼. 남의 일엔 신경 끄시고. 그럼 장수할 거요."

잠시 바에 침묵이 흘렀다. 자존심 때문에 거칠게 말했지만 두꺼비도 조금은 잭이 두려울 것이다. 늙었지만 잭은 그리 호락호락한 인물이 아니다. 잭은 두꺼비를 향해 알 수 없는 웃음을 흘리고 있었다. 그 웃음은 분명 비웃는 것처럼 보였다. 두꺼비가 자기 앞에 있는 술을 단숨에 마셨다. 그리고 잭을 향해 말했다.

"왼쪽 눈도 싸움하다 그런 게 아니고 강간 치러다가 여자가 발로 차서 그렇게 애꾸 된 거라면서? 쪽팔리게 계집질하다가 눈깔이 빠지나."

말을 마치고 오히려 두꺼비의 표정이 경직되었다. 자기도 말이 너무 많이 나갔다는 것을 지금쯤 눈치챘을 것이다. 하지만 잭의 표정에는 별로 변화가 없었다.

"눈깔이야 두 개나 있으니 하나쯤 없어도 괜찮아, 눈깔 하나 없다고 가짜 사내가 되는 건 아니니까." 잭이 웃으며 말했다.

"시발, 하고 싶은 말이 뭔데?" 두꺼비가 말했다.

"네가 자꾸 진짜 사내, 진짜 사내 노래를 불러대니까 거슬려서 말이지. 그리고 네가 정말 진짜 사내에 대해 뭘 좀 아는지 궁금하기도 하고." 잭이 말했다.

그러자 두꺼비가 벌떡 일어섰다. 오른손에는 벌써 칼이 들려 있었다. 그러나 잭은 여전히 자리에 가만히 앉아 있다.

"여기서 뜰까, 아니면 나가서?" 두꺼비가 말했다.

"자넨 항상 그런 식이군. 하지만 그런 식으론 누가 진짜 사내인지 알 수가 없지. 힘 센 놈이 이기게 되어 있는 게임은 사내가 할 짓이 아니야. 힘 센 놈이 이기는 것은 당연해. 그것은 불공평하고 야비하지. 맨날 네놈이 하는 짓거리처럼 말이야. 내가 보기에 너는 진짜 사내와는 거리가 멀어. 그냥 야비한 양아치 새끼일 뿐이지." 잭이 말했다.

"그럼 종목을 정해. 뭐든 당신 같은 늙은이한테 지는 일은 없을 테니까."

그러자 잭이 자리에서 일어나 두꺼비 쪽으로 걸어왔다. 잭은 잠바 주머니에서 칼을 꺼내더니 바의 중간에 꽂았다. 그리고 그 옆에 동전을 하나 올려놓았다. 바의 천장에서 내려오는 조명 불빛 때문에 잭이 꽂은 칼과 동전은 아주 기묘해 보였다.

"적당한 게임이 하나 있지. 나도 감옥에 있을 때 말로만 들었지 아직 한 번도 안 해봤어. 본 적도 없고. 하지만 규칙은 아주 간단해. 동전을 던져서 지는 놈이 손가락을 하나씩 자르는 거지. 가령 앞면이 나오면 내가 손가락을 하나 자르고, 뒷면이 나오면 자네가 손가락을 하나 자르는 거야. 물론 자네가 동전 앞면에 손가락을 자르고 싶다면 그렇게 해도 좋아. 누구든 그만 하자고 말하는 놈이 지는 거지. 우린 둘 다 손가락이 멀쩡하니까 동전을 스무 번 던지기 전에는 게임이 끝나겠군. 공평하고 정직한 게임이지. 어때, 할 수 있겠나?" 잭이 물었다.

두꺼비는 아무 말도 없었다. 머릿속에서 잔머리를 굴리고 있는 것 같았다. 동전의 뒷면이 나오면 자기 손가락이 하나씩 잘려나가고 앞면이 나오면 잭의 손가락이 하나씩 잘려나간다. 아무래도 두꺼비에게는 남는 게 없는 장사다. 그렇다고 잭에게는 뭐가 남는 장사인가?

"왜, 진짜 사내라면 되든 안 되든 덤벼보기는 해야 한다면서?" 잭이 웃으면서 말했다.

두꺼비는 무슨 생각을 하는 듯 여전히 말이 없었다. 내가 보기에는 겁먹은 것이 확실했다. 칼을 든 손이 심하게 떨고 있었다.

"하지 마세요. 미친 짓이에요." 두꺼비의 여자가 말했다.

"겁먹었군. 하긴 네까짓 양아치 새끼가 진짜 사내는 무슨…… 그냥 없던 일로 하지." 잭이 테이블 위에 있는 동전과 칼을 집어넣으면서 말했다.

잭은 기분이 좋다는 듯 휘파람을 불면서 자기 술잔이 있는 자리로 돌아갔다.

"착한 어린이. 우리 백반장에게도 맛있는 잭 다니엘 한 잔 드려! 잭 다니엘이야말로 진짜 사내들의 술이지. 그리고 저기 가짜 사내에게는 우유 한 잔 드리고. 백반장, 이건 내가 사는 겁니다." 잭이 흥겹게 말했다.

나는 백반장에게 잭 다니엘을 한 잔 줬다. 하지만 두꺼비에게 우유를 주는 미친 짓거리는 하지 않았다.

"잭에게 술을 다 얻어먹다니 횡재한 날이군." 백반장이 말했다.

"이봐, 착한 어린이, 뭐해? 저기 가짜 사내에게 우유 한 잔 주라니깐. 계산은 내 이름으로 하고." 마치 협박이라도 하듯 잭이 진지한 표정으로 말했다.

나는 잠시 동안 두꺼비에게 우유를 줘야 할까 말아야 할까를 생각했다. 잭이 계속 저렇게 나온다면 두꺼비에게 우유를 안 줄 수 없을 것이다. 그렇지만 두꺼비에게 우유를 주다니 그게 말이나 되는가. 잠시 동안 모두들 말이 없었다. 바에 흐르는 침묵이 팽팽하고 완강했다. 그때 두꺼비가 바의 중앙에 칼을 꽂았다.

"시발, 동전 던져." 두꺼비의 목소리가 떨렸다.

"이러지들 마시죠." 내가 말했다.

"동전 던지라니깐." 두꺼비가 잭에게 말했다.

잭이 나에게 동전을 던졌다.

"착한 어린이. 자네가 던져. 그렇게 해야 공평하지."

잭이 천천히 술잔을 비우고 담배를 하나 꺼내 물었다. 두꺼비는 계속 서 있었다. 백반장은 이 상황이 재미있다는 듯 몸을 바짝 당겨서 바의 중앙 쪽으로 조금 다가왔다.

"뭐해, 착한 어린이. 동전 던지라니까." 잭이 다시 말했다.

사람들이 모두 나만 바라보고 있었다. 홀에 걸려 있는 벽시계에서 초침 소리가 유난히 크게 들려왔다.

"정말 이러지들 마세요. 저는 이런 짓 못 해요."

나는 틀림없이 떨고 있었다. 앞면이 나오건 뒷면이 나오건 내가 동전을 던진다는 것은 상상도 할 수 없는 일이었다. 그러자 백반장이 중앙으로 걸어오면서 말했다.

"그럼 내가 던져도 될까?"

"누가 던지든 무슨 상관이야. 나는 앞면을 하겠어."

큰소리를 쳤지만 두꺼비의 목소리는 완연히 떨고 있었다.

"그럼 내가 뒷면을 하지." 잭이 말했다.

백반장이 동전을 집어올렸다. 그리고 준비가 되었다는 듯 잭과 두꺼비를 한 번씩 바라보았다. 잭이 고개를 끄덕였다. 두꺼비는 아무 말도 없이 여전히 그 자리에 가만히 서 있었다.

동전이 날아올랐다. 동전은 공중에서 팽그르 하는 소리를 내다가 아래로 떨어졌다. 그렇지만 백반장은 동전을 받지 못했다. 동전은 바 위에 떨어져서도 한참을 더 돌다가 잭의 온더록스 잔 앞에서 멈췄다.

앞면이었다.

"앞면이군." 잭이 동전을 보고 덤덤하게 말했다.

백반장은 바에서 홀 쪽으로 두 걸음 정도 물러섰다. 두꺼비는 여전히 잔뜩 경직된 자세로 서 있었다. 처음부터 지금까지 두꺼비의 자세는 한 번도 바뀌지 않았다. 잭은 술잔에 남은 술을 마시고 나에게 한 잔 더 달라고 말했다. 내가 술병을 집기 위해 돌아섰을 때 나무로 된 바의 바닥에 칼이 꽂히는 둔탁한 소리가 들렸다. 잭의 칼이 왼손 새끼손가락을 정확히 찍었다.

"맙소사, 정말로 잘랐어." 여자가 놀라서 말했다.

잭은 힘줄과 연골 때문에 아직 손에서 떨어지지 않고 건들거리는 손가락 마디를 칼로 그어서 잘랐다. 그리고 물수건을 두 개 겹친 다음 얼음을 넣어서 손가락에 감았다. 마치 그전에도 숱하게 손가락을 잘라본 경험이 있는 것처럼 동작들이 침착하고 재빨랐다. 아주 오랫동안 바에서는 아무도 움직이지 않았고 아무도 소리를 내지 않았다. 바 위에는 동전 하나와 칼 하나, 그리고 혼자서 피를 흘리고 있는 손가락 하나가 있었고 모두가 멍하니 그것을 바라보고 있었다. 잭은 고통스러운지 이따금씩 인상을 찡그렸다. 하지만 신음 소리를 내지는 않았다. 잠시 후 잭이 다시 말했다.

"동전 던져. 내 손가락은 아직 아홉 개나 남았으니까."

이번에는 백반장도 동전을 던질 기색이 아니었다. 그때 당황한 두꺼비가 말했다.

"이 늙은이가 정말 미쳤군. 정말 미쳤어. 이게 무슨 진짜 사내를 판단하는 게임이야. 나 참, 웃겨서. 그냥 차라리 밖에 나가서 싸우자고. 사내답게. 이건 미친 짓이니까. 이거 미친 짓 아니야? 안 그래?"

두꺼비는 자기 말이 맞지 않느냐는 듯 불안한 눈동자로 주위를 두리번거렸다. 두꺼비는 공포에 잔뜩 질려 있었다. 그렇지만 모두들 아무 말도 못하고 있었다. 심지어 두꺼비가 데리고 온 여자까지도 그저 멍하니 앉아 있었다. 그러자 잭이 손을 움켜쥐고 조용히 말했다.

"너의 그 싸구려 아가씨들을 데리고 이 골목을 떠나. 싫으면 여기다 손가락을 몇 개 내놓든지."

두꺼비는 무슨 생각을 하고 있는지 잠시 서 있었다. 그리고 바 위에 있는 칼과 잘린 손가락과 온통 수건을 적신 붉은 피를 바라보다가 "미친 새끼" 하고 중얼거리며 황급히 밖으로 나갔다. 두꺼비의 여자는 겁먹은 표정을 하고 있다가 곧 두꺼비를 따라 나갔다. 그리고 5분쯤 있다가 백반장도 가게를 나갔다.

상황은 그렇게 종료되었다. 잭은 병원에 가지 않고 말없이 계속 술을 마셨다. 대신 평소보다는 훨씬 많은 술을 마셨다. 주류에서 사다놓은 잭 다니엘 세 병을 전부 다 마셨으니까. 잭이 세 병째 술병을 다 비웠을 때 나에게 물었다.

"착한 어린이. 혹시 사람을 찔러본 적이 있나?"

"그럴 리가요." 내가 말했다.

"사람을 찔러본 적이 있나요?" 내가 다시 잭에게 물었다.

"몇 번 찔렀지." 잭이 말했다. "어쩔 수 없어. 몇 번은 찔러야 할 수 있는 직업이니까." 잭이 다시 혼잣말처럼 말했다.

4

일요일 아침이다. 며칠째 계속 비가 내리고 있다. 나는 담배에 불을 붙이고 캔맥주를 딴다. 그리고 두통약을 한 움큼 집어삼키고 캔맥주를 마신다. 창밖에는 우울한 쓰레기통이 있고 여전히 고양이가 우울한 쓰레기통을 뒤지고 있다. 어쩌면 오늘은 고양이도 보람이 있을 것이다. 어제 가게의 셔터를 내리고 나는 혹시나 싶어 냉장고에 넣어두었던 잭의 손가락을 검은 비닐봉지에 싸서 우울한 쓰레기통에 버렸다. 그러니 잘 뒤져보면 제법 먹음직한 고깃덩어리가 생길지도 모른다.

잭은 토요일 아침에 칼에 찔린 채 발견되었다. 진짜 사내는 자기 손으로 손가락을 자르고 남의 칼에 찔려죽는다. 잭의 시체가 발견된 곳은 어김없이 생리하는 표지판 앞이었다. 정말 아가씨들 말대로 무당이라도 불러서 굿이라도 한판 해야겠다. 그리고 토요일 점심에는 두꺼비가 찾아왔다. 저녁에 가게로 경찰이 올지 모르는데 그러면 자기는 그날 저녁에 백반장이랑 7번 룸에서 밤새도록 술을 마셨다고 말하라며 꽤 두툼한 돈봉투를 주고 갔다. 토요일 저녁에는 정말 경찰들이 가게로 찾아왔다. 나는 두꺼비가 7번 룸에서 백반장이랑 밤새 술을 마셨다고 말했다. 경찰은 확실하냐고 물었고 나는 확실하다고 말했다. 다른 것은 진짜 사내들끼리 알아서 잘할 것이다.

토요일 밤에는 야우가 술에 잔뜩 취해 와서 나에게 물었다. "나를 사랑해?" 나는 사랑한다고 대답했다. "개새끼야, 이게 사랑이야? 이게 사랑이냐구. 사랑하는 놈이 생리하는 애인을 억지로 호텔에 보내? 이 좆같은 새끼야." 야우는 술에 많이 취해 있었다. 사실 그날 밤에는 나도 술에 많이 취해 있었다. 그랬으니까 화장으로 가릴 수도 없을 만큼 정신없이 야우를 때렸을 것이다. "그럼 뭐가 사랑인데. 같이 살고, 같이 밥 먹고, 같이 씹하면 사랑하는 거지. 뭐가 더 필요해, 이 쌍년아!"

두번째 담배에 불을 붙인다. 나는 우울한 쓰레기통을 보고 있다. 나는 우울한 쓰레기통이 좋다. 온갖 쓰레기 비닐봉지들을 몸에 담고서도 그저 말없이 우울한 표정만 짓고 있는 저 쓰레기통. 나는 저 쓰레기통이 맘에 든다. 다시 담배를 문다. 빗줄기가 점점 더 강해진다. 목조건물이 쉴새없이 삐걱거린다. 고양이는 이제 보이지 않는다. 쓰레기통 속에서 잭의 손가락을 찾았을까. 고양이는 영민한 동물이니까 아마 찾았을지도 모른다. 찾았다면 고양이는 지붕 위로 올라갔을 것이다. 캔맥주를 하나 더 딸까. 오늘은 쉬는 날이니까 몇 캔 더 마셔도 된다. 계속 캔맥주를 마실 수 있으니까 일요일은 좋은 날이다. 오후에는 아직까지 한 번도 올라가보지 않은 이 목조건물의 지붕 위에 올라가볼까 한다. 어쩌면 지붕 위에는 고양이가 있을지도 모른다. 나는 그놈의 성마른 눈을 보고 싶다.

꽃을 말리는 건,
우리가 하찮아졌기 때문이다

그린란드 이누이트족은 80퍼센트가 우울증을 앓는다. 이누이트족의 일부 지역에선 매년 인구 천 명 중 서른다섯 명이 자살을 한다. 이런 끔찍한 자살률은 그 어디에서도 들은 적이 없다. 사람들은 그곳이 신이 금지한 어둠의 땅이기 때문이라고 말한다. 그곳은 밤이 오면 석 달씩이나 태양이 뜨지 않는 북극의 땅이니까. 하지만 이누이트족의 자살률이 가장 높은 계절은 봄 햇살이 찬란한 5월이다. 이누이트족은 강한 사람들이다. 그들은 영하 40도씩 내려가는 혹독한 기후 속에서, 불도 땔 수 없는 얼음집에서 수천 년을 살았다. 두꺼운 얼음을 깨서 물고기를 잡았고, 물개와 북극곰과 바다사자와 고래를 사냥했다. 북극에서는 얼음 구덩이에 발이 빠지는 작은 실수만으로도 다리를 잘라야 할 때도 있고 심지어 죽을 수도 있다. 이누이트족은 그 아찔한 동토를 수천 년이나 견뎠다.

이누이트족이 사는 북쪽 그린란드에는 나무가 없다. 그래서 이누이트족은 얼음집 속에 작은 물개 기름 램프 하나만을 켠 채 대가족이 모여 산다.

그러므로 사람들의 체온은 친밀함 이상이다. 체온은 얼음집 안의 거의 유일한 난방시설이므로 사람들의 따뜻함은 더도 덜도 말고 정확히 생물학적 의미로 생존과 직결되어 있다. 그들은 유대하고 부대끼고 얽혀서 산다. 그래서 이누이트족은 관대하고, 인정이 많고, 유머감각도 뛰어나고, 잘 웃는다. 얼음집 안에서의 공존과 평화로움은 절대적이다. 이누이트족은 결코 화를 내거나 다른 사람을 비난하지 않는다. 불평하거나 불만을 말하지도 않는다. 이누이트족은 불평 자체를 금기로 여긴다. 남에게 뭔가를 강요하는 규칙도 없고 심지어 그런 개념조차 없다. 아무도 다른 사람에게 예의 바르게 행동하라고 말하지 않으며, 이래라 저래라 간섭하지도 않는다. 서툰 동정도 서툰 위로도 하지 않는다. 동정이나 위로 그 자체가 상대방에겐 심한 모욕이될 수 있으므로 사실 간섭할 엄두조차 내지 못한다. 그러니 누가 어떤 상태를 보이든 그저 묵인하며 스스로 견디도록 내버려둔다.

상대방에 대해 어떤 말도 하지 않는 것처럼 이누이트족은 아무도 자신에 대해 말하지 않는다. 자신의 고민에 대해서, 분노에 대해서, 외로움에 대해서, 견딜 수 없는 역겨움에 대해서 말하지 않는다. 이누이트족은 혹독한 환경 속에서 각자 너무나 많은 짐을 지고 있기 때문에 자신의 고민이나 문제 따위를 털어놓아서 상대방에게 짐이 되려고 하지 않는다. 이 거친 북방인들은 모든 문제를 스스로 해결하며 살아왔고 스스로 해결하지 못하면 죽어야 했다. 물개 기름 램프가 흔들리는 얼음집 안에서 그들은 아무 말 없이 조용히 생각에 잠겨 있거나 사냥 얘기를 하며 웃고 떠든다. 아무도 서로를 간섭하지 않고 아무도 서로에게 자기 내면의 이야기를 하지 않는 이 얼음집에서, 바다사자와 물개와 고래의 피를 마시고 자란 이 거칠고 뜨거운 사람들은 상냥하고 온순하고 평화롭게 지낸다. 그리고 어느 날 마음에 견딜 수 없는 격정과 우울이 찾아오면 조용히 얼음집 밖으로 나가 혼자서 자살을 한다. 아무도 간섭하지 않고 아무도 자기 자신에 대해 이야기하지 않고, 바다사자와 물개와 고래의 피를 마시고 자란 사람들은 그렇게 죽는다.*

　제이가 자살을 한 것은 3년 전이었다. 그해 여름에는 유독 많은 사람들이 자살을 했다. 누군가 자살을 하자 또다른 누군가가 따라 자살을 했다. 죽은 누나를 따라 그의 동생이 자살을 하기도 하고, 죽은 아내를 따라 남편이 자살을 하기도 했다. 자살의 도도한 전염성. 왜 그렇게들 죽어가는 걸까. 모두들 한순간에 살아가는 데 필요한 최소한의 동력조차 잃어버린 느낌이었다. 사람들이 그렇게 쉽게 죽어간다는 것도, 그렇게 쉽게 죽을 수 있다는 것도, 좀처럼 이해할 수 없었다. 도무지 이해할 수 없었으므로 나는 계속 살았다. 회사에 출근을 했고, 열심히 적금을 부었고, 연말이면 꼼꼼하게 정리한 영수증을 들고 세금 환급도 받았다. 일주일에 세 번씩은 퇴근 후에 헬스클럽에 가서 러닝머신 위를 달리고 바벨을 들어올렸다. 이 도시에서는 모두들 그렇게 살아가니까.

　자살하기 전날 밤 제이는 나를 찾아왔었다. 제이는 꽤나 기분이 좋아 보였다. 실제로 그녀는 오늘은 유난히 기분이 좋다고 내내 호들갑을 떨었다. 나와 제이는 술집을 몇 군데씩이나 돌아가며 술을 마셨다. 제이는 쉴새없이 즐거웠던 일들에 대해 떠들어댔다. 주로 그녀의 어렸을 적 이야기였다. 자신이 키웠던 강아지들에 대해, 우리 엄

---

* 앤드류 솔로몬, 『한낮의 우울』, 민승남 옮김, 민음사, 309~320쪽 요약.

마가 만들어주던 콩국수에 대해, 피아노에 대해, 유치원의 미끄럼틀에 대해, 곰인형에 대해 그녀는 두서없이 이야기했다. 늘 그랬던 것처럼 제이는 술이 들어갈수록 기분이 더 좋아졌고 역시 늘 그랬던 것처럼 마시면 마실수록 점점 더 많이, 점점 더 빨리 술을 마셨다. 그녀는 과장된 제스처를 취하며 웃었고, 종류를 가리지 않고 술을 주문하고 마셔댔다. 그래서 자정이 될 무렵 나와 제이는 엉망으로 취해버렸다. 제이는 나와 어깨동무를 하고선 비틀거리며 거리를 걷고, 고함을 지르고, 하늘을 향해 깔깔 웃기도 하다가 여관으로 들어갔다. 그리고 우리는 섹스를 했다. 무슨 일이 있었는지 기억도 잘 나지 않는 엉망인 섹스였다.

그때 그녀는 스물아홉이었다. 스물아홉, 어쩐지 자살을 하기에는 애매한 나이다. 하긴 자살을 하기에 적당한 나이가 도대체 어디에 있겠는가. 나는 제이가 그 많은 애인을 두고 왜 마지막 섹스 상대로 나를 택했는지, 지상에서 마지막 날 밤을 왜 하필 나와 보냈는지 오랫동안 생각하고 또 생각했다. 하지만 이해할 수 없는 일이었다. 제이에게는 숱한 남자들이 있었다. 그리고 그 리스트에 언제나 나는 없었다. 적어도 제이에게 나는 아무것도 아니었다. 애인도, 마음을 나누는 친구도, 그 뭣도 아니었다. 냉정하게 말한다면 나와 제이는 우연히 같은 초등학교를 다니고 또 우연히 같은 대학을 다닌, 대학 동기였을 뿐이었다.

아침에 눈을 떴을 때 제이는 여관 화장실에서 노래를 흥얼거리며 머리를 감고 있었다. 무슨 노래였을까. 노래 제목은 기억이 나지 않는다. 제이가 몸을 흔들고 있었던 것으로 보아 경쾌하고 즐거운 노래였을 것이다. 아침에 제이는 기분이 좋았다. 아침에 기분이 좋은 제이를 보는 것은 거의 처음이라고 나는 생각했다. 제이는 밤에는 기분이 좋아지고 아침에는 우울해지는 타입의 여자였다. 하지만 그날 아침에 제이는 계속해서 콧노래를 불러댔다. 내 시선 따위는 아랑곳없이 팬티도 입지 않고 브래지어도 하지 않은 채 방을 이리저리 돌아다니며 머리를 말리고, 냉장고에서 야쿠르트를 꺼내먹고, 담배를 피웠다. 그리고 나에게 "빨리 씻어. 나 배고파" 하고 말했다.

여관을 나와서 제이는 가방에서 츄파춥스를 꺼내 입에 물었다. 츄파춥스를 꼭 물고 있어서 제이의 발음은 내내 이상했다. "시당 가서 국슈 먹자." 대충 그런 식이었다. 제이는 양화대교를 걸어서 건너가자고 했고 다리를 다 건너면 고춧가루를 듬뿍 뿌린 시장 국수를 먹자고도 했다. 양화대교 중간에서 제이는 잠시 멈춰 서서 서해 쪽으로 흘러가는 강물을 바라봤다. 그리고 뒤꿈치를 들어 난간을 잡고 다리 아래도 바라봤다. 나는 강바람을 맞으며 담배를 피웠다. "저녁이었으면 더 좋았을 텐데." 제이가 혼잣말처럼 말했다. 그리고 제이는 나를 향해 고개를 돌리더니 "네게 항상 고마웠어" 하고 말했다. 내가 의아한 표정으로 "뭐가 고마워? 해준 것도 없는데" 하고 시큰둥하게 말했다. 제이는 고개를 흔들며 "아니야, 넌 내게 항상 고마운 친구야. 하지만 어제 섹스는 안 하는 게 좋았을 것 같아. 그치?" 하고 말했다. 내가 머쓱해진 표정으로 "내 잠자리 실력이 별로였구나?" 하고 말했다. 그러자 제이가 쾌활한 미소를 지으며 "응, 꽤나 별로였어. 다음에 다른 여자 만나게 되면 이 말을 명심해, 여자는 정력보다 정성! 힘으로 할 생각 말고 매사 정성을 다하란 말이야" 하고 교사가 학생에게 가르치듯 큰 소리로 말했다. 그리고 제이는 나의 무안해하는 표정이 무척 재미있다는 듯 깔깔깔 웃었다. 나는 "어젠 술을 너무 많이 마셔서 그래, 너무 취해서……" 하고 어물어물 변명을 했던 것 같다.

제이가 강 쪽으로 몸을 조금 더 내밀었다. 강바람에 그녀의 머리카락이 나풀거렸다. "그래도 어젯밤에 너랑 있어서 좋았어. 아주 좋았어." 제이가 아주 다정한 목소리로, 사실은 나에게 하는 말이 아니라 자신에게 다짐하는 것처럼 말했다. 제이는 나를 향해 환하게 웃었다. 그리고 난간에서 몇 발자국 뒤로 물러선 다음 있는 힘껏 달려 양화대교 난간을 손으로 짚고 허공으로 경쾌하게 날아올랐다. 마치 체육 수업시간에 호각 소리에 맞춰 뜀틀을 넘는 아이처럼 그토록 경쾌하게. 제이는 마치 정지해 있는 새처럼 공중에 잠시 떠 있었다. 그리고 순식간에 강으로 떨어졌다.

나는 아무것도 하지 않았다. 놀라서 소리를 지르지도, 눈물을 흘리지도 않았다. 내가 한 일이라곤 제이가 떨어진 자리에서 동심원이 일어났다가 사라지는 강물을 그저 멍하니 바라본 것뿐이었다. 누군가 그 자리에서 똑같은 상황을 겪는다면 대체로 나와 비슷한 모습일 것이다. 왜냐하면 그 풍경은 격정과 슬픔을 가지기에는 너무나 비현실적이기 때문이다. 꿈속에서 맡은 찔레꽃 향기처럼, 그 향기에 취해 찔레꽃 가시에 찔려버린 손가락처럼, 하얀 꽃잎 위로 뚝뚝 떨어지는 붉고도 붉은 핏방울처럼, 너무나 비현실적이어서 그 풍경 속에는 아무런 냄새도 고통도 없기 때문이다. 나는 비현실이 만들어내는 그 구름 위에 오래도록 서 있었다. 다리 위를 걷던 누군가가 소리를 질렀다. 또 누군가가 휴대전화를 꺼내 119에 신고를 하고, 한 여자가 "이를 어째, 이를 어째" 하고 발을 동동 구르며 자신의 입을 손으로 막고 울기도 했다. 저, 여자는, 지금, 왜, 울고, 있는 것일까? 나는 아무것도 이해할 수 없었다. 아무것도 이해할 수 없었으므로 나는 슬프지도 놀라지도 않았다. 단지 말벌이라도 한 마리 들어앉은 것처럼 내내 귓속에서 웅웅 하고 시끄러운 날갯짓 소리가 들려올 뿐이었다. 아주 오랫동안, 그 날갯짓 소리가 멈추지 않았다. 제이의 시체가 인양되고, 경찰의 조사를 받고, 제이의 장례식이 끝날 때까지 그 날갯짓 소리가 내 귓가를 웅웅거리며 내내 떠나지 않았다.

제이를 처음 만난 것은 열한 살 때였다. 그때 우리집 앞으로 외국에 살던 제이네 가족이 이사를 왔다. 1층짜리 단독주택이 몰려 있는 골목에서 유일하게 유럽풍으로 지은 3층짜리 집이었다. 마치 제이네 가족들처럼, 제이네 3층짜리 집은 소시민들이 모여 사는 우리 동네 골목의 그 무엇과도 어울리지 않았다. 나는 제이가 이사를 온 날을 정확히 기억한다. 내가 학교에서 돌아왔을 때 1톤 트럭 하나가 간신히 들어올 만한 좁은 골목에 당시로서는 구경도 할 수 없었던 호들갑스러운 장식의 가구들, 엄청나게 큰 텔레비전, 전축 스피커, 흰색 그랜드 피아노 같은 것들이 잔뜩 놓여 있었다. 제이는 마치 바비 인형 공주님 세트 상자에서 리본을 풀고 막 튀어나온 것 같은 옷차림을 하고서 제 키만큼이나 큰 고래 인형을 가슴에 꼭 껴안고 우두커니 서 있었다. 그리고 영국식 정원 같은 자기 집 정원에 비하면 마치 시골 텃밭 같았던(실제로 마당의 반 이상이 상추나 고추를 심는 텃밭이었다) 우리집 마당을 호기심 가득한 눈으로 바라보았다. 채소밭을 다듬고 있던 엄마가 제이를 향해 웃어주었다. "예쁘게 생겼구나." 엄마가 말했다. 그러자 제이가 마당 안으로 쑥 들어오더니 자기 가슴에 품고 있는 고래 인형을 자랑하듯 보여주었다. "얘 이름은 고래고래예요." 제이가 말했다. "고래 이름이 고래라고?" 손등으로 이마에 맺힌 땀을 닦으며 엄마가 깔깔깔 웃었다. 제이가 고개를 절레절레 흔들었다. "고래가 아니라 고래고래라고요." 제이가 또박또박 말했다.

엄마는 제이를 좋아했다. 그것은 제이가 특별한 아이였기 때문이 아니라 엄마가 누구에게나 호의를 베푸는 성격이었기 때문이다. 엄마가 싫어하는 사람은 이 지구의 북반구만 따져도 에스키모 남편들을 제외하고는 단 한 명도 없었다(낯선 손님이 오면 자신의 아내를 잠자리에 보낸다는 게 에스키모 남편을 싫어하는 이유였다). 제이도 우리 엄마를 좋아했다. 당연한 일이었다. 모두들 엄마를 좋아했다. 엄마는 밝고 따뜻하고 배려심이 깊은 사람이었다. 적어도 이 지구 북반구에 사는 사람들은 모두 엄마를 좋아했을 거라고, 심지어 에스키모 남편들마저도 엄마를 좋아할 수밖에 없었을 거라고 나는 늘 생각했다. 엄마가 마당에서 화초를 가꾸거나 채소를 다듬을 때면 제이는 자신의 집 대문을 열고 쏘르르 달려나와 재잘재잘 이야기를 하곤 했었다. 수업시간에 들었던 이야기, 선생님에게 칭찬받은 이야기, 냄새나는 짝꿍 이야기, 미술 숙제에 대한 이야기를 제이는 몇 시간이고 떠들어대곤 했었다. 그리고 시간이 지나자 마당뿐만 아니라 부엌에서도 거실에서도 안방에서도 참새처럼 엄마에게 한없이 조잘대고 있는 제이의 모습을 볼 수 있었다. 저녁을 먹고, 과일을 먹고, 어린이에게 할애된 텔레비전 프로그램이 다 끝나고, 어린이가 봐도 혼나지 않을 것 같은 〈전원일기〉 같은 드라마가 다 끝날 때까지 제이는 좀처럼 돌아가지 않았다. 엄마가 "어머님이 걱정하시겠다" 하고 말을 건네야 제이는 할 수 없다는 듯 어깨를 축 늘어뜨린 채 내가 보기에 부족한 것이 하나도 없어 보이는 궁전 같은 집으로 돌아갔다.

나와 제이는 동갑이었고 같은 초등학교를 다녔다. 그래서 아침마다 제이는 나와 같이 등교했고 방과후에는 같이 돌아왔다. 생각해보면 같은 골목에 산다고 꼭 같이 등교를 하거나 수업을 마치면 철봉 앞에서 기다렸다가 같이 돌아와야 할 필요는 없었다. 하지만 제이와 나는 초등학교를 졸업할 때까지 늘 같이 등교했고 또 수업을 마치면 같이 집으로 돌아왔다. 그것은 제이가 외국에서 살다 와서 많이 낯설어하므로 나와 함께 다니면 좋겠다고 제이 엄마가 우리 엄마에게 간곡하게 부탁을 했기 때문이었다. 아니, 정확히 말하자면 제이네에서 일하는 아줌마가 우리 엄마에게 간곡하게 부탁을 했기 때문이었다.

이사를 온 뒤로 제이 엄마를 본 사람은 동네에서 아무도 없었다. 제이 엄마는 집 밖으로 나오지 않았다. 심지어 정원사가 그토록 정성 들여 가꿔놓은 정원을 거니는 법도 없었다. 아주 간혹 제이를 따라 집에 들어갔을 때나 긴 실크 원피스 잠옷을 입은 채 창가 흔들의자에 앉아 멍하니 창밖을 바라보고 있는 제이 엄마를 볼 수 있을 뿐이었다. 그녀는 시들어가는 백합처럼 힘이 없어 보였고 늘 위스키가 가득 든 온더록스 잔을 한 손에 들고서 버지니아 슬림 담배를 피우고 있었다.

제이는 집에 있는 것을 싫어했다. 그래서 제이는 어둠이 오기 전에는 골목에서 나와 놀았고, 어둠이 오면 우리집에서 놀았다. 제이네 정원의 넓고 근사한 잔디밭은 푹신푹신해서 놀기 좋았지만 제이는 그곳에서 놀고 싶어하지 않았다. 그래서 제이와 나는 골목에서 놀았다. 먼지 나는 골목 바닥에 퍼더앉아 둘이서 주사위를 던지며 보드게임을 하고, 둘이서 오징어달구지를 하고, 둘이서 숨바꼭질을 했다.

중학생이 되면서 나와 제이는 급격히 서먹서먹해졌는데 그 이유는 정확히 모른다. 아마 제이도 그 이유를 모를 것이다. 당시에는 지금처럼 남녀공학이 흔치 않아서 대부분 무슨 남중이니, 무슨 여중이니 하는 식으로 남자와 여자가 확실히 구분되어 학교를 다녔다. 나는 남자 중학교를, 제이는 여자 중학교를 다녔다. 더이상 같이 등교할 일이 없어진 것이다. 그리고 어느 순간부터 제이는 나에게 말을 걸지 않았다. 마치 중학교 교복을 입으면 이제 소꿉놀이 따위는 집어치우고 여학생과 남학생은 서로를 소 닭 보듯 해야 한다는 엄격한 교칙이라도 있는 것처럼.

제이가 먼저 입을 다물었는지 내가 먼저 입을 다물었는지 그것은 잘 기억나지 않는다. 어쨌거나 그것이 아주 이상한 일은 아니었다. 아무 일도 아니라는 듯, 대개 사춘기가 되면 그렇다는 듯 시간이 흘러갔다. 시간이 꽤나 흘러가버리자 어쩐지 나는 이제 제이에게 말을 거는 일이 쑥스러운 일이 아니라 불가능한 일처럼 느껴졌다. 중학교를 졸업하고 고등학교 1학년을 마칠 때까지 나와 제이는 단 한 번도 말을 나누지 않았다. 어쩌다 골목에서 마주치는 일이 있으면 무뚝뚝하게 목례를 하고 각자의 집으로 들어갔다. 그리고 어느 날 내가 야간자율학습을 마치고 학교에서 돌아왔을 때, 제이는 온다 간다 말도 없이 다른 곳으로 이사를 갔다.

꽃을 말리는 것은 우리가 하찮아졌기 때문이라고 시인 성윤석은 말했다. 아마도 90년대 초반의 학번을 가지고 대학을 다닌 사람들은 이 말이 자기들에 대한 이야기라고 생각할지도 모르겠다. 생각해보면 드라이플라워 같은 시절이었다. 그래서 갑자기 하찮아진 세계를, 또한 그래서 갑자기 하찮아진 대학을, 아니라면 '처음부터 우리는 하찮았던 것 아닌가?' 하고 자문하던 자신들의 세대를 또렷이 느낄 수 있는 시절이었다. 우리는 앞 세대 선배들처럼 전사적이지도 못했고 후배들처럼 세련되지도 못했다. 마치 꽃샘추위처럼, 봄옷을 입기에는 너무 이르고 두꺼운 겨울 외투를 입기에는 이제 지겨운, 애매한 시절에 태어난 세대라고나 할까.

겨울 외투는 던져버렸는데 봄꽃은 아직 필 생각도 하지 않는, 그토록 난감하고 그토록 황량한 3월이었다. 새 학기가 시작되는 교정에서 나는 제이를 다시 만났다. 내가 신입생 수강신청을 하고 문리대 앞 벤치로 나왔을 때 제이가 서 있었다. 그 특유의 도도한 표정으로 무엇에도 흥미가 없다는 시선을 온 사방으로 툭 던지면서 제이가 서 있었다. 물론 제이가 나를 기다리고 있었던 것은 아니었을 것이다. 문리대 앞 벤치는 하릴없이 얼쩡거리기 좋은 곳이고, 그래서 누구나 쉽게 우연이라는 이름으로 만날 수 있는 곳이었다.

나는 신입생이었지만 그때 제이는 이미 2학년이었다. 내가 재수를 해서 한 해 늦게 대학에 들어갔기 때문이다. 제이와 같은 대학, 같은 학과를 다니게 된 것에는 그 어떤 특별한 이유도 없었다. 그것은 그저 우연한 일이었다. 그저 우연한 일이었으므로 나는 별로 놀라지도 대수롭게 생각하지도 않았다. 단지 공부를 꽤나 잘한다고 믿었던 제이의 성적이 나처럼 그저 그랬다는 것과 제이가 독문학에 관심이 있었다는 것이 의아했을 뿐이었다. 나는 독일어에도 독문학에도 전혀 관심이 없었다. 내가 독문학과에 입학하게 된 것은 1지망에 지원한 학과에서 떨어지고 아무렇게나 쓴 2지망에 덜컥 걸렸기 때문이었다. 사실 1지망에 지원한 학과에 걸렸다고 해도 사정은 비슷했을 것이다.

제이는 내 손에 있는 수강신청서를 무심히 보더니 알 듯 모를 듯 희미한 미소를 지었다. 그리고 지난 7년 동안 나와 제이가 단 한 번도 서로에게 말을 건넨 적이 없었다는 사실을 잊었는지, 아니면 이제 그런 것 따윈 제이에게 아무 상관도 없는 건지 "수강신청 끝냈으면 나랑 술 마시러 가자" 하고 말했다. 마치 어제 술자리에서 헤어진 친구에게 "속은 좀 괜찮아?" 하고 묻는 것 같았다. 나는 고개를 갸웃거리며 시계를 보았다. 오전 10시가 조금 넘은 시간이었다.

"지금? 지금은 아침인데?" 내가 의아한 표정으로 물었다.

"너는 아침에는 술 안 마시니?" 제이가 물었다.

"대체로 아침에는 누구도 술을 마시지 않아." 내가 무덤덤하게 말했다.

제이가 윗니로 아랫입술을 살짝 깨물고 무슨 생각을 하는 듯 고개를 끄덕거리더니 나를 향해 빙긋 웃었다.

"너는, 여전히 건전하구나." 제이가 말했다.

그리고 온다 간다 말도 없이 이사를 떠났던 것처럼 인사도 없이 도서관 쪽으로 터벅터벅 걸어가버렸다. 그게 7년 만에 제이와 나눈 대화의 전부였다. 나는 제이의 뒷모습을 어처구니없다는 표정으로 보다가 눈이 녹아 질퍽한 캠퍼스를 혼자서 걸어내려왔다. '여전히 건전하다니, 칭찬인가?' 나는 속으로 물었다. '그럼 칭찬이지, 예전에도 건전했고, 지금도 이렇게 건전하다는 말인데.' 내 속에 있는 또다른 얼굴이 비아냥거리듯 말했다.

대학에서 만나는 제이는 어릴 때 같이 놀던 제이와도, 어쩌다 집 앞 골목에서 어색하게 마주치던 제이와도 달랐다. 제이는 여전히 예뻤지만 어딘가 모르게 시들어 있었다. 보다 정직하게 말하자면 제이는 망가져 있었다. 마치 창가에서 위스키 잔을 들고 커튼처럼 희미하게 흔들리던 제이 엄마처럼, 제이는 벌써 중년의 여자 같은 상실의 표정을 지니고 있었다. 이제 겨우 스무 살짜리 여자애가 어떻게 그런 느낌을 풍길 수 있는지 나는 이해할 수 없었다. 제이는 모든 걸 하찮게 만들고 싶어하는 것 같았다. 그리고 자신이 하찮게 만들어놓은 세계에서 스스로도 한없이 하찮아지고 싶은 것 같았다. 시인의 말이 옳았다. 꽃을 말리는 것은 우리가 하찮아졌기 때문이다. 우리는 하찮아졌고 그래서 꽃을 말렸다.

그 외에도 이해할 수 없는 것투성이였다. 제이는 거의 언제나 취해 있었다. 제이는 대학가 앞에서 벌어지는 거의 모든 술자리에 앉아 있었고 술을 마시면 반드시 취했다. 그리고 술에 취하면 아무하고나 섹스를 했다. 제이에게는 항상 공개적인 애인이 있었지만 애인이 아니어도 상관없이 섹스를 했다. 제이의 공개적인 애인이 화를 내거나 제이에게 간섭을 하면 제이는 애인을 차버리고 또다시 관용이 넘치는 애인을 찾았다.

아침이면 여기저기서 수군거리는 소리를 들을 수 있었다. 반반한 여자의 문란한 성생활은 문리대 앞 벤치에서 떠들어대기 좋았다. 소문은 4월의 캠퍼스에 흐드러지는 벚꽃들처럼 가볍고 무성했다. 누군가는 제이가 저렇게 된 것이 중학교 때 자신의 친아버지에게 강간을 당했기 때문이라고 말했고, 누군가는 여고 시절에 깡패들에게 윤간을 당했기 때문이라고도 했고, 또 누군가는 모 운동권 선배가 제이를 임신시키고 배신을 했기 때문이라고도 했다. 어떤 놈들은 제이가 성욕을 억제할 수 없는 특이 유전자를 가지고 있어서 아무리 노력해도 그 모양 그 꼴이라는 말도 했다. 소문은 꼬리에 꼬리를 물고 수없이 증식해갔다. 우연히 교양 강좌에서 제이와 같은 수업을 들을 때면 뒷자리에서 남자들이 수군거리는 소리를 들을 수 있었다. "쟤가 바로 그 유명한 애야." 학교에서는 제이의 섹스 스캔들이 항상 흘러넘쳤고 어느 순간부터는 스캔들이라 하기에는 너무 많고 하찮아서 놀라움의 대상도 아니었다.

실제로 끝까지 술만 마셔줄 수 있다면 누구나 제이와 잘 수 있었다. 제이는 나를 제외하고 나면 그 어떤 사내와 자도 상관없는 것 같았다. 제이는 술자리에서 과장된 몸짓을 했고, 술을 마시면 쉴새없이 수다를 떨었고, 큰 소리로 웃었고, 결정적으로 술을 너무 빨리 마셨다. 제이가 술에 취하면 옆자리의 눈치 빠른 남자가 제이를 챙겼다. 뻔뻔스럽게, 욕정에 취해서, 같은 방향이니 자기가 안전하게 데려다주겠다는 구역질나는 멘트를 날리면서, 몸도 제대로 못 가누는 제이를 거의 강제로 끌고 가다시피 여관으로 데리고 갔다. 하지만 제이를 부축해서 나가는 그 사내를 내가 막을 수는 없었다. 막을 수 있는 무언가가 나에겐 없었다. 없다고 나는 생각했다. 제이는 성인이었고, 인생이나 윤리 따위를 들먹이기에 제이는 지나치게 똑똑했다. 게다가 나는 애인도 뭣도 아니었다. 그때마다 어떤 모욕감이 목구멍을 타고 올라왔다. 이따금 여관 골목 앞에서 제이가 남자에게 한잔만 더 하자고 애걸하는 모습을 볼 수 있었다. 그러면 남자는 알았어, 알았어, 하고 헛말로 달래며 비틀거리는 제이를 여관 안으로 데리고 들어갔다.

나는 마른 바람이 불어오는 골짜기에 서 있었다. 그곳에는 아무것도 피어나지 않았다. 건조하고 황량한 바람이 가뜩이나 말라 있는 대지를 비틀어 물기를 쥐어짜는 기분이었다. 나는 화가 났고 무엇보다 슬펐다. 무엇 때문에 너는 화가 나 있느냐고, 나는 종종 자신에게 물었다. 제이와 너는 단지 같은 골목을 사이에 두고 자란 동네 친구일 뿐이라고, 나는 자주 자신에게 최면을 걸 듯 말했다. 그리고 그 최면은 효과가 있었다. 건조한 바람이 대지를 사막으로 만들 듯, 작은 사막이 큰 초원을 잡아먹듯 제이와의 촉촉했던 유년의 기억들도 점점 말라갔다. 점점 말라가서 다행이라고, 햇볕에 널어둔 빨래처럼 어서 빨리 마르라고 나는 생각했다.

제이의 애인은 점점 더 자주 그리고 점점 더 빨리 바뀌었다. 제이의 애인이 된다는 것은 문리대 벤치에서 가장 더럽고 추악한 소문의 주인공으로 등장하는 일이었다. 누가 그따위 추잡한 소문의 주인공이 되고 싶겠는가. 그러므로 제이의 애인들은 여러 여자들과 잠을 자는 것을 마치 훈장처럼 생각하는 바람둥이거나, 술자리에서 싸구려 연민으로 제이에게 다가갔다가 뒤늦게 소문에 놀라 화들짝 도망을 치는 얼간이거나, 청춘과 방황이라는 유치한 이름으로 자신의 인생을 시궁창에 던져놓은 놈팡이들이 대부분이었다. 그리고 그들 중 누구도 충동적이고 자기 파괴적이고 우울한 제이를 견디지 못했다. 어쩌면 견디지 못했던 것은 그들이 아니라 제이였을지도 모를 일이다.

정오 무렵이면 아직 술이 덜 깬 제이가 푸석푸석한 얼굴로 학교에 왔다. 나는 제이에게 아침은 먹었느냐고 종종 물었다. 제이는 늘 고개를 저었다. 그러면 나는 제이를 데리고 학교 앞 시장 골목으로 콩나물 해장국을 먹으러 갔다. 너무 가깝지도 않고 너무 멀지도 않게, 그토록 어정쩡한 거리를 유지한 채 나와 제이는 시장까지 걸었다. 당시에 나는 제이에게 또한 자신에게 그리고 학교 사람들에게 제이와 내가 초등학교 동창 이상의 그 무엇도 아님을, 내가 제이에 대해 그 어떤 성적인 끓는점도 없다는 것을 증명하고 싶었는지도 모른다. 그래서 시장으로 밥을 먹으러 함께 내려가는 길에서 나와 제이는 둘 다 별말을 하지 않았다.

술이 깬 다음날이면 제이는 히스테릭해졌다. 제이는 작은 일에도 짜증을 부렸고 뱃속에다 뭔가를 집어넣으면 금방 구토를 했다. 누군가를 향해 독설을 내뱉었고 허공의 한 점을 말없이 응시하다가 울기도 했다. 컵을 움켜쥐고 식탁을 내려쳐 피를 흘리거나, 지나가는 행인에게 마구 욕설을 해서 싸움이 붙는 일도 다반사였다. 그때마다 나는 제이를 말려야 했고 약국으로 뛰어가서 소독약과 연고와 붕대를 사와야 했다. 짜증스럽고 신경질적인 제이는 언제나 내 몫이었고 발랄하고 유쾌하고 깔깔거리며 게다가 섹시하기까지 한 제이는 언제나 술자리의 눈치 빠른 사내들의 몫이었다. 하지만 짜증스럽고 신경질적인 제이가 내 몫이어서, 걸레 같은 제이의 애인이 내 몫이 아니어서 다행이라고 나는 생각했다. 해가 바뀌고, 다시 벚꽃이 피고, 신입생들 사이에서 이제는 전설처럼 굉장해져버린 제이의 소문이 문리대 벤치에 무성해질 때, 제이와 아무 사이도 아니어서 참 다행이라고, 정말 다행이라고 나는 생각했다.

제이는 꽤나 자주 정신과 치료와 상담을 받았고 알코올중독 치료도 받았다. 아버지에게 끌려가 몇 번이나 정신병원에 강제입원을 당하기도 했다. 하지만 아무리 많은 항우울제와 상담으로도 제이를 멈추게 할 수 없었다. 제이는 입원했다가 퇴원하고 다시 술을 마시고 입원하기를 반복했다. 병원에서 입원했다가 퇴원할 때마다 제이는 나아지기는커녕 한 단계씩 더 깊은 수렁으로 추락했다. 인간은 자신이 보낸 시간과 결코 이별할 수 없는 법이다. 제이는 자신이 보낸 시간을 혐오했다. 제이는 다른 사람들에게 아름다운 존재이기를 바랐지만 이미 너무도 무성해진 소문과 성처럼 단단한 시선들의 틈바구니 속에서 조금씩 질식해가고 있는 것 같았다.

스웨덴 유학을 준비할 때 제이는 잠시 반짝거렸다. 도서관과 어학실을 들락거리며 열심히 영어와 스웨덴어를 공부했다. 비록 짧은 기간이었지만 술도 전혀 마시지 않았다. 종종 밤늦은 시간까지 도서관 구석에 앉아 귀에 이어폰을 꽂고 스웨덴어 사전을 넘기는 제이를 볼 수 있었다. 그 여름 내내 제이는 아무도 만나지 않고 혼자서 묵묵히 도서관을 다녔다. 그토록 힘이 넘치고 활기찬 모습은 열한 살 때 우리 집 텃밭에서 엄마에게 쉴새없이 재잘대던 시절 이후 처음이라고 나는 생각했다. 제이는 아무도 자신을 알지 못하는 곳에서 조용한 생을 보낼 수 있다는 사실 때문에 대단히 들떠 있는 것 같았다. 여름이 지나자 제이는 어학연수부터 하겠다며 스웨덴으로 떠났다. 내가 언제 돌아올 거냐고 물었을 때 제이는 피식 웃으며 다시 한국으로 돌아오지 않을 거라고 단호하게 말했다. 다행이었다. 제이에게도 다행이고 나에게도 다행이었다. 그리고 가을 학기가 시작되기 일주일 전쯤에 제이는 스웨덴으로 떠났다.

하지만 제이는 스웨덴에서 고작 6개월도 못 버티고 한국으로 돌아왔다. 내가 왜 이렇게 빨리 돌아왔느냐고 물었을 때 제이는 자조적으로 웃으며 너무나 외로워서 돌아왔다고 말했다. 그러니까 제이는 너무 외로워서, 너무나 외로워서 돌아왔다. 이 빌어먹을 나라와 거지 같은 대학과 쓰레기 같은 사내들의 품으로, 구역질나는 위로와 싸구려 연민과 가짜 친절이 넘쳐나는 술집으로, 그리고 화장실에 버려진 콘돔처럼 지저분하고 역겨운 섹스가 가득한 후미진 여관 골목으로 제이는 돌아왔다. 너무나 외로워서, 너무도 외로워서 말이다.

제이의 장례식은 쓸쓸했다. '죄송합니다. 고인의 뜻으로 부의는 받지 않습니다'라는 팻말이 붙어 있는 장례식장 입구에는 아무도 보이지 않았다. 제이의 부모님도 보이지 않았다. 웃고 있는 제이의 사진 아래에 누군가 놓은 세 송이의 국화가 있었다. 누가 놓았을까. 가늘게 피어오르는 두 개의 향이 아슬아슬해 보였다. 제이는 이미 죽어버렸는데 대체 무엇이 아슬아슬하냐고, 나는 생각했다. 상조회사에서 나온 아줌마 셋이 할 일이라고는 전혀 없는 주방에서 수다를 떨고 있었다. 내가 절을 하고 자리에 앉자 아줌마 한 명이 육개장과 돼지머리고기를 내주었다. 아줌마가 술이 필요하냐고 물었으므로 나는 술은 필요 없다고 말했다. 나는 제이가 웃고 있는 사진 아래서 육개장 한 그릇을 남김없이 먹고 텅 빈 장례식장을 나왔다. 7월이었고 태양이 뜨거웠다. 검은 양복 때문에 유난히 뜨겁게 느껴지는 도로를 나는 한참 동안 걸었다. 제이의 장례식장을 낮에 들러서 다행이라고, 사람들과 마주치지 않아서 다행이라고 나는 생각했다. 그리고 회사로 돌아와 늦게까지 일을 했다.

명훈이 회사로 찾아온 것은 제이가 죽은 지 열 달쯤 지났을 때였다. 명훈은 제이의 마지막 애인이었다. 명훈의 방문은 꽤나 의외였고 그래서 나는 당황스러웠다. 요즘 어떻게 지내냐는 형식적인 내 질문에 명훈은 "그냥요, 그냥 지내고 있어요" 하고 말했다. 내가 "취직은?" 하고 물었을 때 명훈은 원망스러운 표정으로 내 얼굴을 한참이나 노려보다가 지금으로선 아무것도 하지 않고 있고, 또 아무것도 하고 싶지 않다고 말했다. 나는 별 의미도 없이 고개를 끄덕였다. 명훈이 "여기서 기다릴게요. 천천히 일 다 보시고 나오세요" 하고 말했다. 명훈의 말은 마치 명령 같았다.

명훈은 착한 놈이었다. 명훈이 얼마나 착한 놈이었냐 하면 사람에게는 말할 것도 없고 심지어 거북이나 은행나무, 바위에까지도 착한 놈이었다. 언젠가 명훈이 도서관 앞에서 이야기를 하다가 실수로 바위 위에 커피를 쏟은 적이 있었다. 그러자 명훈은 자신의 손수건에 물을 적셔와서 바위에 떨어진 커피 자국을 닦았다. "뭘 그런 것까지 닦니?" 누군가 핀잔을 주듯 말했다. 그러자 명훈이 해맑게 웃으며 "그냥 가면 바위가 얼마나 불쾌해하겠어요. 게다가 바위는 손이 없어서 자기 힘으로 씻지도 못하는데" 하고 말했다. 아무도 바위 따위의 불우에 대해서 생각하지 않는다. 하지만 명훈은 바위의 불우에 대해, 바위에게 손이 없어서 혼자서 씻을 수 없다는 실로 놀라운 사실에 대해 생각했다. 명훈은 그런 놈이었다. 제이가 스웨덴에서 돌아왔을 때, 그리고 잠적과 강제입원과 휴학을 반복하다가 다시 학교에 돌아왔을 때, 명훈은 제이의 애인이 되었다. 이제는 많이 시들해졌지만 그래도 이따금씩 술자리에서 안주 삼아 떠들기엔 더없이 좋은 추문인 '제이의 밤 생활 편'의 남자 주인공이 된 것이다. 제이는 여전히 술을 많이 마셨고 아무하고나 잤다. 하지만 명훈은 소문의 주인공으로, 정신 나간 제이의 얼간이 애인 역으로 당당하고 착하게 올라서서 제이가 죽을 때까지, 그리고 제이가 죽고 나서도 의연히 그 자리를 견뎠다.

오랫동안 애인으로 지냈지만 명훈은 제이와 섹스를 하지 않았다. 제이가 죽은 날 아침에 말해줬다. "명훈이는 나와 섹스를 하지 않아. 바지 위로 불쑥 솟아 있는 딱딱하게 발기된 성기를 어쩔 줄 몰라하며 잠자는 척을 해. 걔는 도대체 뭘 참고 있는 건지 모르겠어." 그날 아침, 제이는 어디쯤에서 그런 말을 했을까. 발가벗고 여관에서 머리를 말리면서? 아니면 양화대교를 건너면서? 정확히 기억이 나지 않았다. 하지만 그 말을 할 때 제이의 표정은 쓸쓸하고 슬퍼 보였다. 그러게, 명훈이 그놈은 도대체 뭘 참고 있었던 것일까, 하고 나는 생각했다.

퇴근을 하고 나가자 명훈은 낮에 만났던 그 자리에 그대로 서 있었다. 나는 명훈을 참치집으로 데리고 갔다. 그리고 1인분에 12만 원이나 하는 참다랑어를 시켰다. 하지만 도마 위에 놓인 참다랑어 뱃살이 축 늘어질 때까지 명훈은 단 한 점도 먹지 않았다. 명훈은 말없이 자기 앞에 놓인 소주잔만 비웠다. 요리사가 난감한 표정으로 나와 명훈

앞에 서 있었다. 명훈은 소주 한 병을 다 비우고 나서야 나에게 얼굴을 돌렸다. 주먹으로 내 얼굴이라도 한 대 칠 기세였다. 하지만 기세와 다르게 잔뜩 긴장한 것은 오히려 명훈이었다. 명훈이 힘겹게 입을 열었다.

"제이의 죽음을 두고 꼭 진실만 말하겠다고 약속해주세요."

나는 그러겠다고 했다.

"형도 제이와 잤어요?"

명훈의 목소리가 간절했다. 인생을 살다보면 건너뛰고 싶은 난감한 순간이 있다. 그 순간이 그랬다. 내가 소주잔을 비웠다. 그리고 명훈의 얼굴이 아니라 축 늘어진 참다랑어 쪽으로 시선을 돌렸다.

"그래, 잤어." 내가 말했다.

명훈과 마주보고 있지 않아서, 명훈의 눈을 보지 않고 말할 수 있어서, 다행이라고 나는 생각했다. 한동안 명훈은 고개를 숙이고 아무 말도 하지 않았다. 명훈은 울고 있었다. 참다랑어 뱃살에서 녹아 흘러내린 육즙이 가늘게 썬 무채를 붉게 적시고 있었다. 잠시 후 명훈이 눈에 눈물을 가득 머금은 채 고개를 들었다.

"우리는 모두 개자식들이죠?" 명훈이 물었다.

내가 빈 잔에 소주를 채우고 다시 술잔을 비웠다.

"다른 사람들은 잘 모르겠다. 하지만 나는 확실히 개자식이지." 내가 애써 무덤덤한 목소리 말했다.

제이가 죽은 지 꼭 1년이 되는 날 명훈이 자살했다. 제이가 떨어진 한강 다리 위에서, 정확히 그 난간에서, 명훈도 뛰어내렸다. 같은 날, 같은 곳에서 뛰어내리면 저승에서 같이 만날 줄 알았나보다. 바보 같은 짓이다. 그런 이유들로 사람이 죽는다는 걸 나는 믿을 수도 이해할 수도 없었다. 이해할 수 없었으므로 나는 그냥, 바쁘게, 열심히 살았다. 다행히 바쁜 일들이 많았다. 업무상 접대를 해야 하는 고객을 만나 비비안 단란주점에서 탬버린을 흔들어야 했고, 심야 모범택시를 타고 과천에 부장을 내려주고 새벽에 망원동까지 돌아와야 했고, 늘 모자라는 잠 속에서 늦지 않게 출근을 해야 했으므로 나는 바빴다. 비몽사몽간에 출근을 하고 일을 하고 다시 퇴근을 하고 또 술을 마시고 또 탬버린을 흔들어야 했으므로 나는 눈코 뜰 새 없이 바빴다.

내가 눈코 뜰 새 없이 바쁠 동안, 북반구의 그린란드에서 또 누군가 죽어가고 있을 것이다. 아무도 서로를 간섭하지 않고 아무도 서로에게 자기 내면의 이야기를 하지 않는 그 얼음집에서, 바다사자와 물개와 고래의 피를 마시고 자란 이 거칠고 뜨거운 사람들은 어느 날 마음에 견딜 수 없는 격정과 우울이 찾아오면 조용히 얼음집 밖으로 나가 혼자서 자살을 할 것이다. 아무도 서로에게 간섭하지 않고 아무도 자기 자신에 대해 이야기하지 않고, 바다사자와 물개와 고래의 피를 마시고 자란 뜨거운 사람들은 그렇게 죽으니까.

참 쉽게 배우는
글짓기 교실

눈을 떴을 땐 자동차 트렁크 안이었다. 나는 뒤로 손이 묶인 채 낚시 가방과 아이스박스 그리고 썩은 달걀 냄새를 풍기는 축축한 윈도 브러시 사이에 처박혀 있었다. 입안이 터졌는지 침을 삼킬 때마다 입속에서 피냄새가 났다. 그리고 연식이 매우 오래돼 보이는 이 고물 자동차는 금방이라도 폭발할 것 같은 요란한 엔진 소리를 내며 어딘가를 향해 맹렬한 속도로 달려가고 있는 중이다. 머릿속에서 많은 생각이, 터무니없이 많은 생각이 맴돌고 있다. 나를 '어디로' 끌고 가는 것일까? 아니다, 대체 나를 '왜' 끌고 가는 것일까?

평범한 금요일 저녁이었다. 퇴근을 했고, 과일 가게에서 귤 한 봉지를 샀고, 아파트 지하주차장에 막 주차하려는 중이었다. 그때 낡은 중형차 한 대가 후진을 하면서 내 차를 받았다. 범퍼가 약간 찌그러지는 경미한 접촉사고였다. 차에서 내린 사내는 자신의 잘못을 전적으로 인정한다는 듯 고개를 숙이며 "죄송합니다" 하고 말했다. 사내는 검은 양복을 입고 있었고 키가 아주 컸다. 족히 190센티미터는 되어 보였다. 게다가 대단한 근육질의 몸을 가지고 있었다. "아니, 차가 진행중인데 갑자기 튀어나오시면 어떡합니까?" 나는 최대한 예의를 갖추고, 전혀 흥분하지 않은 것처럼 천천히 말했다. 어떻게 흥분을 하겠는가, 키가 190센티미터에 게다가 근육질인데. 검은 양복이 다시 한번 "죄송합니다. 제가 뒤를 못 봤군요" 하고 말했다. 그리고 나를 향해 다가오더니 양복 주머니에서 뭔가를 꺼냈다. 자기 명함이나 보험회사 명함인 줄 알았는데 전기충격기였다. 웬 전기충격기? 하고 생각하는 순간, 눈앞에서 뭔가 번쩍했다. 하지만 전기충격기 성능에 무슨 문제가 있는지 나는 곧바로 기절하지 않았다. 내가 검은 양복의 얼굴을 멍하니 쳐다보았다. 검은 양복은 손에 든 전기충격기를 보고 뭐 이따위 제품이 다 있느냐는 듯 짜증스러운 표정을 짓더니 전기충격기 대신 주먹으로 내 얼굴을 세게 때렸다.

그리고 깨어나 보니 나는 구겨진 옷가지마냥 자동차 트렁크 속에 처박혀 있는 것이다. 입안이 다 터져서 침을 삼킬 때마다 한 움큼씩 피를 삼키고 있다. 이런 상황이라면 누구라도 이 고물차의 터질 것 같은 엔진 소리만큼이나 머릿속이 복잡해진다. 이놈은, 대체 뭐하는 놈인가? 설마 납치인가? 납치라니, 나 같은 사람을 납치해서 뭣에 쓰려고? 내 얼굴이 너무 평범하게 생겨서 다른 사람으로 착각한 것은 아닐까? 웅덩이 속에 있는 모기 유충들처럼 너무나 많은 생각들이 한꺼번에 떠오르고 민첩하게 움직였다. 내 두뇌가 이렇게 민첩하게 움직인 적이 있던가? 나는 자동차 트렁크에 처박혀 난데없이 내 인생을 되돌아본다. 내 머리가 이렇게 빨리 돌아간 적이…… 없었다. 나는 뭔가를 진지하게, 열심히, 깊이 있게 생각하는 타입의 인간이 아닌 것이다. 나는 항상 인생을 대충대충 살아왔다. 그러니 혹시라도 다음 기회에 내 인생의 정말 중대한 결정을 내려야 할 때가 온다면 다시 이 자동차 트렁크 속으로 기어들어와야 할 것 같다는 생각이 들 정도다. 자동차 트렁크 안이 꽤나 사색적인 공간이라는 생각도 들고, 꽤나 자기반성적인 공간이라는 생각도 든다. 인생을 살아오면서 누군가에게 상처를 주고 가슴을 멍들게 한 적은 없는가? 혹시 누군가에게 보증을 서주고 그걸 잊어버린 것은 아닌가? 내가 혹시 나도 모르게 조직폭력배들이 운영하는 사채를 빌려쓰고 그걸 깜빡 잊어버렸던가? 아니라면 동생 녀석이 조직폭력배들에게 내 이름으로 돈을 빌렸던가? 뒤로 손이 묶인 채 냄새나는 윈도 브러시 속에 얼굴을 파묻고 있으면 자기 자신에 대해 아주 많은 생각이 떠오른다. 정말이다. 나는 누구인가? 인간이란 무엇이며 인생이란 또 무엇인가? 이 도시의 시장은 세금을 그렇게나 많이 받아 처먹고 범죄 관리를 대체 어떻게 하고 있는 건가, 이 지구는 어떻게 생겨먹은 행성이기에 이런 어처구니없는 일들을 방치하고 있는가? 같은 우주론적이고 존재론적인 질문이 자연스럽게 떠오르는 것이다.

하지만 그보다 더 심각한 문제는 미친 듯이 오줌이 마렵다는 것이다. 허리 디스크가 재발한 이후로 요의를 참기가 더더욱 어려워졌다. 그냥 바지에 오줌을 쌀까? 생각도 해봤다. 그래도 그건 아니다. 저 사람들이 나를 잡아가는 것은 나에게 용무가 있기 때문이다. 나는 이제 곧 사람을 함부로 납치하는 인간들과 위험한 종류의 협상을 해야 한다. 그게 어떤 종류의 협상이건 바지에 오줌을 지린 상태로는 당당한 협상을 하기가 어렵다. 당연하다. 바지에 오줌을 싼 사내라니, 얼마나 같잖아 보이겠는가.

용기를 내자, 사내가 지켜야 할 마지막 자존심은 오줌싸개가 되지 않는 것이다. 그래, 다른 건 다 참을 수 있어도 오줌싸개가 되는 것은 참을 수 없다. 나는 발을 들어 트렁크를 차기 시작했다. 처음에는 소심하게 발을 쾅, 두번째는 더 세게 발을 쾅쾅! 세번째는 더더욱 세게 발을 쾅쾅쾅! 차가 멈춰 섰다. 트렁크 문이 열린다. 검은 양복이 나를 노려본다. 검은 양복의 눈이 매서웠지만 나는 사내에게 내 의견을 말하기 위해 당당히 고개를 치켜든다. 하지만 내가 뭔 말을 꺼내기도 전에 검은 양복이 주머니에서 전기충격기를 꺼냈다. "아! 이 새끼 존나게 시끄럽네." 검은 양복이 내 목에 전기충격기를 갖다댔다. 번쩍!

*

눈을 떴을 때 나는 결국 바지에 오줌을 지린 채로 치과 수술용 의자 같은 곳에 묶여 있었다. 침대 옆에는 몇 가지 복잡한 의료 기구와 전자장비가 있었고 방 가운데에는 낚자와 의사가 있었다. 그리고 나에게 전기충격기를 두 번이나 쏜 검은 양복은 카키색 양복을 입은 사내와 무슨 이야기를 나누고 있었다. 검은 양복이 정중하고 공손하게 서 있는 것으로 보아 카키색 양복의 직급은 아주 높은 것 같았다. 카키색 양복은 인자한 오십대 후반의 얼굴을 가지고 있었다. 그가 입고 있는 양복은 꽤나 비싸 보였고 그에게 잘 어울렸다. 어쩐지 고위 관료의 냄새가 났다. 카키색 양복이 내가 눈을 뜬 것을 알아채고는 나에게 천천히 걸어왔다. 그리고 친절하게도 정수기에서 물을 한 컵 따라 직접 내 입에 넣어주었다. 몹시 목이 말랐으므로 나는 카키색 양복이 주는 물을 다 마셨다.

"귤을 좋아하시나봅니다." 카키색 양복이 내가 퇴근길에 샀던 귤 봉지에서 귤 하나를 꺼내 껍질을 까며 물었다.

귤이라니? 카키색 양복이 묻는 말이 너무 뜬금없어 나는 그저 멍하니 있었다.

"저도 귤을 좋아합니다. 귤은 꽤나 매력적인 과일이죠. 사과나 배처럼 껍질을 벗기기 위해 칼을 들 필요가 없으니까요. 호두나 밤 같은 놈들은 껍데기를 까기도 곤혹스럽고 또 까봐야 별 것도 없는데 반해 귤은 껍질을 까기도 쉽고 내용물도 아주 풍성하고 달콤하지요. 이렇게 말하고 보니 어쩌면 저는 귤보다 귤껍질 까는 걸 더 좋아하는 건지도 모르겠습니다. 시드니의 그 유명한 오페라하우스도 덴마크의 건축가 이외른 우촌이 오렌지 껍질을 까다가 떠올렸다고 하지요. 참 대단한 과일이에요."

뭔 개소린가? 일부러 자동차 사고를 내고, 사람을 주먹으로 때리고, 전기충격기로 기절시키고, 트렁크에 쑤셔박아서 납치를 해놓고선 기껏 한다는 소리가 오페라하우스라니. 시드니의 오페라하우스가 오렌지 껍질에서 나왔건 호박 껍질에서 나왔건 사람을 이 지경으로 만들어놓고 그게 지금 할 소리냔 말이다.

"여기가 어딥니까?" 내가 성난 목소리로 물었다.

카키색 양복이 아무런 대답도 하지 않았다.

"당신들 뭐하는 사람이요? 대체 나를 여기 왜 끌고 온 겁니까?" 내가 다시 소리쳤다.

카키색 양복은 이런 일에 아주 익숙한 듯 내 고함소리에 놀라지도, 별다른 반응을 보이지도 않았다. 그는 그저 손에 들고 있는 남은 귤을 마저 입에 넣고 손을 탈탈 털었다.

"여기가 뭘 하는 곳인지는 차차 알게 될 겁니다. 힌트를 좀 드리자면 이곳은 상상력이 아주 풍부해지는 곳이라고 할 수 있지요." 카키색 양복이 웃으며 말했다.

카키색 양복은 금장으로 된 담배 케이스에서 담배 하나를 꺼내 불을 붙였다. 담배 연기가 감미로웠다. 담배 한 대가 너무나 절실했다. 담배라도 한 대 피우면 지금의 어리둥절하고 이해할 수 없는 상황이 다소 정리될 것 같았다.

"담배 한 대만 피워도 될까요?" 내가 구차하게 물었다.

카키색 양복이 어려울 것 없다는 듯 담배 케이스에서 담배를 꺼내 내 입에 물려주고 불을 붙였다. 그리고 카키색 양복은 다시 검은 양복 쪽으로 걸어가더니 파일을 들고 무슨 대화를 나눴다.

목구멍으로 담배 연기를 깊숙하게 삼키면서 나는 내가 왜 여기에 끌려와 있는 것일까 곰곰이 생각했다. 사내들의 분위기로 봐서 일반적인 경찰은 아닌 것 같았다. 어쩌면 말로만 들었던 기관 사람들일지도 모른다. 만약 기관 사람들이라면 지극히 평범하다 못해 오히려 한심하기까지 한 나 같은 사람을 왜 잡아왔을까? 언뜻 이해가 되지 않았다. 물론 주차 위반이라든지 차선 위반 같은 것으로 몇 번 딱지를 끊기도 했고, 술에 취해 경찰서 앞에 노상 방뇨를 하다가 벌금을 문 적도 있었다. 하지만 고작 그딴 것을 탓하기 위해 국가에서 요원씩이나 보낼 리는 없을 것이다. 나는 혹시라도 내가 모르는 사이에 조국의 안보에 심대한 해악을 끼친 일이 있는지 곰곰이 생각해보았다. 아무리 생각해봐도 떠오르지 않았다. 떠오를 리가 있겠는가? 조국의 안보에 무슨 해악을 끼치고 싶어도 컵라면 스티로폼 용기를 만드는 중소기업의 총무과 대리로 있는 내가 무슨 수로 해악을 끼친단 말인가? 이런저런 생각 끝에 나는 결국 기관에서 사람을 잘못 체포해온 것이라는 결론을 내렸다.

"이것 보세요. 당신들은 나랏일 하는 사람들 같은데 무슨 행정상의 오해가 있었던 것 같습니다. 그러니까 내 말은 사람을 잘못 봤단 얘기요. 여기 내 지갑에 있는 주민등록증을 보면 오해가 다 풀릴 겁니다. 뭐 나랏일 같은 큰일을 하다보면 가끔 이런 실수가 발생할 수도 있는 것이겠지요. 그 점은 나도 이해합니다. 작은 회사에서 일하는 저 같은 사람도 매일매일 실수의 연속이니까요. 내가 무슨 심적 피해로 인한 소송이니 그런 것은 안 할 생각이니 걱정 마시고, 빨리 신원이나 확인하고 그냥 집에나 가게 해주시오."

"입 닥치고 그냥 앉아 있어." 검은 양복 사내가 내 쪽으로 고개를 돌리더니 귀찮다는 듯 말했다.

"나, 송정오란 사람이요. 무슨 말인지 아시겠소? 난 당신들이 찾는 그런 사람이 아니라니까. 사람이 누군지 정확하게 확인은 하고 감금을 하던가 해야 할 것 아뇨."

검은 양복 사내가 나를 잠시 쩌려보다가 다시 카키색 양복과 계속 대화를 나눴다. 마치 내 말 따위는 안중에도 없다는 표정이었다.

"당신들 정말 큰 실수하는 거야. 당신들이 뭐하는 사람인지는 모르겠지만 나는 당신들이 찾는 그런 사람이 아니라니까. 나는 그냥 귤을 사서 집으로 돌아가는 길이었다고. 계속 신원 확인도 안 하고 이런 식으로 하면 나중에 국가를 상대로 손해배상 청구 소송을 낼 거야. 당신들 이름은 송장의 맨 처음에 올라갈 거고. 그래, 카키색 양복, 당신 이름이 뭐야? 어?"

소송 이야기가 나오자 그제야 검은 양복 사내가 나를 향해 몸을 돌렸다. 그리고 내 쪽으로 천천히 걸어오더니 발을 들어올려 내 목을 강하게 가격했다. 190센티미터나 되는 덩치에서 나왔다고는 믿기지 않는 유연하고 빠른 발차기였다. 검은 양복이 어찌나 세게 찼는지 내가 묶여 있던 치과 수술용 의자가 출렁거렸다. 나는 한동안 숨을 쉴 수도 없었다. 내가 몸을 부르르 떨며 버둥거리고 있을 때 검은 양복이 내 머리에 대고 한마디 내뱉었다.

"닥치고 있으랬지?"

"어이 김과장, 물건 때리지 마. 물건 상하면 곤란해져." 의자에 앉아 있던 카키색 양복이 점잖게 말했다.

"죄송합니다. 부장님. 버릇이 돼놔서 그만." 검은 양복이 쩔쩔매며 말했다.

카키색 양복은 담배를 비벼끄고 내 쪽으로 걸어왔다. 카키색 양복은 괜찮으냐며 내 목을 어루만졌다.

"죄송합니다. 이 사람, 일하는 방식이 좀 고지식해요." 카키색 양복이 말했다.

나는 훨씬 공손해진 태도로 입을 열었다.

"정말입니다. 나랏일을 하는 높으신 분들 같은데 저는 아마도 선생님들이 찾고 있는 그런 사람이 아닐 겁니다. 왜냐하면 저는 나라에서 일부러 부를 만큼 잘난 것도 없고 특별할 것도 없는 사람이에요. 뭐 잘난 게 없으니 당연히 큰 잘못을 저지를 일도 없지요. 확인을 해보면 아시겠지만 제 이름은……"

내가 이름을 말하려 하는데 검은 양복이 파일을 읽기 시작했다.

"이름 송정오, 나이 32세, 주민등록번호 720301-1045632, 주소 마포구 망원동 437-2, 직장 세명주식회사 총무과 대리, 1997년 4월 3일 홍천의 순정 다방에서 차명순과 중매 후 79일 만에 결혼, 2년 후 합의이혼, 자녀 없음, 불임 사유 없음, 복숭아 알레르기, 대학 시절과 군대 시절 각각 임질 한 차례씩 앓음, 배꼽 옆에 탈장 수술 자국. 더 읽어줄까?"

나는 검은 양복이 읽고 있는 자료가 의아했다. 검은 양복은 나에 대해 말하고 있는 것 같았다. 하지만 그 자료 속에 있는 사내는 어쩐지 내가 아닌 것도 같았다. 그때 카키색 양복이 본격적으로 일을 시작하려는 듯 양복 상의를 벗어 탁자 위에 올렸다. 그리고 검은 양복으로부터 파일을 건네받았다.

"이 서류에 있는 사람, 자네 아닌가? 우리가 사람을 잘못 데려온 건가?" 카키색 양복이 대뜸 반말로 물었다.

"송정오가, 제 이름이 맞기는 한데, 그런데 저를 무슨 일로?" 내가 불안한 목소리로 물었다.

"할아버지 이름이 송주찬이지?" 카키색 양복이 물었다.

"네, 하지만 성함만 들었지 한 번도 뵌 적은 없어요. 할아버지는 제가 태어나기도 전에……"

"유명한 빨치산이지. 월북 후에 조선 노동당 당검열위원회 부국장까지 올랐고. 아버지는 송만길, 1957년 월남한 이래로 고정간첩으로 활동, 1997년 신분이 발각되자 베트남으로 피신, 이후 마카오에서 행적이 끊겼지."

"아버지는 만두 가게 아저씨와 바람나서 도망간 엄마를 잡으러 베트남에 간 건데요?"

내가 말을 끊자 카키색 양복이 아주 언짢은 표정을 지었다. 카키색 양복이 나를 노려보다가 다시 입을 열었다.

"너희 아버지 송만길은 1997년까지 열한 명의 탈북자들을 암살했지. 그중에는 남쪽으로 전향한 노동당의 주요 간부들도 세 명이나 포함되어 있었고. 그리고 송정오 너는 지난 3월 7일, 워커힐 호텔 4903호 복도 앞에서 소음기를 단 토카레프, 일명 떼떼 권총으로 김석산을 암살했고."

"헛! 김석산이 누군데요?" 내가 물었다.

"전 노동당 상무위원." 카키색 양복이 말했다.

노동당, 고정간첩, 암살, 토카레프…… 카키색 양복의 입에서 나오는 단어들을 머릿속에서 떠올리다가 나는 갑자기 피식 웃음이 튀어나왔다.

"하하. 선생님들이 뭘 잘못 짚어도 한참 잘못 짚으신 것 같은데요. 우리 아버지는 그냥 백수건달이에요. 아줌마들 등이나 처먹는 사기꾼이죠. 게다가 그 양반은 배가 나와서 계단도 잘 못 올라가는데 고정간첩은 무슨, 배불뚝이에 그런 저질 체력을 가진 간첩이라니 지나가는 개가 다 웃어요. 그리고 저는 예비군 훈련 가서 사격도 안 하는 놈입니다. 총 쏘는 게 무서우신 분들은 빼준다고 조교들이 그러거든요. 그러면 저는 빠져요. 그걸 왜 쏩니까. 쏴봐야 남는 게 뭐 있다구. 그늘에서 담배나 피우는 게 낫죠. 그런데 뭐요? 소음기 장착 토, 토카레? 이거 거의 명작 동화네요, 명작 동화. 하하……"

검은 양복이 카키색 양복에게 안 되겠다는 듯이 고개를 살짝 저었다. 카키색 양복이 당연한 일 아니냐는 듯 고개를 끄덕였다.

"어이, 김과장. 장비 준비해." 카키색 양복이 말했다.

검은 양복이 치과 수술용 의자를 뒤로 젖혔다. 그리고 옆에 있는 전자장비에 전원을 넣었다. 전원이 들어가자 전자장비에서 규칙적인 신호음이 들려왔다. 나는 문득 겁이 났다. 조금 전까지만 해도 신원만 확인되면 곧 풀려날 것이라 믿었기 때문에 조금 느긋한 감이 있었지만 지금 분위기로 봐서는 당장 무슨 고문이라도 시작될 분위기였기 때문이다. 실컷 고문을 당한 뒤에 "어이쿠. 이거 죄송합니다. 행정상의 실수군요" 하고 말해봐야 무슨 소용인가? 나는 무슨 일인지는 모르지만 사람을 잘못 본 것이라고 소리쳤다. "아가리 닥쳐, 이 새끼야." 검은 양복이 카키색 양복의 눈치를 보며 나지막하게 말했다. 검은 양복은 내 손가락과 가슴에 로션 같은 것을 발랐다. 로션은 매우 차가웠기 때문에 섬뜩한 느낌이 들었다. 그리고 검은 양복은 열 개의 손가락에 전선으로 연결된 골무 같은 것을 끼우고 젖꼭지에는 집게 같은 것을 꽂았다. 카키색 양복이 피우던 담배를 재떨이에 비벼끄고 천천히 다가왔다.

"이 장비의 이름은 비더게부르트(Wiedergeburt)라고 하네. 1943년에 히틀러가 만들었는데 안타깝게도 히틀러는 이 놀라운 기계를 별로 활용하지 못했지. 뭐랄까, 오로지 인간에게 최대치의 고통을 주기 위해 고안된 고문 장비라고 할까. 비더게부르트는 재생과 부활이라는 뜻을 가지고 있다네. 이름값을 하는 기계지. 그리고 모두들 쉬쉬해서 그렇지 사실상 전 세계 모든 나라가 이 기계를 비밀리에 가지고 있지. 아주 효과적이거든. 이 장비 위에 올라가면 자신이 믿는 진실이나 신념, 사상이란 게 얼마나 허약한 것인지 단번에 알게 되지. 나는 지난 30년간 이 장비 위에서 끝까지 자신의 신념을 지키는 사람을 단 한 명도 보지 못했네."

지켜야 하는 신념이나 사상 따윈 애당초 없었다. 나한테 그딴 거룩한 것들이 왜 있겠는가. 나는 여기에 잘못 끌려온 것이다. 나는 그저 컵라면 스티로폼 용기를 만드는 회사의 총무과 대리인 것이다. 그런데 이 사람들은 나를 간첩으로 착각하고 있다.

"사람 잘못 보셨어요. 저는 당신들이 찾는 그런 무시무시한 사람이 아닙니다. 정말이에요. 뭔가 대단한 착오가 있는 거예요." 내가 벌벌 떨면서 말했다.

하지만 카키색 양복은 내 말을 들으려고도 하지 않았다.

"음악은 사용 안 하나?" 카키색 양복이 물었다.

"좀 돌리고 난 후에 사용하는 것이 좋겠습니다. 물건이 너무 지치면 명료함이 떨어지니까요." 검은 양복이 말했다.

"그렇게 하지. 명료함이 떨어지면 안 되니까." 카키색 양복이 고개를 끄덕이며 말했다. 그리고 내 쪽으로 다시 고개를 돌렸다. "우리가 알고 싶은 것은 네가 김석산을 죽였느냐, 안 죽였느냐 같은 사실 여부가 아니네. 우리는 너희들이 이번 사건을 어떻게 공작했는지 이미 다 알고 있어. 우리가 알고 싶은 것은 이번 암살 사건이 정말 어떻게 진행되었는지 하는 사실적인 내용이네. 복도에 어떤 표식을 했고, 엘리베이터는 몇 층에서 내렸으며, 너는 무슨 옷을 입고 있었고, 아침식사는 어디서 무슨 메뉴로 했는가 하는 자네만 알고 있는 그런 사실적인 내용이란 말이지."

검은 양복은 버튼을 하나씩 올리며 장비의 센서들이 제대로 작동하는지를 점검하고 있었다. 나는 지금 당장 무슨 변명이라도 해야 한다고 생각했지만 너무나 공포에 질려 있어 머릿속에서 아무런 말도 떠오르지 않았다. 공포에 떨지 않았다 하더라도 간첩과 암살에 대해 내가 뭘 안단 말인가?

"아무 말이 없다? 나는 이 일을 30년째 하고 있다네. 결국에는 다 털어놓을 텐데도 왜 사람들은 사서 고생을 하는지 도무지 알 수가 없단 말이야. 고생을 좀 하고 털어놔야 그나마 양심의 가책을 덜 받는 모양이지? 그런 면에서 인간이란 참 이해할 수 없는 동물이야. 안 그렇나, 김과장?" 카키색 양복이 물었다. 검은 양복은 별뜻 없이 "예, 그렇습니다. 부장님" 하고 말했다.

"저는 이게 도대체 무슨 일인지 전혀 모르겠어요." 내가 눈물을 글썽이며 말했다.

"걱정 말게. 곧 무슨 일인지 알게 될 테니." 카키색 양복이 말했다.

그때 검은 양복이 카키색 양복에게 리모컨을 건넸다.

"준비 다 되었습니다. 부장님."

카키색 양복이 리모컨을 받아들고 테이블로 돌아가더니 자리에 앉았다. 그리고 신문을 펼치고 담배에 불을 붙인 다음 마치 텔레비전을 켜듯 리모컨 버튼을 눌렀다. 순간 손가락에서 무언가 지나갔다. 그것은 전기에 감전된 것 같기도 하고 아주 차가운 물에 손을 담근 것 같기도 했다. 그 자극은 점점 더 세지고 강력해졌다. 곧 오른쪽 손가락과 왼쪽 손가락에서 나온 충격파는 심장에서 만나 반응을 시작했다. 마치 수천 개의 면도날들이 미친 듯이 날뛰며 장기들을 잘라내는 것 같았다. 나는 극심한 고통에 소리도 지를 수 없었다. 정말로 소리도 지를 수가 없었다. 인간을 이렇게 고통스럽게 하는 기계가 어떻게 존재할 수 있을까. 나는 문득 영화나 드라마에서 본 고문 장면이 가짜라는 것을 알게 되었다. 진짜 극한의 고통이 오면 인간은 비명조차 지를 수 없다. 내가 비명조차 지르지 못하고 사지를 비틀고 있을 때 날씬하고 예쁜 여직원이 오렌지주스를 들고 와서 카키색 양복이 앉은 테이블 위에 놓았다. 여직원은 "더 시키실 일은 없습니까, 부장님?" 하고 아주 일상적인 톤으로 물었다. 카키색 양복이 "음, 없어. 주스 고마워" 하고 말했다.

50분쯤 지나자 카키색 양복이 다시 리모컨을 눌러 장비를 정지시켰다. 장기 속에서 미친 듯이 날뛰던 면도날들이 서서히 몸에서 빠져나갔다. 나는 입가에 침을 줄줄 흘린 채 축 늘어져 있었다.

"이 친구 왜 이래? 3단계였나?" 카키색 양복이 물었다.

"1단계였습니다." 검은 양복이 말했다.

"그래? 이 친군 엄살이 좀 심하구먼. 3단계 하면 물건 잡겠는데. 2단계로 하지. 음악이나 좀 틀고." 카키색 양복이 말했다.

다시 시작하자는 말에 나는 너무도 당황하여 무슨 말이라도 변명을 하고 싶었지만 혀가 전혀 움직이지 않았다. 사실 몸 어느 한군데도 움직일 수 있는 곳이 없었다. 검은 양복이 나의 귀에 헤드폰을 끼웠다. 카키색 양복은 오렌지주스를 조금 마시고 신문을 펼치고 다시 리모컨을 눌렀다. 손가락 사이로 시린 무언가가 지나가고 다시 면도날과 드릴이 내장 속의 장기들을 낱낱이 끊어놓았다. 귀에서는 유리창을 못으로 긁는 듯한 섬뜩한 소리가 계속 들려왔다. 이 2단계의 상태는 거의 열 시간이나 계속되었다. 나는 고통과 발작 때문에 기절했다가 다시 깨어나기를 반복했다. 더더욱 견딜 수 없는 것은 기절했다가 다시 깨어나도 내 몸이 여전히 장비 위에 있다는 것이었다. 몸속에선 여전히 수천 개의 면도날과 드릴이 내장 속을 질주해대고 있었고, 귓속에서는 쇠로 유리를 긁는 소리가 들려왔다. 면도날로 신경을 한 꺼풀씩 벗겨내는 것 같은, 갈기갈기 찢어놓은 신경을 다시 염산 속에 담가놓은 것 같은 기분이었다. 내가 사지를 비틀며 경련을 하는 동안 검은 양복과 카키색 양복은 설렁탕을 시켜서 점심을 먹었고, 담배를 피우기도 하고, 차를 가지고 온 여직원과 농담을 하기도 했다. 나는 아무런 소리도 지를 수 없었고 아무 생각도 나지 않았다. 나는 그저 이 잔혹한 시간이 끝나고 어서 죽기만을 바랐다. 열 시간 만에 장비가 멈췄을 때 카키색 양복이 다가와서 말했다.

"이 장비는 10단계까지 준비되어 있고 음악도 아주 다양해. 그러니 지루하진 않을 거야. 어때, 계속할까?"

"뭐든 시키시는 대로 할게요. 정말이에요. 원하시는 것을 말씀하시면 다 할 수 있어요. 제발, 장비만은 사용하지 말아주세요. 정말이에요." 나는 온몸을 사시나무 떨 듯 떨며 말했다.

"넌 살인범이지?" 카키색 양복이 물었다.

"네, 저는 살인범입니다. 저는 살인범이 확실합니다." 내가 울면서 말했다.

"넌 간첩이지?"

"네, 저는 간첩입니다. 저는 간첩이 확실합니다." 내가 입에 거품을 물며 말했다.

"그렇다면 자네가 어떻게 김석산을 죽였는지 소상하게 이야기할 수 있겠구먼."

"예예, 그럼요. 소상하게 이야기할 수 있고말고요. 정말이에요. 저는 정말 소상하게 이야기할 수 있어요."

"이 친구 풀어줘." 카키색 양복이 말했다.

검은 양복이 와서 장비에서 나를 풀어주었다. 나는 간첩에 대해서도, 암살에 대해서도, 노동당에 대해서도, 죽은 김석산이 누군지도 모르지만 저 치과 수술용 의자와 저 끔찍한 음악으로부터 벗어날 수만 있다면 못 할 것은 아무것도 없다고 생각했다.

"그럼 이제부터 진술서를 쓰게나." 카키색 양복이 말했다.

"무엇에 대해 쓰지요?" 내가 고개를 갸웃하며 물었다.

"네 자신에 대해 써야지. 자네 인생에 대해, 자네 아버지와 자네가 죽인 김석산에 대해 그리고 가끔은 꽃과 바람과 바람에 날려가는 기저귀에 대해 써도 좋아." 카키색 양복이 말했다.

"바람에 날려가는 기저귀요?"

카키색 양복은 내 질문에 대답하지 않고 농담이라는 듯 그저 눈을 찡끗했다.

"여기 종이와 펜이 있네. 사건이 일어나게 된 경위를 최대한 사실적으로 쓰라는 말일세. 최대한 사실적으로. 알겠나? 이 진술서의 핵심은 사실성이란 말이야." 카키색 양복이 준엄하게 말했다.

내가 고개를 끄덕였다.

"김과장, 자료집을 주게."

검은 양복이 아주 두꺼운 파일을 들고 와서 책상 위에 놓았다.

"여기에 있는 자료들은 살인 사건에 대한 경찰 측의 보고서, 시체 검안을 담당한 국과수 검시관들의 보고서, 그리고 김석산 암살사건에 대한 기자들의 갖가지 의혹을 담은 신문 기사들일세. 이 기사들은 모두 쓰레기지. 하지만 자네는 여기에 나와 있는 기사와 자료들을 보고 모든 의혹들을 말끔하게 풀어줄 수 있는 구체적이고 사실적인 진술서를 써야 한단 말이야. 알겠나?"

나는 다시 기계적으로 고개를 끄덕였다.

"열두 시간 후에 오겠네. 그때까진 다 쓸 수 있겠지? 만약 진술서가 맘에 들지 않으면 열두 시간 후에 자네는 장비 위에서 아주 살게 될 거야."

나는 덜덜 떨면서 명심하겠다고 말했다.

검은 양복이 다가와 한 묶음의 펜과 종이를 책상 위에 놓았다. 그리고 카키색 양복과 검은 양복은 지하실 밖으로 나갔다.

나는 그제야 한숨을 쉬었다. 그리고 고문으로 상처 입은 곳이 없는지 몸의 구석구석을 만져보았다. 피가 나거나 아픈 곳은 없었다. 장비는 고통만 줄 뿐 외상은 남기지 않는 것 같았다. 나는 자료집을 펼쳤다. 거기에는 한 사내가 가슴과 목에 각각 다섯 발의 총알을 맞은 흉한 사진 수십 장이 들어 있었다. 사진 밑에는 사건 발생 추정 시간과 사건 장소 같은 기본적인 정보들이 적혀 있었다. 나는 신문 기사도 펼쳐보았다. 거기에는 노동당 간부 출신의 귀순자 김석산 암살 사건을 다룬 중앙 일간지의 기사들이 일목요연하게 정리되어 있었다. 기사에는 경찰이 이번 사건을 개방과 남북 화해를 두려워하는 북한의 보수 군부에서 내려보낸 대남 침투 공작조의 소행이거나 남한에 오래전부터 상주하고 있던 고정간첩의 소행으로 보고 사건을 조사하고 있다고 말했다. 대부분의 신문은 비슷한 내용으로 기사를 다루고 있었지만 몇몇 신문은 아무리 체제 붕괴를 두려워하고 있는 북한의 보수적인 군부라도 기아와 식량난에 허덕이고 있는 현 실정을 고려해볼 때 서울 한복판에서 암살 사건을 일으킨다는 것은 설득력이 떨어진다고 말하고 있었다. 그리고 김석산은 북한에서나 남한에서나 정치적으로 그리 중요한 인물도 아니어서 선거를 앞둔 시점에서 이 사건이 전면으로 부각되는 것에 여러 의혹의 눈길들이 있다는 기사도 있었다.

나는 이 신문과 저 신문을 보면서 도대체 진술서를 어떻게 써야 하는지 도무지 감을 잡을 수 없었다. 그러니까 카키색 양복의 말에 따르면 나는 경찰과 검시관들의 보고서와 일치하면서 또한 신문기자들이 묻고 있는 모든 의혹들을 말끔히 해결할 수 있는 진술서를 써야 한다. 나는 고개를 가로저었다. 이것을 어떻게 쓴단 말인가? 나는 이 암살 사건에 대해 아무것도 알지 못한다. 쥐 한 마리 죽여본 적도 없는 내가 어떻게 암살범에 대해 진술한단 말인가. 나는 김석산이 왜 죽어야 했는지 이유도 알지 못하고 그에 따른 정치적 내막도 알지 못한다. 게다가 나는 총에 대해서도 잘 알지 못한다. 태어나서 총이라고는 훈

런소에서 딱 두 번 쏘아본 것이 전부였다. 게다가 그중에 한 번은 실탄이 발사되지 않아서 사격 조교가 응급처치를 해준 다음에 허공에다 쏜 것이었다. 더구나 나는 권총 같은 것을 실제로 본 적이 한 번도 없었다. 우리 같은 사병들은 애초에 권총을 만질 일이 없는 것이다. 나는 문득 진술서를 쓸 수 없을 거라는 두려움에 사로잡혔다. 나는 이 암살 사건에 대해 아는 것이 전혀 없으며 직접 경험이건 간접 경험이건 경험한 것이 하나도 없기 때문이다. 못 쓴다. 쓸 수가 없다. 나는 머리를 쥐어뜯었다. 그러나 내가 저지른 일이 아니므로 도저히 못 쓰겠다고 말하면 카키색 양복은 나를 치과 수술용 의자에 앉힐 것이다. 카키색 양복은 내가 하는 어떤 변명도 들으려고 하지 않을 것이다. 이번에는 3단계로 하루 종일 고문할지도 모른다. 내가 그토록 고통스러워하고 있는데도 설렁탕을 먹고, 담배를 피우고, 깔깔거리며 여직원과 잡담을 나누는 것으로 보아 충분히 그러고도 남을 놈들이다. 그런 생각이 들자 나는 극심한 공포감에 몸이 부르르 떨렸다. 써야 한다. 무조건 써야 한다. 다시는 그 장비 위에 올라가고 싶지 않다. 나는 탁상시계를 봤다. 시간이 벌써 한 시간이나 흘러가 있었다.

나는 방 가운데에 있는 탁자와 의자를 끌어다가 모서리 쪽으로 가져다놓았다. 탁자가 방 가운데에 있으면 불안해서 집중이 잘 되지 않을 것 같았다. 나는 종이와 펜을 탁자의 중간에 올려놓고 탁상시계를 탁자의 끝에 놓았다. 그리고 서류 파일은 탁자 위쪽에 두었다. 이제 쓸 준비는 다 되었다. 나는 펜을 들었다.

뭘 쓰나. 막상 쓰려고 하니 마땅히 쓸 말이 없었다. 나는 '죄송합니다. 제가 김석산을 암살했습니다'라고 썼다. 그리고 종이를 찢어버렸다. '저는 송정오입니다. 나이는 서른두 살이고요, 세명주식회사 총무과에서 일하고 있습니다. 세명주식회사는 컵라면 스티로폼 용기를 만드는 건실한 회사입니다. 제가 총으로 김석산을 워커힐 호텔 복도에서 죽였어요. 정말이에요. 유가족 분들에게는 정말 죄송합니다'라고 썼다. 내가 읽어봐도 말이 되지 않았다. 나는 다시 머리를 쥐어뜯었다. 이제 시간은 열 시간도 채 남지 않았다.

나는 한참 동안 머리를 쥐어뜯고 몇 장의 종이를 더 찢어버린 뒤 자리에서 일어났다. 이렇게 해서는 아무것도 되지 않는다. 나는 방 안을 어슬렁거렸다. 그리고 서류 파일을 다시 읽었다. 사진을 꺼내 이렇게도 살펴보고 저렇게도 살펴보았다. 나는 세 시간도 넘게 방 안을 어슬렁거리기만 했다. 나는 천장을 바라보면서 중얼거렸다. 나는 북한 공작원이다. 나는 암살범 송정오다. 나는 암살 전문 공작원이다. 나는 빨치산 송주찬의 손자이며, 남파 주둔 간첩 송만길의 아들이다. 나는 아버지에게 그리고 아버지를 찾아오는 남파 간첩들에게 어릴 적부터 암살 전문 공작원으로 키워졌다. 나는 주위의 시선을 피하기 위해 평범한 삶을 사는 것처럼 행동했지만 사실은 시간이 될 때마다 폭파와 암살과 무기 다루는 법에 대해 배워왔다. 나는 암살 전문 공작원 송정오다. 나는 잔인한 암살범, 나는 피도 눈물도 없는 송정오다.

나는 세 시간을 그렇게 중얼거리다가 다시 책상에 앉았다. 시간은 이제 여섯 시간밖에 남지 않았다. 그러나 나는 그만하면 충분하다고 생각했다. 나는 머릿속에 떠올렸던 암시들을 생각하며 펜을 잡고 진술서를 쓰기 시작했다. 나는 암살 전문 공작원 송정오다. 나는 남파 주둔 간첩 송만길의 아들이다. 나는 암살범이다……

나는 몇 시간 동안 꼼짝도 하지 않고 진술서를 써내려갔다. 내가 보기에도 그 진술서는 참으로 그럴듯해 보였다. 이 정도면 카키색 양복도 만족할 것이라는 생각이 들었다. 카키색 양복이 말한 마감 시간은 아직 두 시간이나 남아 있었지만 긴장이 풀린 탓으로 나는 탁자 위에 엎드린 채 잠이 들었다.

다시 일어났을 때, 검은 양복과 카키색 양복은 이미 방에 들어와 있었다. 검은 양복은 꼿꼿하게 서 있었고 카키색 양복은 진술서를 읽고 있었다. 카키색 양복은 진술서가 아주 못마땅한 모양으로 문장을 읽을 때마다 눈살을 찌푸렸다.

"이 개새끼야. 이게 도대체 무슨 말이야. 무슨 말인지조차 알 수가 없잖아. 열두 시간이나 줬는데 그 긴 시간 동안 이걸 진술서라고 쓰고 잠을 퍼자고 있어? 이 쌍놈의 개새끼가. 쓸데없는 수식어는 왜 이리 많아. 뭐? 참으로 광택이 나고 보기에도 무시무시해 보이는 검은색 소음기 장착 토카레프 권총?"

카키색 양복은 무척 화가 난 것 같았다. 내가 보기에는 그럭저럭 괜찮은 문장 같은데 카키색 양복이 너무 심하게 말하자 나는 약간 억울한 느낌마저 들었다.

"저는 그냥 사실적이고 상세하게 쓰라고 하셔서." 내가 나의 억울한 느낌을 그대로 담아 말했다.

카키색 양복이 뜨악한 얼굴로 내 얼굴을 노려봤다.

"김과장, 이 새끼는 말로 해서는 안 되는 놈이야. 장비에 집어넣고 3단계로 열두 시간쯤 돌려."

그러자 검은 양복이 즉시 나를 끌고 가더니 장비에 앉혔다. 곧 면도 날 같은 것이 내장을 갈가리 도려내며 지나갈 것이다. 나는 너무나 공포에 질려서 바지에 오줌을 지렸다.

"잘 쓸게요. 잘 쓸게요. 한 번만 더 기회를 주세요. 정말이에요. 이번에는 정말 잘 쓸 수 있을 것 같아요. 제발 장비에만 넣지 말아주세요. 제가 사실적이라는 말을 오해했어요. 아, 이제는 알 것 같아요. 이제는 사실성이 뭔지 알 것 같아요. 정말이에요. 한 번만 더 기회를 주세요. 잘 쓸 수 있어요. 엉엉엉, 제발요."

나는 눈물 콧물까지 흘려가며 사정을 했다. 그러자 카키색 양복과 검은 양복이 서로를 보며 슬쩍 웃었다.

"이제 사실성이 뭔지 알 것 같아?" 카키색 양복이 웃으며 물었다.

"네. 정확히 알 것 같습니다." 내가 의심의 여지도 없다는 듯 단호하게 대답했다.

"좋아. 그럼 한 번 더 기회를 주지. 이 새끼 풀어줘." 카키색 양복이 말했다.

검은 양복이 나를 장비에서 풀어주었다. 나는 한 번 더 기회를 준다는 말에 너무나 감사한 마음이 들어서 카키색 양복의 구두에 대고 머리를 연신 조아리며 "감사합니다. 정말 감사합니다. 이번에는 절대 실망시키지 않겠습니다" 하고 말했다. 카키색 양복은 의자에 앉아서 담배를 한 대 물면서 내가 쓴 진술서를 다시 읽었다.

"문장은 짧게 써. 그래야 명료해 보이고 읽는 사람이 이해도 잘 되지. 쓸데없는 수식어는 붙이지 말고, 참으로 광택이 나고 보기에도 무시무시해 보이는 검은색 소음기 장착 토카레프 권총이라고 쓰지 말고 그냥 간단하게 토카레프, 이렇게 쓰란 말이야."

나는 한마디도 빠뜨리지 않겠다는 듯이 카키색 양복의 말이 나올 때마다 고개를 끄덕거렸다.

"그리고 닥치는 대로 묘사하지 말란 말이야. 워커힐 호텔 주차장에 어떤 차들이 있었느니, 쓰레기통은 무슨 색깔이었느니, 호텔 직원들 복장은 어떠했느니 하는 것들은 전혀 필요 없는 거잖아? 너는 암살범이니까 너에게 필요한 요원의 표식 같은 것이라든지, 김석산이 어떤 자세로 죽어갔는지 뭐 이런 것만 쓰면 돼. 왜 모든 걸 다 쓰려고 하나. 그러니 별말도 아닌데 분량만 이렇게 많아지지. 진술서의 핵심은 경제성이야, 경제성. 경제적인 문장 말이야. 알겠어?" 카키색 양복이 물었다.

나는 명심하겠다는 듯이 고개를 끄덕이며 "예" 하고 말했다.

"김과장, 이 새끼 밥 넣어줘. 그리고 진술서 쓰는 데 뭐 필요한 거 있나?" 카키색 양복이 나를 보고 물었다.

나는 무슨 말을 하려다가 멈칫거렸다. 카키색 양복이 괜찮으니까 눈치 보지 말고 편하게 말해보라고 했다. 나는 카키색 양복의 눈치를 보며 아주 작은 소리로 말했다.

"볼펜이 검은색 한 종류밖에 없는데 빨간 볼펜과 파란 볼펜이 필요해요. 형광펜이 있으면 더 좋고요. 자료 내용을 정리할 때 다 같은 색깔이면 헷갈리거든요. 그리고 파일을 걸어둘 수 있는 파일 받침대와 메모를 할 수 있는 포스트잇, 그리고 포스트잇을 붙여두고 전체 상황을 한꺼번에 볼 수 있는 상황판도 필요해요. 제 회사 사무실에는 항상 포스트잇과 상황판이 있었거든요."

"음, 전체 상황을 한꺼번에 보는 건 아주 중요하지. 그 밖에 또 필요한 건?" 카키색 양복이 물었다.

"그리고 저 탁상시계는 째깍거리는 초침 소리가 너무 크게 나요. 초침 소리 때문에 불안해서요. 전자시계 같은 것으로 바꿔주시면 좋겠어요. 담배도 피울 수 있으면 좋겠어요. 저는 담배를 피우지 않으면 도무지 집중을 할 수 없거든요. 그리고 마지막으로 저 장비는 치워주셨으면 좋겠어요. 무서워서 글을 쓸 수가 없어요."

나는 그 밖에도 샤워를 하고 싶다든지, 회사에 전화를 하고 싶다든지, 커피를 마시고 싶다든지 하는 것들을 말하고 싶었지만 어쩐지 다 말하면 다시 장비 위에 올라갈지도 모른다는 두려움에 그만 입을 다물었다. 카키색 양복은 나의 요구 사항에 약간 놀라는 표정이었지만 이내 그것은 수긍할 만한 요구라는 듯 고개를 끄덕였다.

"알았어. 곧 조치해주지. 그러나 장비를 치우는 것은 안 돼. 우리의 오랜 경험으로 볼 때 장비가 옆에 있어야지만 제대로 된 진술서가 나오거든."

카키색 양복이 나가자 검은 양복은 담배 한 보루, 전자시계, 파일 받침대, 빨간 펜과 파란 펜과 일곱 가지 색이나 들어 있는 형광펜, 포스트잇과 커다란 상황판을 갖다주었다. 그리고 잠시 후 김이 모락모락 올라오는 설렁탕도 한 그릇 배달되어왔다. 오랜 시간 굶어서인지 설렁탕은 너무나 맛있었다. 나는 설렁탕을 국물까지 남김없이 먹었다. 그리고 담뱃갑에서 담배를 한 대 꺼내 피웠다. 탁자 위에 가득 놓인 검정, 빨강, 파랑 볼펜들과 일곱 가지 색의 형광펜, 포스트잇을 바라보며 담배를 피우고 있노라니 어쩐지 갑자기 행복해진 느낌이었다.

나는 흐뭇한 미소를 지으며 담배를 한 대 다 피우고 곧 탁자 위를 정리했다. 탁상시계 자리에는 전자시계를 놓았다. 자료집은 파일 받침대에 끼웠다. 탁자 중앙에 종이를 올리고 그 옆에 검정, 빨강, 파랑 볼펜을 차례로 놓았다. 왼쪽에는 담배와 재떨이 대용으로 종이컵을 놓았다. 나는 뒤로 몇 발 물러나 탁자 위에 놓인 물건들의 배치를 살펴봤다. 배치는 아주 만족스러웠다.

나는 탁자 위에 있는 전자시계를 보고 깜짝 놀라서 자리에서 일어났다. 설렁탕을 먹고 책상 정리를 하느라 벌써 두 시간이나 지나버린 것이다. 이제 열 시간 후면 카키색 양복이 진술서를 검사하러 올 것이라고 생각하니 심장박동이 빨라지기 시작했다. 나는 암살범 송정오가 되기 위해 다시 방 안을 어슬렁거리기 시작했다. 나는 암살범 송정오다. 나는 암살 전문 공작원 송정오다. 나는 빨치산 송주찬의 손자이며 남파 주둔 간첩 송만길의 아들이다. 나는 피도 눈물도 없는 암살범이다……

다음날 카키색 양복은 내 진술서를 보고 큰 소리로 웃었다.

"훨씬 좋아졌어. 그래, 진술서란 게 바로 이런 거지. 좋아. 이렇게 계속 나가면 돼." 카키색 양복이 감탄하며 말했다.

"문장도 간결하고 명쾌해. 특히 이 부분이 좋아. 나는 암살 전문 공작원일 뿐이다. 그러므로 암살에 관련된 정치적 배경과 당의 의도 같은 것은 모른다. 암살 전문 공작원은 당의 지령대로 암살을 하면 그뿐, 다른 정보는 필요하지도 궁금하지도 않다. 음, 이건 아주 좋아. 잡다한 의혹들을 단 한 문장으로 정리하는군. 아주 단호하고 명쾌해."

나는 카키색 양복의 말을 듣고 오늘은 장비에 올라가지 않아도 된다는 생각에 약간 안심이 되었다. 한편으론 내가 쓴 글에 저토록 기뻐하는 카키색 양복을 보니 뿌듯한 마음이 들기도 했다.

"그런데 이 표현은 눈에 거슬리는군. 그래도 시체를 보자 유가족 생각에 약간 눈물이 났다? 도대체 암살범이 이런 표현을 쓸 수 있을 거라고 생각하나? 이런 싸구려 정서는 넣지 말란 말이야. 암살범처럼 냉정하게 써. 그리고 군데군데 있는 이 의연한 말투는 또 뭔가? 너는 안중근 의사가 아니란 말이야. 자네는 단지 암살범일 뿐이라고. 그러니 시종일관 암살범 같은 톤을 유지해야지. 명심해, 암살범처럼 거칠게 써, 거칠게!"

나는 "예" 하고 잘 알겠다는 듯이 말했다.

카키색 양복이 잘하고 있으니 더 분발하라는 듯 내 어깨를 다독거렸다. 그리고 카키색 양복은 문을 닫고 돌아갔다.

카키색 양복이 돌아가고 나는 다시 책상에 앉았다. 그리고 글을 쓰기 위해 다시 방 안을 어슬렁거렸다. 나는 암살범이다. 나는 피도 눈물도 없는 거친 암살범이다. 나는 거칠다. 나는 당의 의도는 모른다. 알 필요도 없고 알고 싶지도 않다. 나는 암살 전문 공작원 송징오다……

그후로 몇 달인지 모르는 동안 카키색 양복은 매일 열두 시간에 한 번씩 들어왔다. 그때마다 나는 열두 시간 동안 쓴 진술서를 보어주었다. 어떤 때는 전혀 발전이 없다고 카키색 양복이 투덜거렸다. 어떤 때는 개연성이 없다고 화를 냈다. 좋은 시절도 있었고 나쁜 시절도 있었다. 장비에도 두 번이나 더 올라갔다. 하지만 대체로 카키색 양복은 나의 진술서를 보고 나날이 좋아지고 있다고 말했다. 나도 나의 진술서가 처음과는 비교도 안 될 정도로 발전했다고 생각했다.

내 책상 위에도 많은 것이 새로 들어왔다. 이제는 종이 대신에 컴퓨터로 글을 쓰게 되었고 그래서 속도도 더 빨라졌다. 프린터도 생겼다. 믿기 어려울 테지만 꽃병도 있고, 양주도 한 병 있고 커피도 마실 수 있다. 잠이 안 오는 약도 있다. 라디오도 있어서 음악을 들으며 글을 쓸 수도 있다. 카키색 양복이 새로운 자료를 가져올 때마다 나는 매일매일 컴퓨터 앞에 앉아 진술서를 새로 쓰거나 고쳤다. 나는 자료를 해석하고 거기에 살을 붙이고 여기저기 떨어져 있는 사건을 조리에 맞게 결합했다. 나는 날마다 진술서 속의 이야기들을 상상하고 느끼고 호흡했다. 그러자 나는 진술서의 세계가 점점 좋아졌다. 아무런 의혹도 모순도 없는 세계! 이처럼 논리적이고 명확한 곳은 이 세상 어디에도 없지! 하고 나는 중얼거렸다. 그러므로 나는 이제 더이상 나에게 암살범이라는 가짜 암시를 주지 않아도 되었다. 나는 암살범 그 자체이고, 진술서 그 자체였다. 나는 이제 자료만 준다면 어떤 진술서도 열두 시간 안에 완벽하게 써낼 수 있을 것 같았다.

*

다시 깨어났을 때 나는 검은 양복 사내를 처음 만났던 지하주차장 바닥에 누워 있었다. 주인 없는 개 한 마리가 내 얼굴에 코를 대고 냄새를 맡고 있었다. 나는 손으로 개를 몰아내고 자리에서 일어났다. 머리가 너무나 어지러웠다. 내 왼쪽 손목에는 비닐봉지가 대롱대롱 매달려 있었다. 비닐봉지를 열자 그 속에는 귤이 가득 들어 있었다. 나는 귤을 하나 꺼내 껍질을 까려 했지만 손가락에 힘이 없어서 깔 수가 없었다.

그때 가죽 잠바를 입은 두 명의 사내가 나에게 걸어왔다. 왼쪽에 서 있던 가죽 잠바가 나에게 "송정오씨입니까?" 하고 물었다. 그렇다고 나는 고개를 끄덕였다. 그러자 오른쪽에 서 있던 가죽 잠바가 다짜고짜 내 팔을 뒤로 꺾고 수갑을 채우며 "당신을 김석산 살인 혐의로 체포한다"고 말했다. 그 밖에도 가죽 잠바는 무슨 말을 더 했지만 나는 머리가 너무 어지러웠으므로 더이상 사내의 말을 알아들을 수 없었다. 가죽 잠바들은 지프차에 나를 태워서 큰 건물로 데려갔다. 내가 지프차에서 내리자 기자들이 한꺼번에 다가와서 사진을 찍어대며 뭐라고 계속 질문을 던졌다. 가죽 잠바들은 묵묵히 기자들을 밀치고 나를 탁자가 있는 방으로 데려다주었다. 그 방에는 치과 수술용 의자 같은 것은 보이지 않았다.

잠시 후 금테 안경을 낀 사내가 노트북을 들고 와서 내 앞에 앉았다. 금테 안경은 노트북을 펼치더니 "이름?" 하고 물었다. 나는 머리가 너무 어지러웠기 때문에 아무 말도 하지 않았다. 금테 안경은 피식 웃으면서 '송정오'라고 썼다. 금테 안경은 다시 "주민등록번호?" 하고 물었다. 나는 여전히 아무 말도 하지 않았다. 금테 안경은 "주민등록번호 720301-1045632 맞지?" 하고 말하며 노트북을 두들겼다. 금테 안경이 한숨을 쉬더니 계속 아무 말도 안 할 거냐고 나에게 물었다. 나는 내 머리 위에 있는 형광등을 바라봤다. 형광등이 너무나 밝아서 눈이 아프다고 나는 말했다. 금테 안경은 인생이 지겹다는 듯 머리를 박박 긁고는 노트북을 약간 밀쳤다. 그리고 "이거 오늘밤 안에 진술서 쓰기는 글렀네" 하고 투덜거렸다.

그때 갑자기 전등에 불이 들어오듯 내 눈이 번쩍 뜨였다.

"지금 진술서를 쓰려고 하는 건가요? 그건 제가 써야 해요. 아무렇게나 쓰면 안 되거든요. 수식어가 너무 많이 들어가서 문장이 길어진다거나 불필요한 묘사가 있으면 안 되니까요. 사실성과 경제성, 그게 아주 중요하거든요. 자료와의 개연성도 있어야 하고요. 그리고 어투도 중요해요. 암살범은 거칠게 써야죠. 우린 안중근 의사가 아니니까요. 노트북만 주세요. 두 시간 안에 써드릴 수 있어요." 내가 말했다.

나는 금테 안경의 노트북을 내 앞으로 끌고 와서 진술서를 쓰기 시작했다. 금테 안경은 좀 황당한 표정을 지었지만 내가 사건에 대해 조목조목 쓰는 것을 보고 뭐 달리 필요한 것은 없냐고 물었다. 나는 주요 일간지와 담배와 위스키, 검정, 빨강, 파랑 세 가지 색 볼펜과 일곱 가지 색 형광펜 그리고 저녁식사로는 설렁탕을 먹었으면 좋겠다고 말했다.

나는 두 시간도 걸리지 않아서 진술서를 다 썼다. 나는 진술서를 다시 읽어보고 '이것은 내가 쓴 진술서 중에서 최고군!' 하고 생각했다. 나는 위스키를 한 잔 마시고 배달되어온 설렁탕을 먹었다. 취조실에 들어온 몇 명의 수사관들이 나의 진술서를 보고 상당히 놀라는 눈치였다. 가장 늙어 보이는 수사관이 "구체적인 정황까지 정확하게 아는 걸 보면 범인이 맞는 것 같기는 한데, 어쩐지 좀 꺼림칙하군" 하고 말했다. 나는 설렁탕을 먹다가 늙은 수사관이 '꺼림칙하다'고 하는 말을 들고 깜짝 놀라 자리에서 일어났다. 그리고 입속에 있는 밥알을 튀겨가면서 다급하게 말했다.

"뭐가 부족한가요? 그냥 뭐가 부족한지 말씀만 해주시면 돼요. 제발 장비에만 올리지 말아요. 더 사실적이고 구체적으로 써드릴 수 있어요. 정말이에요. 부족한 부분을 일러주고 자료집만 주세요. 아무도 의문을 품을 수 없는 최고의 진술서를 보여드릴게요. 자료집만 주세요, 네?"

장지구의
결단

섹스를 해야겠어!

장지구는 책상을 쾅 치며 소리쳤다. 그가 지른 소리는 너무나 컸기 때문에 3천 권의 장서들 속에서 100년 동안의 낮잠을 즐겨왔던 먼지들을 깜짝 놀라게 했다. 한 번도 읽히지 않을 운명을 간직한 채 책장 속에서 고요하게만 살아왔던 책 속의 먼지들은 자신들에게 떨어진 이 난데없는 테러에 놀라 황급히 공중으로 날아올랐다. 그러나 정작 그 소리에 가장 놀란 사람은 장지구 자신이었다. 혼자 있는 방이었음에도 불구하고 장지구는 자신이 내지른 소리 때문에 몹시 부끄러웠다. 장지구는 주위를 둘러보며 "흠흠" 멋쩍은 헛기침을 하고 다시 책상에 앉았다. 공중에 떠돌던 먼지들은 "뭐야, 아무 일도 아니잖아" 하고 떠들어대며 공중을 조금 더 부유하다가 앞으로도 영원히 열릴 가능성 없는 자신들의 책장 속으로 숨어들어갔다.

장지구는 자신의 지도 교수인 사미도 교수가 새로 출간한 시집 『변기통 속의 똥 덩어리들은 어떤 표정으로 당신을 바라보는가?』를 펼쳤다. 방금 읽은 문장이 이해되지 않았다. 장지구는 다시 한번 그 문장을 읽었다. 여전히 이해가 되지 않았다. 일주일 전 사미도 교수는 장지구에게 시집을 건네면서 "이 시집 속에는 장지구 선생이 무릎을 탁! 치며 탄복할, 절묘하고 심오한 무언가가 있을 거예요. 저는 장선생이 그걸 찾기를 바랍니다" 하고 특유의 오만하고 음흉한 미소를 지으며 말했다. 더불어 사미도 교수는 이번 세미나의 발제는 수고스럽더라도 장지구 선생이 맡아줬으면 좋겠다는 말도 했다. "아니, 사미도 선생님. 누가 열어준다면 모를 일이지만 그것도 아니고, 자기가, 자기 시집으로 직접 세미나를 열다니, 이게 얼마나 꼴같잖은 일입니까? 지나가는 소도 웃어요. 그래서 이 땅의 책들이 온갖 주례사 비평들로 넘쳐나는 것 아닙니까?" 하고 장지구는 사미도 교수의 면전에 대고 따끔하게 말하고 싶은 심정이었다. 하지만 당연히 그런 말은 입밖에 꺼내지도 못했고 대신 "수고라니요, 이런 뜻깊은 기회를 주시다니 제가 오히려 감사드려야지요" 하고 발제를 덜컥 맡아버렸다. 그러니 이제 장지구는 사미도 교수를 정중앙에 모셔놓고 이 시집이 이루어놓은 대단한 문학적 성취에 대해 찬미의 대서사시를 읊지 않으면 안 되는 것이다.

장지구는 이 시집 곳곳에서 무릎을 탁! 치며 탄복할, 심오한 무언가를 찾아야만 했다. 하지만 시집을 무려 스무 번이나 정독해도 장지구로서는 무릎을 탁 치기는커녕 무릎을 긁을 만한 그 무엇도 찾아낼 수가 없었고, 심오한 것이라고는 고양이 코털만큼도 보이지 않았다. 대신 자음 모음을 일부러 한 글자씩 탈락시켰거나 한글과 한글 사이에 알파벳 문자나 수식 기호를 쑤셔넣은 말도 안 되는 단어들, 그리고 주어와 술어가 전혀 호응이 안 되는 비문 몇 개를 발견했을 뿐이다. 솔직히 장지구는 이 시집이 의도하는 바를 전혀 이해할 수 없었다. 이 시집은 불가해한 것들, 사실 이해할 가치도 없는 무의미하고 무질서한 문장들로 가득차 있었다. 공주병에, 안하무인이며, 권력지향적인 늙은 여교수의 정신적 자위행위, 그 이상도 그 이하도 아니었다. 장지구는 벽시계를 바라봤다. 시간이 얼마 없었다. 스물네 시간 후면 세미나가 시작될 것이다. 그리고 발제문은 단 한 줄도 쓰지 못했다.

사미도 교수는 자신의 시집 『변기통 속의 똥 덩어리들은 어떤 표정으로 당신을 바라보는가?』가 놀라운 문학적 성취를 이뤘다고 자신하고 있었다. 거기에 찬물을 끼얹었을 때 고작 시간강사인 자신의 운명이 어디로 흘러갈지는 불을 보듯 뻔했다. 게다가 장지구가 발표를 하면 사미도 교수의 성격상 이 책이 이룬 놀라운 문학적 성취에 대해 조목조목 물어볼 것이다. 어중간한 말들은 통하지도 않는다. 사미도 교수는 좀더 구체적으로 말해줄 수는 없겠나? 하고 계속 물고 늘어질 것이다. 그러니 장지구는 이 시집이 왜 무릎을 탁! 칠 수밖에 없는 심오한 것들로 가득차 있는지, 그것이 어떤 대단한 문학적 성취를 이뤄냈는지를 조목조목 설명해야만 한다. 장지구는 벽시계를 봤다. 벽시계가 약간 기우뚱하면서 "뭘 봐! 병신아, 시계 볼 시간 있으면 글이나 써!" 하면서 장지구를 바라봤다. 벽시계를 보자 장지구는 더더욱 초조해졌다. 발제문을 써야 하는데 무슨 말인지도 모르는 글을 가지고 어떻게 발제문을 쓴단 말인가? 장지구는 답답했다. 장지구는 뭐라도 쓰다보면 할말이 생기겠지 하는 심정으로 컴퓨터에 전원을 넣었다.

그러나 모니터 속의 커서가 천사백사십 번을 깜박거릴 때까지 장지구는 단 한 줄도 쓰지 못했다. 커서가 껌을 찍찍 씹으면서 "쓸 게 없지? 이 깡통아" 하고 장지구를 비웃었다. 허파에서 부글부글 기포가 솟아올랐고 심장은 비정상으로 쿵쾅거렸다. 모니터 속의 커서는 껌을 찍찍 씹으며 계속 깜박거렸다. 벽시계는 코를 후비듯 성의 없이 초침을 째깍거리고 있었다.

장지구는 갑자기 책상을 쾅! 쾅! 쾅! 쳤다. 그리고 의자에서 벌떡 일어나 미친 사람처럼 방을 계속 서성거리며 마치 무당이 주문을 외우듯 "섹스를 해야겠어! 오늘은 기필코 섹스를 해야겠어!" 하고 중얼거렸다. 아니다. 갑자기는 아니다. 어쩌면 그것은 생각의 꼬리에 꼬리를 물고, 이해할 수 없는 문장의 허리를 물고, 활자들의 불알을 먹고, 모호한 의미들로 가득차서 터지기 직전인 대장이나 십이지장 같은 곳에서 아주 오랫동안 부글거리며 썩어가다가 급기야 터져나온 배설물들의 절규 같은 것일지도 모른다.

그도 그럴 것이 장지구는 서른세 살이나 되었는데도 여전히 숫총각이기 때문이었다. 섹스를 한 번도 못 해본 서른세 살의 남자라니, 이게 대체 말이 되는 일이냔 말이다! 하고 장지구는 생각했다. 그것은 장지구로서도 실로 이해할 수 없는 노릇이었다. 장지구는 특별히 못생기지도 않았고, 특별히 키가 작지도 않았으며, 특별히 이상한 성격도 아니었고, 섹스에 대해 특별히 변태적인 취향도, 특별한 환상도, 특별한 거부감도 없었다. 그런데 남들의 인생에서는 잘도 일어나는 그 흔해빠진 원나잇 섹스도 어찌된 일인지 장지구의 인생에서는 단 한 번도 일어나지 않은 것이다. 부끄러워서, 어디 가서 하소연도 못할 노릇이었다. 하긴 나이를 서른셋이나 처먹고 어딜 가서 하소연을 한단 말인가. 서른셋이면 벌써 섹스를 오백 번은 했어야 할 나이인데, 오백 번이 뭐야, 천 번은 했어야 할 나이지.

그런데 지난 며칠 내내 이 빌어먹을 시집과 씨름하면서 장지구는 자기 인생이 왜 이 모양 이 꼴이 되었는지를 조금씩 알게 되는 것 같았다. 그것은 도서관에 처박혀 이런 말도 안 되는 책을 읽으면서 청춘을 허비했기 때문이었다. 말도 안 되는 책을 읽고 말도 안 되는 글을 밤새 쓰느라 청춘을 낭비했기 때문이었다. 빠삐용 식으로 말하자면 장지구는 청춘을 낭비한 죄의 대가를 치르고 있는 것이다. 영화에서 청춘을 낭비한 죄의 대가는 사형이었다.

"죽어 마땅하지" 하고 장지구는 중얼거렸다. 갑자기 장지구는 화가 머리끝까지 치밀어올라 사미도 교수의 시집을 집어던져버렸다. 사미도 교수의 시집 『변기통 속의 똥 덩어리들은 어떤 표정으로 당신을 바라보는가?』는 당구공처럼 회전을 잔뜩 먹으면서 날아가다가 왼쪽 벽면의 책장과 오른쪽 벽면의 책장을 투 쿠션으로 맞고 떨어졌다. 장지구는 펄쩍펄쩍 뛰면서 발을 세 번 구르고 자신의 머리를 주먹으로 쾅! 쾅! 쾅! 세 번 쳤다. 그리고 머리카락을 쥐어뜯으며 한참이나 책상에 웅크리고 있었다. 잠시 후 장지구는 뭔가 인생에서 중대한 결심이라도 한 듯 머리를 들어올렸다.

그래, 오늘은 기필코 섹스를 하자, 무조건 섹스를 하자, 더이상 바보 같은 인생을 살 수는 없어! 장지구는 결심했다. 이제 더이상 섹스를 미룬다면 자신의 인생은 돌이킬 수 없는 나락으로 떨어질 것 같은 느낌이었다. 그리고 지금 당장 섹스를 하지 않는다면 사미도 교수의 시집 『변기통 속의 똥 덩어리들은 어떤 표정으로 당신을 바라보는 가?』에 대해 단 한 줄도 쓸 수 없을 것 같은 강렬한 확신도 들었다. 사실 사미도 교수가 잔뜩 기대하고 있는 내일 세미나에 발제문을 들고 나가지 않는다면 장지구의 인생이 나락으로 떨어지는 것은 당연한 일이기도 했다.

장지구는 벽시계를 봤다. 오후 5시였다. 벌써 5시다. 오늘이라고 부를 수 있는 시간은 일곱 시간밖에 남지 않았다. 하지만 장지구가 반드시 자정까지 섹스를 끝내고 호박 마차 같은 것을 타고 황급히 집으로 돌아와야 하는 것은 아니므로 꼭 일곱 시간이 남았다고 볼 수는 없었다. 섹스는 새벽 1시에 해도 되고 2시에 해도 된다. 33년이나 묵은 동정을 걷어차버리고 훨씬 홀가분해지고 긍정적인 몸과 마음으로 집으로 돌아올 수만 있다면 밤을 새워 발제문을 완성하는 것은 일도 아닌 것이다. 그것은 전혀 중요한 문제가 아니었다. 정작 중요한 건 섹스가 러닝머신이나 벤치 프레스처럼 혼자 우쌰우쌰 땀 흘리며 하는 운동이 아니라는 점이었다. 섹스는 반드시 둘이서 하는 것이다. 그렇다면 누구랑 한단 말인가? 장지구는 '누구?'라는 질문에 갑자기 가슴이 턱 막혀옴을 느꼈다. 그러자 절로 '인생의 쇠털처럼 많은 나날들 동안 나는 대체 뭘 하고 산 건가? 남들은 그렇게 쉽게도 하더니만, 나에게는 왜 단 한 명의 그 '누구'도 없는 것일까?' 따위의 탄식이 흘러나왔다.

그렇다고 이제 와서 사창가에서 총각 딱지를 떼기도 뭣한 일이었다. 왜냐하면 장지구는 술자리마다. 신문 통계 자료에 따르면 한국 남성의 70퍼센트가 사창가에서 동정을 잃어버린다는데, 이는 얼마나 한심한 일인가. 사랑과 생명에 대해, 자기 자신에 대해 이토록 자존감

없는 세상은 정말 통탄할 만하지 않은가? 성(性)은 신성한 것이며 그것은 〈동물의 왕국〉만 봐도 알 수 있다. 암컷과 교미를 하기 위해 목숨을 걸고 자신의 뿔을 부딪히는 수컷 영양 가젤을 보라. 생명의 탄생은 그렇게 처절하고 존엄하며 아름다운 것이다. 따위의 말들을 맨날 떠들어댔기 때문이었다. 또한 초등학교 때부터 고등학교를 졸업할 때까지 줄곧 상위 1퍼센트를 벗어나본 적이 없는 자신이 고작 70퍼센트의 평범한 남자들 속에 속한다는 것에 자존심이 몹시 상했기 때문이었다. 하지만 무엇보다 중요한 이유는 지난 33년간 동정을 지켜온 자기가 결국 직업여성과 첫 섹스를 한다는 것이 너무나 억울했기 때문이다. 그렇게 된다면 사리를 만들었어도 몇 개는 만들었을 만큼 외롭고 처절했던 청춘의 33년이 너무나 허탈하고 허무해지는 것이다.

하지만 이제 이것저것 가릴 처지가 아니었다. 무려 서른세 살이나 처먹은 것이다. 게다가 빨리 섹스를 끝내고 와서 이 빌어먹을 시집 『변기통 속의 똥 덩어리들은 어떤 표정으로 당신을 바라보는가?』의 발제문도 완성해야 한다. 장지구는 직업여성과 첫 관계를 가지기 전에 우선 그가 알고 있는 여자들을 하나둘 떠올리면서 가능성을 타진해보았다. 장은 대학원에 있는 몇 명의 후배들을 떠올렸다. 그러나 이내 머릿속에서 그 여자들을 지웠다. 그네들에게 장지구가 느닷없이 섹스를 하자고 말하면 성적 모럴의 위기니, 여성을 모독하는 마초적 언사니, 성희롱에 대한 법적 대응이니 하는 말들을 잔뜩 쏟아내서 머리를 아프게 할 것이 뻔했다. 장지구는 문득 '띄엄띄엄 살기 운동본부'의 야쿠르트를 떠올렸다. 최근에는 지방 대학에 강의를 다니랴, 논문 준비를 하랴, 모자라는 생활비를 채우랴, 틈틈이 고등학생들 과외까지 하느라 자주 참석을 못 했지만 작년까지만 해도 장지구는 '띄엄 띄엄 살기 운동본부'의 모임에서 나름 열심히 활동을 했었다. 야쿠르 트는 거기서 만난 여자였다. 일본 기생처럼 요염하고 귀여운 얼굴에, 발랄하고 씩씩하고 군더더기 없는 성격이었으며, 장지구와 말도 잘 통했다. 술자리가 있을 때마다 야쿠르트는 그 넓은 자리를 다 놔두고 굳이 장지구 옆에 앉기도 했었다. 무엇보다 야쿠르트는 장지구의 인 생에서 가장 친절했던 여자고, 처음 만났을 때부터 지금까지 변함없 이 항상 따뜻한 말을 건네준 여자였다. 그러고 보니 야쿠르트가 자신 에게 보낸 웃음과 친절에는 어쩐지 에로틱하고 유혹적인 구석이 있는 것도 같았다.

그렇다. 야쿠르트와 섹스를 하자. 그 생각을 하자 장지구는 온몸에 전율이 오는 것을 느꼈다. 야쿠르트와의 섹스! 그 상상은 지루하고 또 지루하기만 했던 장지구의 삶을 생고무처럼 탄력 있게 만들었다. 야 쿠르트의 잘록한 허리, 볼륨 있는 엉덩이, 봉긋한 가슴. 장지구는 금세 흐뭇해져 "흐흐" 하고 소리내어 웃었다. 어느새 장지구는 야쿠르트와 와이키키 해변에 누워 있었다. 망사 속옷을 입은 야쿠르트가 장지구 의 가슴털을 쓸어내리며 "장선생님은 어떤 체위를 좋아하세요" 하고 묻고 있었다. 장지구는 칵테일을 살짝 입에 대면서 "오늘은 간단하게 열한 가지 체위를 즐겨보고 싶군" 하고 말했다. "아이 참! 장선생님 은 짐승" 하면서 야쿠르트가 애교를 떨었다. 장지구는 야쿠르트의 봉 긋한 가슴에 손을 살짝 갖다댔다. 손끝에서 짜르르 전기가 흘러나왔 다. 그때 갑자기 진동으로 되어 있던 장지구의 휴대폰이 책상 위에서 요동을 쳤다. 장지구는 본능적으로 칵테일 잔을 집어던지고 와이키키 해변에서 재빨리 돌아와 전화를 받았다. 대학원 조교 노희태였다. 노희태는 사미도 교수가 확인을 해보라고 해서 전화를 하는 거라고 운을 떼며 발제문은 다 썼느냐고 물었다. 장지구는 잠시 주저하다가 아직 다 쓰지는 못했지만 거의 완성 직전이라고 말했다. "그럼 선생님 내일 발표에는 아무런 문제가 없는 것이지요?" 노희태가 재차 확인했다. 장지구는 아무런 문제도 없을 거라고 담담하게 말했다.

전화를 끊자 장지구의 머리는 변기통 속의 똥 덩어리들처럼 지저분하고 복잡해졌다. 하지만 줄곧 생각해온 대로 지금 발제문을 쓰는 것은 불가능한 일이었다. 지금 장지구에게 가능한 것은 먼저 섹스를 하고 그다음에 발제문을 쓰는 것이었다. 장지구는 다시 야쿠르트를 떠올렸다. 그리고 야쿠르트가 애타게 기다리고 있는 와이키키 해변으로 돌아가려 했다. 하지만 생각처럼 잘 되지 않았다. 와이키키 해변으로 돌아가기는커녕 자신이 섹스를 하고 싶다고 해서 야쿠르트도 얼씨구나 하고 섹스를 하겠느냐는 회의적인 생각이 들었다. 야쿠르트에게 뭐라고 말해야 하나? 혹시 저랑 섹스하고 싶지 않으세요? 모텔에 뜨거운 물이 잘 나오나 한번 들어가볼까요? 혹시 재미있는 비디오 틀어줄지도 모르잖아요. 잘 생각해보세요. 모텔은 5만 원이나 하지만 잠도 잘 수 있고, 우선 뜨거운 물이 나오니 목욕도 실컷 할 수 있고, 비디오도 틀어주니까, 우리 둘의 목욕탕값에다, 비디오방값, 그리고 이 추운 겨울에 커피를 한잔 마신다 해도 돈이 얼만데, 벌써 남는 장사 아니겠어요? 그러나 장지구는 절레절레 머리를 흔들었다. 아니다. 아니다. 이런 것이 아니다. 이것은 말도 안 되는 생각이다. 누가 여자를 모텔로 데려가면서 이따위 소리를 한단 말이냐.

뭔가 자연스러워야 해. 〈동물의 왕국〉에 나오는 침팬지나 오랑우탄을 봐, 개네들은 엉덩이에 코를 대고 두어 번 킁킁거린 뒤 그냥 바로 시작하잖아. 그래, 그렇게 자연스러워야 해. 자연스럽게, 자연스럽게, 〈동물의 왕국〉처럼 자연스럽게. 그러나 지난 30년 하고도 3년을 총각으로 지내온 장지구로서는 자연스러운 방법은커녕 가장 일반적인 방법도 떠오르지 않았다.

장지구는 문득 선배 통두사가 생각났다. 대기업에 멀쩡하게 잘 다니고 있던 통두사는 어느 날 문득 아무런 이유도 없이 사표를 내고 7년째 백수 생활을 하고 있는 장지구의 선배였다. 7년째 백수 생활을 하고 있어 금전적 여유가 전혀 없음에도 불구하고 통두사는 처음 만난 여자와 섹스에 성공하는 확률이 무려 78퍼센트에 육박했다. 물론 이 수치는 통두사가 스스로 주장하는 수치이기 때문에 그리 신뢰도가 높지는 않았다. 그렇지만 통두사가 데리고 다니는 실로 많은 여자들을 보면 이 수치가 전혀 신빙성이 없는 것도 아니라고 장지구는 생각했다. 이런 생각이 들자 장지구는 즉시 통두사에게 전화를 걸었다. 통두사는 백수계의 수장답게 집에서 뒹굴고 있었다. 장지구는 자신이 요즘에 쓰는 논문 주제가 「서로 모르는 두 남녀가 짧은 시간 안에 섹스에 합의하게 되는 심리적 상태와 그 사회적 배경」이라고 설명하고, 선배는 그런 남자의 심리에 관해 해박하니 자세한 설명을 부탁한다고 말했다. 통두사는 심리 상태고 지랄이고 먹물들이란 언제나 그것이 문제라고 말했나. 동두사에 따르면 여자와 섹스를 하는 데 심리적 상태나 그 사회적 배경같이 어렵고 복잡한 것은 아무짝에도 쓸모가 없으며, 그냥 이 여자도 지금 나랑 섹스를 하고 싶어하는구나,

하는 필(feel)을 딱! 받는 순간 바로 덮치면 된다고 했다. 그런데 먹물들이란 여자와 섹스를 하기 위해서 근사한 이빨을 까야 된다고 믿는 신념이 있는데, 먹물들의 그 이빨이야말로 다 된 밥에 코를 빠뜨리는 가장 중요한 요인이라고 말했다. 장지구는 그 필은 어떻게 느낄 수 있느냐고 호기심에 가득차서 물었다. 통두사는 그 필이라는 게 가장 중요한데 이 필을 잘못 받으면 자칫 강제 추행이나 강간같이 위험한 범죄가 될 수 있다는 것을 명심해야 한다고 말했다. 그렇기 때문에 가장 긴장해야 하는 부분이 또한 필을 제대로 느끼는 것이라고 말했다. 연이어 통두사는 그 필이라는 것은 책을 읽거나 배우거나 해서 얻어지는 것이 아니라 사람과 사람 사이를 가로막는 벽을 허물고 그 사이에 있는 진정한 교감을 나누면서 천천히 획득되는 것이라고 말했다. 장지구는 그 필이라는 것은 혹시 호연지기와 비슷한 거냐고 물었다. 전화기 건너편에서 통두사가 "호연지기는 뭔 개소리야?" 하고 소리를 버럭 질렀다.

장지구는 잠시 머뭇거리다가 혹시 야쿠르트의 전화번호를 아냐고 물었다. 그러자 통두사가 "야쿠르트? 나는 모르는데? 야쿠르트 전화번호는 왜?" 하고 되물었다. 장지구는 다소 실망한 목소리로 그냥 개인적인 일로 부탁할 게 있어서 그런다고 얼버무렸다. "야쿠르트 아마 오늘 저녁 '띄엄띄엄 살기 운동본부' 정기모임에 나올 것 같은데? 그 여자는 빠지는 법이 없으니까. 너도 바쁜 척하지 말고 오늘 나와. 나와서 이 형님에게 그 필에 대해 심도 있는 강의도 듣고 말이야. 너 요즘 백수라고 이 형님을 너무 소홀히 대하는 것 같아. 이 형은 정녕 섭섭해" 하고 통두사가 말했다. 장지구는 마지못해 나간다는 식으로

"저녁에 시간 봐서요. 못 나갈지도 몰라요" 하고 전화를 끊었다.

장지구는 주먹을 불끈 움켜쥐고 쾌재를 불렀다. 그러지 않아도 야쿠르트를 만나야 하는데 때마침 '띄엄띄엄 살기 운동본부'의 모임이 오늘 저녁에 있다는 것은 정녕 자신에게 오늘 섹스를 하라는 하늘의 계시라고 생각했다. 장지구는 욕실로 들어가서 양치질을 3회에 걸쳐 이쪽저쪽 구석구석을 하고, 이태리타월로 구석구석 때를 밀었으며, 마지막에 바디워시로 역시 구석구석 씻은 다음 특히 '그 부분'은 정성을 들여 다시 한번 씻었다. 욕실에서 나온 장지구는 옷장 속에 있는 모든 팬티를 다 꺼낸 후 이리저리 살펴보다가 평소엔 조이기 때문에 잘 입지 않는 호랑이 무늬 스콜피언스 삼각팬티로 갈아입었다. 장지구는 스킨과 로션을 잔뜩 바르고 겨드랑이와 '그곳에' 향수를 뿌리고도 한참이나 거울 앞에서 시간을 보낸 후 집을 나섰다.

장지구가 '띄엄띄엄 살기 운동본부'의 모임이 있는 맥줏집에 도착했을 때, 술집에는 스무 명 정도의 회원이 앉아 있었고, 회장인 김치호가 회원들 앞에서 분기별 평가사항을 전달하고 있었다. 사람들 사이로 통두사와 야쿠르트의 얼굴이 보였다. 야쿠르트의 얼굴을 보자 장지구는 자신의 심장이 비정상적으로 쿵쾅거리는 것을 느낄 수 있었다. 오늘 모임은 빨리 끝나야 할 텐데, 하고 장지구는 중얼거렸다. 그러나 모임의 분위기는 심상치 않았다. 김치호의 표정은 어떻게 회원들이 이럴 수 있느냐는 배반감과 분노로 가득차 있었다. 회원들은 모두 고개를 숙이고 침울하게 앉아 있었다. 분위기가 너무 살벌했기 때문에 통두사는 장지구를 향해 조심스럽게 손을 흔들었다. 회장 김치호는 장지구에게 "참으로 오랜만에도 참석하는군요" 하고 싸늘한 목소리로 말했다. 장지구는 "죄송합니다" 하고는 통두사 옆에 살짝 앉았다. 앞자리에 앉은 야쿠르트는 김치호의 말에 별로 관심이 없는 듯 자신의 손톱의 매니큐어를 다른 손톱으로 벗겨내고 있었다. 김치호는 다시 배반감과 울분에 가득찬 목소리로 회원들을 질타했다.

김치호는 우리 회원들이 '띄엄띄엄 살기 운동'의 정체성과 초심을 잃어가고 있다고 지적했다. 이번 상반기 '띄엄띄엄 살기 운동본부'의 목표는 월차 휴가를 모두 찾아먹고 분기별로 한 번씩 무단결근을 하는 것이었는데 현재 회원 중 무단결근은커녕 월차를 다 찾아먹은 사람도 없다고 지적했다. 심지어 여성 회원들의 경우 여성들의 천부인권이라고 할 수 있는 생리 휴가도 제대로 찾아먹지 못하고 있는데 이래서야 어떻게 자랑스러운 '띄엄띄엄 살기 운동본부의 회원'이라고 할 수 있겠냐고 열변했다. 그리고 카페에 가입해 있는 삼백 명의 회원들에게 설문 조사를 해본 결과 이번 분기에만 승진을 한 사람이 무려 여섯 명에 이르는데, 이 수치는 '띄엄띄엄 살기 운동본부'의 역사상 가장 모욕적인 수치라고 지적했다. 그렇다면 우리들이 성공이란 걸 해보겠다고 악착같이 살아가는 이 도시의 다른 사람들과 무슨 차이가 있느냐고 열변을 토했다. 김치호는 연이어 물론 여러분들이 힘든 것은 안다. 그러나 사람다운 사회를 만들기 위해 지금껏 싸워온 우리 '띄엄띄엄 살기 운동'의 정신이 소아적이고 이기적인 몇몇 회원들로 인해 무너지고 있다고 지적했다. 무단결근은커녕 월차 한번 제대로 찾아먹지 못한 회원들은 아무 말도 없이 침울하게 앉아 있었다. 김치호는 지치고 절망에 가득찬 표정으로 자리에 앉았다. 한동안 모두들 아무 말도 없었다. 그러자 통두사가 일어나서 "자자, 여러분, 다시 한번 힘을 냅시다. 언제나 시련과 절망은 있는 법이지요. 그렇지만 우리들은 지금까지 그것을 이겨내오지 않았습니까. 모두 구호를 외치면서 건배를 한번 합시다" 하고 말했다. 사람들은 모두 일어나서 500cc 생맥주 잔을 부딪치며 "띄엄띄엄! 띄엄띄엄! 띄엄띄엄 삽시다!"라는 구호를 세 번씩 외쳤다.

통두사가 건배를 외치고 나자 사람들은 처음의 경직된 분위기에서 벗어나 술을 마시면서 슬슬 이야기를 하기 시작했다. 30분 정도 지나자 처음의 심각한 분위기는 전혀 느낄 수 없었다. 회원들은 서로 말이 잘 통하는 사람들끼리 삼삼오오 모여서 웃고 떠들기 시작했다. 회장 김치호만이 구석진 자리에 혼자 앉아서 연거푸 맥주를 마시고 있었다. 통두사가 김치호에게 다가가 술도 잘 못하면서 왜 이리 급하게 마시냐고 말렸다. 그런데도 김치호는 세번째 맥주잔을 다시 원샷으로 마셨다. 장지구가 알기로 김치호의 주량은 생맥주 500cc 두 잔인데 김치호는 벌써 네 잔째 생맥주를 들이켜고 있었다. 네 잔째 생맥주를 다 마시고 김치호는 느닷없이 소리내어 울기 시작했다. 느닷없는 김치호의 울음에 통두사는 깜짝 놀라 김치호의 어깨를 토닥거리며 무슨 일이냐고 물었다. 혹시 지난 분기 우리 '띄엄띄엄 살기 운동본부' 회원들의 실적이 너무 형편없어서 그런 것이라면 그것은 차차 나아질 테니 너무 걱정하지 말라고 통두사는 말했다. 김치호는 어쩌면 이번 달 안에 자기가 회사에서 잘릴지도 모른다고 말했다. 통두사는 잠시 안됐다는 표정을 지었지만 이내 우리 백수계로 들어오면 되므로 그것은 전혀 걱정할 필요가 없는 것이라고 말했다. 그러자 옆에 있던 야쿠르트가 "통두사님! 그것은 띄엄띄엄 정신이 아니에요. 띄엄띄엄 정신은 뭘 하기는 하는데 너무 열심히 하지 말고 좀 띄엄띄엄 하자는 것인데 통두사님은 아주 퍼져 있잖아요" 하고 통두사의 말에 끼어들었다. 통두사는 약간 뜻밖이라는 듯이 야쿠르트님도 이런 말을 다 할 줄 아시네, 하며 껄껄 웃었다. 이어 통두사는 야쿠르트님의 지적은 참으로 좋은 지적이지만 그것은 띄엄띄엄 살기 운동의 정신을 너무 미시적이고 개인적인 차원에서만 해석하기 때문이라고 말했다. 통두사의 견해에 따르면 미시적 입장에서 띄엄띄엄 살기 운동의 정신이란 한 개인이 너무 열심히만 살려고 하는 것을 경계하고 여유를 가지고서 게으름을 피워보자는 것이지만 거시적 입장에서 띄엄띄엄 정신은 우리 사회가 너무나 열심히 말달리려는 사람들로만 가득차 있기 때문에 자기처럼 전혀 말달리지 않는 백수계가 존재해야만 한다는 것이다. 그래야지 말달림의 진행 속도를 떨어뜨려서 사회 전체를 띄엄띄엄 발전하게 할 수 있다는 것이다.

야쿠르트는 통두사의 말에도 일리가 있다는 듯이 고개를 끄덕거렸다. 통두사의 견해를 겸허하게 받아들이는 야쿠르트의 모습은 참으로 아름다웠다. 장지구는 자신도 모르게 오늘 야쿠르트님의 모습은 너무나 우아하고 아름답다고 말했다. 장지구는 좀더 높은 톤으로 오늘 야쿠르트님의 말씀은 참으로 훌륭한 견해가 아닐 수 없다고 말했다. 야쿠르트는 "아이 참, 대학에서 강의를 하시는 장선생님께서 그렇게 말씀하시면 저를 놀리는 것 같잖아요" 하며 살짝 눈웃음을 쳤다. 눈초리가 뱀처럼 가늘거리는 야쿠르트의 눈웃음과 웃을 때만 살짝 드러나는 덧니는 참으로 성적 매력이 철철 넘쳤다. 장지구는 머리에서 발끝까지 아드레날린이 분비되어 나오는 것 같았다. 그때 야쿠르트가 장지구 쪽으로 조금 더 다가오며 "장선생님은 대학에서 강의를 하시니 책을 참 많이 읽으시겠어요. 나는 책을 많이 읽은 사람들이 참 부럽더라. 저도 책을 많이 읽고 싶은데 사람들이 훌륭하다고 하는 책이 저에게는 재미가 없는 거예요. 아마 제가 공부가 부족해서 그렇겠지요? 장선생님은 책 읽는 것이 재미있으세요?" 하고 물었다. 그 말을 들으니 장지구는 조금 당혹스러웠다. 왜냐하면 장지구는 요즘 들어 책을 재미있게 읽은 적이 거의 없기 때문이었다. 재미는커녕 오히려 고통스러운 경우가 더 많았다. 물론 장지구에게도 책을 읽는다는 것이 재미있고 즐거웠던 시절이 있었다. 그것은 장지구가 초등학생 때일 것이다. 텔레비전도 없는 시골에서 자란 장지구에게 책보다 더 흥미로운 것이라고는 개구리 뒷다리를 줄로 묶어 멀리뛰기 시합을 시킨다든지 파리 날개를 떼어낸 후 멀리뛰기 시합을 훌륭히 끝낸 개구리에게 다시 먹이는 일 같은 것뿐이었다. 하지만 백여 마리의 파리 날개를 떼어내고 그것을 개구리에게 먹이는 일이 개구리에게도 장지구에게도 짜증이 날 때면 장지구는 책을 읽었다. 그 시골집의 다락방에는 김유정의 『동백꽃』이라든지 김동인의 『감자』 같은 책들이 있었다. 물론 장지구가 무슨 문학적 감흥 때문에 책을 읽은 것은 아니었다. 장지구는 문학적 감흥 같은 것을 알지도 못했으며 관심도 없었다. 장지구의 관심은 오로지 『동백꽃』 속의 점순이가 언제 우리의 멍청한 주인공 '나'와 성관계를 나누느냐에 온통 집중되어 있었다. 곧 화끈한 정사 장면이 나올 거라는 기대감은 장지구에게 책을 읽는 내내 팽팽한 긴장감을 주기에 충분했다. 소설이 정사 장면에 대한 구구절절한 묘사도 없이 그저 "노란 동백꽃 속으로 푹 파묻혀버렸다"로 끝나버렸을 때의 배신감을 장지구는 지금도 잊을 수가 없다. 어쨌든 개구리와 파리가 하늘을 붕붕 날아다니던 마법처럼 황홀했던 그 독서 시절이 지나가버리자 밤새 침을 꼴딱꼴딱 삼켜가며 문장 하나하나를, 대사 하나하나를 절실하게 읽어가는 독서는 장지구의 인생에 다시 돌아오지 않았다.

장지구는 야쿠르트에게 자신도 직업상 읽는 것뿐이지 사실 재미가 있어서 책을 읽는 것은 아니라고 말했다. 연이어 재미는 둘째 치고 대부분 무슨 말인지도 모를 때가 더 많다고 말했다. 야쿠르트가 보조개가 들어가는 볼로 해맑게 웃으며 "에이, 거짓말이죠? 그래도 장선생님은 문학을 전공하신 분인데" 하고 물었다. 장지구는 아주 진지한 얼굴로 정말이라고 말했다. 그러자 야쿠르트가 그동안 자신은 어려운 책을 접할 때마다 너무 많은 열등감을 느껴왔는데 장선생님 덕분에 마음이 한결 가벼워졌다고 말했다. 장지구는 열등감은 당찮은 말씀이라고 말했다. 연이어 어쩌면 우리가 뭔가를 이해할 수 없는 것은 시인이나 소설가가 자기들도 모르는 말들을 책에다 마구 떠들어대기 때문인지도 모르는 일이며, 만약에 그렇다면 자기들도 모르는 말을 대체 우리가 어떻게 알 수 있겠느냐고 살짝 소리를 높여 말했다. 장지구의 견해가 매우 재미있다는 듯 야쿠르트가 장지구 쪽으로 조금 더 다가왔다. 장지구의 말을 조금 더 자세하게 들으려고 귀 아래로 흘러내리는 머리카락을 쓸어올리는 야쿠르트의 모습은 너무나 섹시했다. 장지구는 이게 바로 통두사가 말한 바로 그 필의 순간이 아닐까? 하고 문득 생각했다. 장지구가 야쿠르트에게 오늘 모임이 끝난 후 단둘이 술이라도 한잔하면서 책에 대한 이야기를 조근조근 나누어보자는 말을 건네려는데 건너편 자리에 앉은 통두사와 눈이 딱 마주쳤다. 통두사는 오늘밤 장지구의 작전이 뭔지 알겠다는 듯이 슬쩍 미소를 지었다. 장지구는 무안해져서 맥주를 벌컥벌컥 마셨다. 그때 술에 만취한 김치호가 다시 눈물을 흘리며 소리를 질렀다. "나는 무능한 게 아니야. 그런데 집에서도 무능한 가장이라 그러지, 회사에서도 무능한 사원이라고 그러지, 그렇지만 나는 무능한 게 아니야. 나는 정의로운 사회를 위해 띄엄띄엄 살고 싶은 거야. 통두사 형, 나는 무능한 게 아니지? 그치, 형?" 김치호는 통두사의 가슴에 얼굴을 묻고 콧물까지 흘리면서 울었다. 통두사는 백수인 내가 무능한 것이 아니듯, 너 역시 결코 무능한 것이 아니라고 김치호의 어깨를 토닥거리며 되도 안 한 위로를 하고 있었다. 통두사가 김치호에게 신경을 쓰고 있었으므로 장지구는 다시 야쿠르트에게 데이트 신청을 하기 위해 말을 건네려 했다. 장지구는 우선 야쿠르트의 손가락이 너무 예쁘다고 말했다. 야쿠르트는 "그런 소린 처음 들어요. 기분좋은데요" 하고 웃으며 말했다. 웃을 때마다 야쿠르트의 덧니는 뇌쇄적으로 빛났다. 옆에서 김치호는 여전히 눈물을 흘리면서 "통두사 형, 나 잘리면 이제 어떻게 해. 마누라에게 이혼당할지도 몰라" 하고 말하고 있었다. 통두사는 매번 눈을 흘끔거리며 장지구와 야쿠르트가 있는 자리로 옮겨오려고 했지만 김치호가 너무 술에 취해 있어 끌어안고 다독거리느라 정신이 없었다. 오늘처럼 술에 취한 김치호가 고마운 적은 한 번도 없었다. 그리고 야쿠르트는 여전히 장지구를 보면서 환하게 웃고 있었다. 마치 온 우주가 장지구의 생애 첫 섹스를 위해 조화롭게 움직이고 있는 것만 같았다.

장지구는 지금이 야쿠르트에게 데이트 신청을 하기에 가장 좋은 타이밍이라고 생각했다. 장지구는 야쿠르트에게 모임이 끝나면 저랑 술이라도 한잔하면서 책에 관해서든지, 레슬링에 관해서든지, 교미를 앞둔 수컷 영양 가젤들의 처절한 싸움이라든지 하여간에 뭐든 이야기하지 않겠느냐고 물으려 했다. 장지구가 야쿠르트에게 말을 건네려는 순간 테이블의 끝자리에 앉아 있던 가순지가 맥주잔을 들고 걸어오더니 장지구의 옆자리에 덜컥 앉아버렸다. 가순지가 장지구의 옆에 앉자 야쿠르트는 눈살을 찌푸렸다. '띄엄띄엄 살기 운동본부' 회원들이라면 누구나 알고 있는 사실이지만 야쿠르트와 가순지 사이에는 묘한 경쟁의식 같은 게 있었다. 야쿠르트는 가순지를 싫어하고 가순지는 야쿠르트를 무시한다. 그도 그럴 것이 둘은 동갑이지만 야쿠르트는 전문대 출신에 화장품 회사의 경리인 데 반하여 가순지는 박사에다가 벌써 Y대학 전임강사이기 때문이다. 하지만 야쿠르트는 섹시한 몸매에 예쁜 얼굴을 가지고 있는 데 반하여 가순지는 얼핏 보아서는 남잔지 여잔지 구분도 안 되는 얼굴에 뚱뚱한 체격이고 게다가 성격도 매우 뾰족해서 걸핏하면 이것저것 따지고 들기 때문에 남자 회원들에게 인기가 없었다. 아니, 남자 회원들은 가순지를 무서워했다.

장지구는 가순지를 힐끗 바라봤다. 오늘도 역시 가순지의 바지 정장 패션은 남자 것인지 여자 것인지 구분조차 하기 힘들었다. 가순지의 패션은 점점 더 남자답고 씩씩하게 변해가는 것 같았다. 그에 비해 야쿠르트의 옷은 오늘따라 너무 화려했다. 그녀는 두꺼운 털 코트 안에 속이 살짝 비치는 분홍색 원피스를 입고 있었는데 천이 어쩌나 얇고 가벼워 보이는지 그런 옷을 입고 햇살 아래 서 있으면 야쿠르트의 아름다운 몸이 훤히 보일 것만 같았다. 게다가 야쿠르트의 치마는 무룹 훨씬 위쪽까지 올라가서 허벅지가 다 드러났고 가슴 부분도 헐렁 헐렁해서 보기에 아찔할 정도였다.

가순지는 야쿠르트와 장지구 사이에 딱 끼어들더니 밑도 끝도 없이 그러지 않아도 장선생에게 연락할 참이었는데 오늘 이렇게 만나게 되니 정말 반갑다고 말했다. 장지구는 매우 퉁명스러운 목소리로 "가순지 선생님께서 저에게 특별히 연락할 일이 대체 왜 있을까요?" 하고 말했다. 가순지는 사미도 교수님이 장선생님 학교에 계시지 않느냐고 물었다. 장지구는 그렇다고 대답했다. 가순지는 장선생님도 시 전공이시니 혹시 사미도 교수님이 지도교수가 아니냐고 물었다. 이번에도 장지구는 그렇다고 대답했다. 그러자 가순지는 뭔가 아귀가 딱 맞아 기분이 좋다는 듯 혼자서 박수를 짝 치며 좋아라했다. 가순지는 사미도 교수님이 새로 낸 시집『변기통 속의 똥 덩어리들은 어떤 표정으로 당신을 바라보는가?』를 읽었는데 너무도 깊은 인상을 받았다고 말했다. 또 무슨무슨 구절은 정말 무릎을 탁! 치지 않을 수 없는 구절이었다고도 말했다. 장지구는 그러냐고 퉁명스럽게 말했다. 장지구는 오늘밤 안으로 야쿠르트를 꼬셔서 섹스를 해야 한다는 생각으로 가득차 있었기 때문에 가순지가 옆자리에 앉아 이런저런 이야기를 꺼내는 것이 몹시 귀찮게 느껴졌다. 더군다나 그 문제의 무릎을 탁! 치는 구절은 박사과정에 있는 모든 사람들이 이미 무릎을 탁! 쳤다고 했고, 또 사미도 교수 본인도 무릎을 탁! 치게 될 것이라고 예언한 바 있지만 장지구로서는 왜 모든 사람이 그 구절을 읽고 무릎을 탁! 쳐야만 했는지 도무지 이해할 수 없었기 때문이다. 게다가 사미도 교수의 시집을 피해서 이 자리까지 온 장지구로서는 더이상 그런 이야기를 하고 싶지 않았다. 그러나 가순지는 잠시도 쉬지 않고 이야기를 계속했다. 가순지는 이번 사미도 교수님의 시집에 대해 어떻게 생각하냐고 물었다. 장지구는 머리가 지끈지끈 아파오기 시작했다. 장지구는 자신도 그 시집에 관해서는 깊은 인상을 받았고, 이미 무릎도 여러 번 탁! 쳐서 이제는 무릎이 벗겨질 정도라고 말했다. 그러나 가순지는 자신이 모 문학 계간지에 사미도 교수의 시집에 대해 청탁을 받았는데 장선생님은 사미도 교수님의 제자이고 시 전공자이니 조금 구체적으로 자세하게 그 구절에 대해 말해줄 수 없겠느냐고 물었다. 장지구는 가순지의 목이라도 비틀고 싶은 심정이 되었다. 장지구가 탐탁지 않은 표정을 짓자 가순지는 자기도 무릎을 탁! 치기는 쳤는데 약간 이해가 되지 않는 부분이 있어서 그러니 부탁한다고 이번에는 애걸하듯이 말했다. 그때 가순지의 행동을 못마땅하게 보고 있던 야쿠르트가 화장실에 가기 위해 자리에서 일어났다. 그러자 장지구도 덩달아 자리에서 일어서며 그 이야기는 화장실에 다녀와서 계속하자고 대충 얼버무렸다. 장지구가 야쿠르트를 따라가자 김치호를 달래고 있던 통두사가 장지구를 향해 피식 웃었다. 장지구는 약간 뜨끔해서 자신은 오줌이 급해서 화장실에 가려는 것뿐이라고 통두사에게 말했다. 통두사는 누가 뭐라고 했느냐고 말하며 다시 한번 피식 웃었다.

　화장실 앞에서 장지구는 담배를 한 대 피웠다. 야쿠르트는 아직 나오지 않았다. 장지구는 두번째 담배를 피웠다. 야쿠르트는 나오지 않았다. 장지구는 여자들은 화장실에서 대체 뭘 하기에 이렇게 많은 시간을 보내는지 도무지 이해할 수가 없었다. 장지구가 세번째 담배에 불을 붙일까 말까를 고민하고 있는데 야쿠르트가 화장실에서 나왔다.

야쿠르트는 "어머, 장선생님 여기서 뭐하세요?" 하고 물었다. 눈웃음을 지으면서 "여기서 뭐하세요?" 하고 물어보는 야쿠르트의 빨간 입술은 뽀뽀를 해주고 싶을 만큼 귀여웠다. 장지구는 자신은 화장실에 가려 한다고 말했다. 야쿠르트는 "그럼 화장실에 가시지 왜 여기 이러고 있어요?" 하고 다시 물었다. 장지구는 잠시 망설이다가, 사실은 화장실에 가기 위해 이러고 있는 것이 아니라 모임이 끝난 후에 야쿠르트님이 바쁘지 않다면 저랑 술을 한잔 마실 의향이 있는지를 묻기 위해 여기 있는 것이라고 말했다. 장지구는 조금 더듬거리며 꼭 술이 아니라도, 차를 마셔도 자기는 상관없다고 말했다. 말을 마치고 장지구는 자신이 한 말 때문에 가슴이 떨렸다. 한편으로 이런 말을 야쿠르트에게 건넨 자신이 자랑스러웠다. 장지구의 말을 들은 야쿠르트는 처음엔 약간 놀란 표정을 지었지만 곧 응할까 말까를 즐겁게 고민하는 눈치였다. 장지구는 초조하게 야쿠르트의 대답을 기다렸다. 야쿠르트는 눈동자를 위로 약간 치켜뜨고 뭔가를 생각하는 듯하더니 장지구를 향해 살짝 웃었다. 야쿠르트는 "오늘 저녁에 바쁜 일이 없기는 한데" 하고 애교를 떨었다. 그때 가순지가 화장실 쪽으로 걸어오더니 화장실 앞에 있는 장지구와 야쿠르트를 의심스러운 눈초리로 바라봤다. 가순지가 다가오자 야쿠르트는 "그 이야기는 나중에 해요, 장선생님" 하고 말하면서 자리로 돌아갔다. 가순지를 소 닭 보듯 지나가는 야쿠르트를 똑같이 소 닭 보듯 지나온 가순지는 장지구에게 여기서 뭐하시냐고 물었다. 장지구는 자기는 화장실에 가려고 하는데 내가 화장실에 가려는 것이 왜 궁금하냐고 조금 화난 말투로 말했다. 가순지가 약간 황당한 표정을 지었기 때문에 장지구는 화장실로 곧장

들어갔다. 장지구는 오줌을 누려고 지퍼를 내렸지만 오줌은 한 방울도 나오지 않았다. 장지구는 다시 지퍼를 올리고 '띄엄띄엄 살기 운동본부'의 회원들이 있는 테이블로 돌아왔다. 장지구가 테이블로 돌아오자 '띄엄띄엄 살기 운동본부'의 사무국장인 홍순대가 회장인 김치호도 취했고 하니 오늘은 이 정도에서 마치는 것이 좋겠다고 말했다. 장지구는 홍순대의 결단력 있는 발언에 박수를 보내고 싶었다. 내일도 일찍 출근을 하기 위해 술자리가 끝나기만을 바랐던 몇몇 회원들은 평소 훌륭한 인간성으로 회원들의 존경과 신뢰를 받아왔던 홍순대의 말에 힘을 받았는지 기다렸다는 듯이 모두 자리에서 일어났다.

맥줏집을 나오자 김치호는 2차를 외치고 있었다. 그러나 2차를 가려는 사람들은 없었다. 김치호는 자신의 몸도 가누기 힘들었다. 통두사는 이렇게 약한 모습을 보여서야 어떻게 띄엄띄엄 살기 운동을 전개할 수 있느냐고 김치호를 달랬다. 그러나 '띄엄띄엄 살기 운동본부'의 창시자인 김치호는 술을 열심히 마셔서 망가지는 것이야말로 띄엄띄엄 정신의 핵심이라고 열변하면서 오늘의 망가짐에 참여하지 않는 사람은 모두 '띄엄띄엄 운동본부'의 역적이며 배신자라고 소리를 질렀다. 회원 중 한 사람은 자신도 망가짐에 동참하고 싶지만 내일 아침의 업무 보고는 보통 업무 보고가 아니라 매우 긴급하고 특별한 업무 보고이기 때문에 오늘은 집에 가야만 한다고 말했다. 다른 사람은 내일 아침에 자신의 회사가 국세청으로부터 특별 세무감사가 있기 때문에 가야만 한다고 말했다. 자신은 그냥 세무감사라면 김치호 회장의 뜻에 따르겠지만 아무래도 특별 세무감사다보니 어려운 일이라고 말했다. 회원들은 모두 특별, 긴급 등의 업무를 내세워 하나둘씩 흩어졌다. 김치호는 술이 너무 취해 쓰레기통 옆에 쓰러지면서 "회사 잘리면 나는 어떡해, 난 이혼당할지도 몰라, 통두사 형" 하며 울고 있었다.

회원들은 이제 뿔뿔이 흩어지고 있었다. 장지구는 재빨리 야쿠르트에게로 다가가서 야쿠르트님과 저는 같은 방향이니 택시를 같이 타고 가는 것이 어떠냐고 물었다. 덧붙여 택시비는 자기가 내겠다고 말했다. 말을 하고 나서 장지구는 택시비 이야기는 꺼내지 않는 것이 더 좋았을 것이라는 후회가 들었다. 야쿠르트는 장지구의 말을 듣더니 "그래도 될까요?" 하고 웃으며 말했다. 그때 홍순대 사무국장이 봉고차를 몰고 와서 사람들에게 타라고 말했다. 알코올 분해효소가 없어서 술을 마실 수 없는 홍순대 사무국장은 술자리마다 봉고차를 끌고 와 사람들을 태워주곤 했다. 물론 장지구도 그 봉고차를 타고 몇 번 집으로 돌아온 적이 있었다. 그렇지만 오늘은 봉고차 타이어에 구멍이라도 내고 싶은 심정이었다. 홍순대 사무국장은 우선 쓰레기통을 잡고 울고 있는 김치호를 부축해서 뒷자리에 눕혔다. 통두사는 김치호 옆에 탔다. 택시비를 아끼고 싶은 몇몇 회원들이 봉고차에 올랐다. 홍순대 사무국장은 큰 소리로 더이상 탈 사람이 없느냐고 물었다. 홍순대 사무국장은 야쿠르트에게 "야쿠르트님, 빨리 타세요" 하고 말했다. 그러자 야쿠르트는 방향이 다르니 자신은 따로 가겠다고 말했다. 장지구는 야쿠르트의 말이 한없이 고마웠다. 그러나 홍순대 사무국장은 굴하지 않고 조금 둘러서 가면 되니 그런 건 걱정하지 말라고 말했다. 봉고차 안에 있던 몇몇 사람들이 야쿠르트에게 타기를 종용했으므로 야쿠르트는 할 수 없다는 듯 봉고차에 탔다. 장지구는 봉고차에 오르는 야쿠르트의 모습을 그저 멍하니 보고 있었다. 연이어 홍순대 사무국장은 친절하게도 "장선생님, 오늘은 빈자리가 없네요. 죄송합니다" 하고 웃으며 말했다. 장지구는 엿 먹으라고 말해주고 싶었지만 평소에 회원들로부터 존경과 신뢰를 받아왔고 또 자신에게도 그동안 잘해준 홍순대 사무국장이었으므로 오늘은 다른 곳에 볼일이 좀 있으니 괜찮다고 억지로 웃으면서 말했다.

봉고차는 야쿠르트를 태우고 손을 흔들며 저 멀리 떠나갔다. 장지구는 문득 눈물이 나올 것만 같았다. 장지구는 이 모든 일이 홍순대 사무국장에게 알코올 분해효소가 없기 때문에 발생한 것이라는 생각이 들었다. 홍순대 사무국장에게 알코올 분해효소가 있었다면 홍순대 사무국장도 김치호처럼 술을 많이 마셨을 것이고, 또 술을 마셨기 때문에 차를 운전할 수도 없었을 것이다. 그러면 야쿠르트와 장지구는 같은 택시를 타고 가다가 중간에 내리거나 장지구의 집으로 가거나 야쿠르트의 집으로 가거나 하여간 어디로든 갔을 것이다. 장지구는 아직까지 알코올 분해효소 생성 백신을 개발하고 있지 않은 한국 의료계의 나태함에 대해 분노했다. 그들은 항상 바쁘다, 바쁘다, 하면서 정작 중요한 것은 하나도 개발하지 않는 것이다. 장지구가 분노와 안타까움에 부들부들 떨고 있을 때 뒤에서 "아직 안 가셨네요? 장선생님" 하고 부르는 소리가 들렸다. 가순지였다.

장지구는 가순지 선생이야말로 아직까지 안 가고 뭐하시냐고 물었다. 가순지는 장선생님이 바쁘시지 않으면 차라도 한잔할까 하고 기다리는 중이라고 말했다. 차가 싫으면 술도 괜찮다고 연이어 말했다. 장지구는 또 사미도 선생의 시집에 대해 물어올 것이라고 생각하니 귀찮은 생각이 들었다. 하지만 한편으론 어차피 생애 첫 섹스는 물 건너간 것이니 가순지와 사미도 교수의 시집 『변기통 속의 똥 덩어리들은 어떤 표정으로 당신을 바라보는가?』에 대해 이야기나 좀 나누다가 집으로 돌아가서 발제문을 쓰는 것도 나쁘지 않겠다는 생각이 들었다.

장지구가 어디 아는 찻집이 있느냐고 물었다. 그러자 가순지는 고개를 끄덕이더니 번화가를 벗어나 주택가 쪽으로 걷기 시작했다. 500미터 정도를 걸어가자 찻집이 보였다. 장지구와 가순지는 찻집에 들어갔다. 그러나 장지구가 찻집의 문을 열자마자 빗자루를 들고 있던 여자 종업원은 "죄송합니다, 손님. 영업 끝났습니다" 하고 말했다. 장지구는 지금 시간이 10시밖에 안 되었는데 영업을 이렇게 일찍 끝내냐고 물었다. 오늘은 손님도 없고 사장이 몸도 안 좋아서 일찍 끝낸다고 여자 종업원이 말했다. 장지구와 가순지는 다시 거리로 나와 1킬로미터 정도를 걸었다. 그러자 통닭집이 보였다. 장지구는 지금 배가 고픈 것은 아니지만 마땅히 술집도 찻집도 없으니 통닭에 맥주라도 한잔하면서 이야기를 나누는 것이 어떠냐고 물었다. 가순지는 자기는 상관없으니 장선생님 좋을 대로 하라고 했다. 장지구와 가순지는 통닭집에 들어갔다. 통닭집의 뚱뚱한 아줌마는 죄송한데 호프가 다 떨어져서 영업을 할 수 없다고 말했다. 그렇지만 통닭만 드시겠다면 드릴 수는 있다고 또 말했다. 장지구는 "헛!" 하고 헛웃음을 쳤다. 장지구는 가순지에게 통닭만이라도 먹겠느냐고 물었다. 가순지는 배가 부른데 통닭은 왜 먹느냐고 빈정대듯 말했다. 장지구와 가순지는 다시 걷기 시작했다. 어떤 길로 접어들었는지는 알 수 없지만 그 거리에는 철물점과 전파상 같은 것만 있을 뿐 술집이나 찻집 같은 것은 보이지 않았다. 장지구와 가순지가 1킬로미터를 더 걸었는데도 찻집도 술집도 보이지 않았다. 11월인데도 불구하고 날씨는 추웠다. 더군다나 평소에 잘 입지 않는 호랑이 무늬 스콜피언스 삼각팬티는 자꾸 엉덩이 사이로 말려올라가서 걸을 때마다 장지구를 불편하게 했다. 장지구는 길을 잘못 들었는지 계속 가도 술집이나 찻집은 나오지 않을 것 같다고 말했다. "그러네요, 어쩌죠?" 하고 가순지가 말했다.

그때 난데없이 가순지가 "여관에 들어가는 것은 어때요?" 하고 물었다. 장지구는 어처구니없다는 표정으로 가순지를 쳐다보았다. 가순지는 "뭘 그리 놀라세요? 장선생님 엉큼한 생각 하셨구나. 제 말은 여관에서 이상한 짓을 하자는 이야기가 아니라 거기엔 따뜻한 물도 나오고, 텔레비전도 볼 수 있고, 또 아무도 없으니까 주위 사람들에게 신경쓰지 않고 사미도 선생님의 시집에 대해, 특히 무릎을 탁! 치게 만드는 그 구절에 대해 이야기도 할 수 있잖아요. 뭐 카페에서 커피 한 잔을 마셔도 만 원인데 여관의 효용가치를 생각해본다면 벌써 남는 장사 아니겠어요? 생각을 해보세요" 했다. 장지구는 여관의 효용가치를 생각해보니 가순지 선생의 말이 옳은 것 같기도 하다고 말했다. 가순지는 거 봐라는 표정을 지었다. 찻집과 술집은 잘 보이지 않았음에도 불구하고 여관은 쉽게 찾을 수 있었다. 가순지는 자기가 술을 사겠으니 장선생님은 여관비를 내라고 말했다. 장지구는 그러자고 했다. 가순지는 24시간 편의점으로 가서 양주 작은 것을 한 병 샀다. 그러더니 곧 양주 작은 병을 양주 큰 병으로 바꿨다. 장지구가 그렇게 큰 병을 다 마실 수 있겠느냐고 물었다. 가순지는 못 먹으면 남기면 되지 무슨 걱정이냐고 말했다.

장지구가 여관에 들어섰을 때 여관 문에서는 〈엘리제를 위하여〉가

전자 멜로디로 요란하게 흘러나왔다. 여관에 들어온 것이 약간 쑥스러운 듯 가순지는 느닷없이 〈엘리제를 위하여〉를 좋아하냐고 물었다. 장지구는 〈엘리제를 위하여〉는 자신이 가장 증오하는 노래라고 말했다. 가순지는 그냥 싫으면 싫은 거지 증오까지 할 것은 또 뭐냐고 입을 삐죽 내밀며 말했다. 장지구는 20년 동안 자기 침대 위에 있는 알람시계에서 나오는 멜로디가 〈엘리제를 위하여〉였으며, 아침마다 이 곡을 들으며 잠을 깨는데 어떻게 좋아할 수 있겠냐고 강건하게 말했다. 가순지는 무슨 할말이 있는 듯했지만 여관 아줌마가 문을 열고 나왔으므로 장지구의 등뒤로 고개를 돌리고 살짝 숨었다. 장지구는 아줌마에게 방이 있냐고 물었다. 여관 아줌마는 자고 갈 건지 아님 잠시 쉬었다 갈 건지를 물었다. 장지구는 우리는 이상한 짓을 하러 온 것이 아니라 내일 세미나에 있을 토론 때문에 잠시 들른 것이라고 말했다. 여관 아줌마는 매우 무뚝뚝한 목소리로 뭔 짓을 하건 내 알 바 아니니까 쉬었다 갈 거면 2만 5천 원, 자고 갈 거면 4만 원을 내라고 말했다. 그때 뒤에 있던 가순지가 "이야기가 길어질지도 모르니까 자고 가는 걸로 끊어요" 하고 모기 소리만한 목소리로 말했다.

장지구가 지갑을 열어 4만 원을 꺼내 내밀자 여관 아줌마가 방 열쇠와 수건 석 장을 내밀었다. 그런데 등뒤에서 고개를 돌리고 있던 가순지가 다시 고개를 삐죽 내밀더니 "아줌마, 칫솔이랑 샴푸도 주세요" 하고 말했다. 아줌마는 위장약처럼 비닐에 들어 있는 샴푸 두 개를 주면서 칫솔은 방에 있다고 말했다. 장지구는 계단을 올라가면서 사미도 교수의 시집에 대해 이야기하는데 칫솔은 그렇다 치더라도 샴푸는 왜 필요하냐고 물었다. 가순지는 잠시 말이 없다가 자기는 머리가 근질거리면 학문적인 이야기를 할 수 없다고 말했다. 장지구는 고개를 끄덕거리면서 자기도 책이 잘 읽히지 않을 때는 머리를 감는다고 말했다.

여관방에 들어서자 장지구와 가순지는 어떤 자세를 취해야 할지 몰라 잠시 어색하게 서 있었다. 먼저 가순지가 장지구에게 세수라도 하겠냐고 물었다. 장지구는 난데없이 세수는 무슨 세수냐고 빈정대듯 말했다. 그러자 가순지는 세수를 하기 싫으면 말 일이지 왜 화는 내냐고 맞받아쳤다. 장지구는 화를 내는 것이 아니라 난데없이 세수를 하라는 것이 웃기지 않느냐고 말했다. 가순지는 기분이 상했는지 입술을 약간 삐죽거리면서 양주 병뚜껑을 땄다. 그리고 냉장고를 열어 보고 유리컵이 하나뿐이니 할 수 없이 하나로 같이 마셔야겠다고 다소 시큰둥하게 말했다. 유리컵이 하나뿐일 때는 그렇게 하는 것이 이성적이라고 장지구도 거들었다. 그러자 가순지는 이성적이라는 말은 거기에 갖다붙이는 게 아니라고 톡 쏘아붙였다. 연이어 공부를 하는 사람들이 그렇게 용어를 제멋대로 쓰는 것이 우리나라의 문제라고 말했다. 장지구는 가순지가 말하는 방식이 매우 못마땅했다. 장지구는 제발 가순지님이라도 용어를 적재적소에 써서 제발 이 엉망인 우리나라를 구제해주길 바란다고 빈정거렸다.

가순지는 장지구의 말에 기분이 상했는지 온더록스 잔에 3분의 1 가량 양주를 따른 후 그것을 단숨에 마셔버렸다. 가순지가 술을 마시는 것을 보고 약간 놀란 장지구는 방금 자기가 한 말 때문에 화가 나서 그러는 거냐고 물었다. 그리고 방금 자기가 '이성적'이라는 용어를 잘못 사용한 것 때문에 화가 난 거라면 앞으론 조심하겠다고 말했다. 가순지가 그것 때문이 아니라며 고개를 저었다. 그렇다면 평소에도 이렇게 마시냐고 장지구가 물었다. 가순지는 사람들이 많은 공공장소에서 술에 취하면 곤란하지만 지금은 장선생님과 함께 편안한 여관에 있는데 뭐가 걱정이냐고 말했다.

　가순지는 다시 잔에 술을 반쯤 따라 단숨에 마시고 이번에는 잔을 가득 채워 장지구에게 줬다. 장지구는 술을 잘하지 못했지만 여자한테 질 수야 있느냐는 심정으로 단숨에 마시고 잔을 돌려주었다. 속에서 뜨거운 기운이 확 솟구쳐올라왔다. 가순지는 다시 양주를 컵에 반쯤 따른 뒤 단숨에 잔을 비우고 바로 장지구에게 잔을 주었다. 장지구도 단숨에 마시고 잔을 돌려주었다. 그러자 벌써 양주병 속에는 술이 반도 채 남지 않았다. 장지구는 머리가 어지럽고 속이 거북했다. 그러나 가순지는 다시 잔에 술을 따른 후 단숨에 마신 다음 장지구에게 잔을 내밀었다. 장지구는 가순지가 주는 잔을 받고는 조금 천천히 마시는 게 어떠냐고 말했다. 가순지는 술은 취하자고 마시는 거 아니냐고 웃으며 말했다. 가순지는 손을 들어 장지구에게 어서 마시라는 제스처를 했다. 장지구는 술을 마셨다. 그러자 가순지의 얼굴이 사미도 교수의 무릎을 탁! 치게 하는 시집처럼 보였다. 장지구는 가순지에게 이렇게 술만 마실 것이 아니라 사미도 교수의 시집 『변기통 속의 똥 덩어리들은 어떤 표정으로 당신을 바라보는가?』에 대해 뭔가 진지한 논의를 시작해야 할 것 아니냐고 말했다. 가순지는 대답은 하지 않고 장지구의 잔을 뺏은 뒤 술을 가득 따른 후 이번엔 자신은 마시지 않고 잔을 장지구에게 주었다. 장지구는 가순지가 주는 잔을 받아마셨다. 그 술잔을 다 마시고 나자 장지구는 갑자기 확 취한 느낌이었다.

장지구는 가순지의 얼굴에 오타와 비문이 있는 것 같다고 말했다. 하지만 오타와 비문은 빨간 펜으로 교정을 보면 되니까 그리 걱정할 것은 없다고 횡설수설했다. 가순지는 아무 말도 없이 술을 따른 뒤 다시 장지구에게 잔을 내밀었다. 장지구는 가순지가 주는 술잔을 받아서 마셨다. 장지구는 가순지가 남장 패션을 고집하는 것에 대해 갑자기 굉장한 학문적 호기심이 생겼으며 언제고 그에 관해 진지하게 글을 쓰고 싶다고 말했다. 그때 갑자기 가순지의 가슴이 장지구의 코앞까지 바짝 다가왔다. 장지구는 가순지의 가슴에 각주를 달고 싶다고 말했다. 가순지는 자신의 가슴으로 장지구의 얼굴을 천천히 밀어 침대로 쓰러뜨렸다. 장지구는 힘없이 침대로 쓰러지며 이러면 안 된다고, 우리는 사미도 교수의 시집에 대해 진지하게 논의하기 위해 이 자리에 들어온 것이라고 말했다. 가순지는 장지구의 입술 사이로 혀를 밀어넣으면서 사미도 교수의 시집 따위는 개한테나 줘버리라고 말했다.

그리고 장지구는 노란 동백꽃 속으로 푹 파묻혀버렸다.

소파
이야기

전화가 걸려온 것은 새벽 4시였다. 그때 나는 아내가 남겨두고 간 수면제를 먹고 몇 시간째 뒤척거리다 겨우 잠이 든 참이었다. 아내의 수면제는 효과가 신통치 않았다. 침실 스탠드를 켜고 불빛에 노란 알약을 이리저리 비춰보면서 이게 수면제가 맞긴 할까? 혹시 먹는 피임약 같은 게 아닐까? 뭐 그런 생각을 했었다. 아니면 아내가 새로 샀을 속옷 색깔에 대해 생각하고 있었는지도 모른다. 일주일 전에 아내는 집을 나갔다. 아무것도 챙기지 않고 달랑 핸드백만 들고 나갔으므로 아내는 옷을 한두 벌 사야 했을 것이다. 화장품 몇 개를 샀을 것이고. 속옷도 몇 벌 샀을 것이다. 나를 떠나서 아내는 무슨 색깔의 속옷을 샀을까? 난데없이 그게 궁금했다.

그날 우리는 심하게 싸웠다. 잔뜩 화가 난 내가 거실 바닥에 어항을 집어던졌다. 파닥거리는 금붕어 두 마리를 아내는 아랫입술을 꽉 깨문 채 한참이나 바라보았다. "당신이랑 같이 사는 거, 이제 좀, 지치

네." 아내가 금붕어를 유리그릇에 담고 물을 부었다. 그리고 집을 나갔다. 수면과 가수면 사이를 오르락내리락하면서 나는 깨진 유릿조각 사이에서 파닥거리던 두 마리의 금붕어에 대해서 생각했다. 내가 깨뜨려버린 어항에 대해서, 사실 그 어항이 훨씬 오래전부터 이미 깨져 있었다는 사실에 대해 생각했다. 그리고 겨우 잠이 들었다.

새벽 4시에 전화벨이 울렸을 때 나는 화재경보음이라도 들은 것처럼 화들짝 놀라서 잠을 깼다. 아내라고 생각했는데 전화를 걸어온 사람은 어이없게도 고등학교 동창 안이었다.

"내가 잠을 깨웠지? 미안해. 아무리 생각해봐도 이 시간에 전화를 걸 사람이 너밖에 없는 거야." 안이 정말 미안해하는 목소리로 말했다.

"지금 몇신데?" 내가 잠이 덜 깬 목소리로 물었다.

"4시 7분."

"4시? 뭔 일이야, 이 새벽에?"

"아주 곤란한 일이 생겼어. 너무나 곤혹스러워서 나로선 정말이지 어찌할 바를 모르겠어."

나는 자리에서 일어나 침대 끝에 걸터앉았다. 그리고 스탠드를 켰다. 탁자 위에 있는 시계는 정말 4시 7분을 가리키고 있었다. 20분쯤 잠들었을까? 30분쯤? 갑자기 짜증이 확 밀려왔다.

"정말이지 엄청나게 곤란한 일이어야 할 거야. 새벽 4시에 혼자서 캔맥주를 마시고 있으려니 갑자기 삶이 쓸쓸해서 견딜 수 없다든가, 뭐 이딴 소리를 지껄이면 네 머리통을 아주 박살낼 거니까." 내가 짜증 섞인 목소리로 말했다.

전화기 건너편에서 안이 말을 못 꺼내고 머뭇거렸다.

"뭔 일이냐고? 빨리 말해. 빨리 듣고 자야 되니까." 내가 다그쳐 물었다.

"소파 때문에 전화를 걸었어. 소파 때문에." 안이 우물쭈물 말했다.

"소파라니?"

"저번에 봤잖아. 내 방에 새로 들여온 물소가죽 소파."

"미용실 앞에서 네가 훔쳐왔다는 그거?"

"에이, 훔친 건 아니지. 정확하게 말하면 그쪽에서 버리려고 밖에 내놓은 걸 내가 가져온 거지."

"훔친 거나 말없이 가져온 거나. 어쨌거나 그건 뭐 그렇다고 치고. 그런데 소파가 왜?"

"이 소파는 내게 어울리지 않아. 어떻게 해도 나와 어울리지 않는 거지. 이 소파 때문에 모든 게 엉망진창이야."

"그래서?"

"아무래도 이 소파를 다시 미용실 앞에 갖다놔야 될 것 같아서."

"지금?"

"지금!"

밀려나간 파도가 다시 밀려오듯 짜증이 더 높은 파고로 밀려왔다. 잠은 완전히 깨버렸고 입안은 까끌거렸다. 나는 담배 한 개비를 꺼내 물고 불을 붙였다.

"그러니까 네 말은, 소파 따위를 같이 옮기자고, 그것도 새벽 4시에, 그것도 전세금이 모자라서 서울에서 오산까지 떠밀려와 사는 가련한 친구더러 명동까지 와달라고, 전화를 했다는 거지?"

전화기 건너편에서 안이 깊은 한숨을 쉬었다.

"간단하게 말하면 그런 건데, 하지만 이건 그렇게 단순하게 말할 성질은 아냐."

"그럼 복잡하게 성질을 말해봐!"

"이 소파는 내 삶을 무질서하게 만들고 있어. 조금씩, 조금씩 내 삶을 파괴하고 있는 거지. 이 소파 때문에 나 며칠째 잠을 전혀 못 자고 있어. 무겁긴 얼마나 무겁고 또 덩치는 어쩌나 큰지 이 망할 놈의 소파가 방을 점령해버려서 일도 전혀 못 하고 있고. 난 말이지. 이 물소 가죽 소파가 점점 무서워져. 오늘밤 내로 이 소파를 처리하지 못하면 난 정말 미쳐버릴지도 몰라. 내 마음이 얼마나 참담한지 알겠지? 그러니 제발 부탁인데 네가 지금 이리로 급히 와주면 안 될까?"

"전화 끊어, 이 꼴통 새끼야."

*

불면증에 걸려 자살한 알래스카 사내에 대한 기사를 읽은 적이 있다. 사진 속의 알래스카 사내는 사냥한 180킬로그램짜리 물개를 어깨에 메고 있을 만큼 건장한 모습이었다. 북극에 겨울이 오면 흑야라고 불리는, 해가 뜨지 않는 밤이 몇 달이나 계속된다. 흑야엔 모두들 잠을 많이 잔다. 그런데 이 알래스카 사내만 홀로 잠을 이루지 못하고 있는 거다. 내일도 해가 떠오르지 않고 모레도 해가 떠오르지 않는다. 밤은 이렇게 긴데, 뭔 짓을 해도 잠이 오지 않는 거다. 그래서 알래스카 사내는 결국 자신의 머리에 총을 한 방 쏘고 그가 그토록 원하던 깊은 잠을 자게 된다. 요즘 내가 그렇다. 마치 북극의 길고긴 겨울밤에 혼자 불면증을 앓고 있는 알래스카 사내가 된 기분이다. 정말이지 내 머리에 총이라도 한 방 쏘고 깊은 잠을 자고 싶다. 회사에서는 금방이라도 허물어질 것처럼 몸이 피곤한데도 이상하게 퇴근해서 침대에만 누우면 잠이 오지 않는다. 어쩌다 잠이 들어도 작은 소리에 금방 깨버린다. 그러면 다시 잠을 자기 위해 침대 위에서 몇 시간을 뒤척거려야 한다. 피곤하다. 잠을 못 자서 그런지 어제가 끝난 것 같지도 않고 오늘이 시작된 것 같지도 않다. 요즘은 내내 그렇다. 그런데 이 새벽에 소파 따위를 옮겨주려고 명동으로 가고 있는 것이다. 아니다. 사실은 안의 머리통을 박살내려고 가고 있는 것이다.

오산 톨게이트를 지났을 때는 새벽 5시가 가까워지고 있었다. 반대편 차선에서 상향등을 켜고 맹렬하게 달려오는 차들 때문에 눈이 아팠다. 차가 고속도로 위에서 속도를 내기 시작하자 수면제를 먹고 몇 시간을 뒤척거려도 오지 않던 잠이 그제야 쏟아지기 시작했다. 나는 담배를 꺼내 불을 붙이고 차창을 열었다.

안과 알고 지낸 지는 20년이 조금 넘었다. 그는 내 고등학교 친구였다. 어쩌다보니 몇몇의 고등학교 친구들과는 계속 만나게 되는데 안도 그중 하나였다. 고등학교 때 안은 매우 조용한 학생이었다. 눈썹이 옅어 흐릿한 인상이었고 아무에게도 쉽게 말을 잘 걸지 못하는 숫기 없는 아이였다. 쉬는 시간이 되면 안은 교실 구석에 혼자 조용히 앉아 톨스토이의 『안나 카레니나』 같은 책을 읽곤 했다. 깨알같이 작은 글씨에 무척이나 두꺼운 책이었다. 내가 다닐 때의 남자 고등학교에서는 아무도 그렇게 두꺼운 책을, 그것도 100년 전의 러시아 소설책을 읽지 않았다. 안 다녀봐서 모르겠지만 그건 여자 고등학교라고 해도 마찬가지였을 것이다. "어떻게 이런 책을 읽을 수가 있지?" 내가 신기하다는 표정으로 물었다. 그러자 안은 나를 향해 환하게 웃으며 자신은 지루함을 잘 견디는 성격이라고 말했다. 그것이 내가 고등학교 때 만난 안이라는 사내였다. 실제로 그는 놀라우리만치 지루함을 잘 견디는 사람이었고, 누구에게도 쉽사리 말을 걸지 못하지만 누구라도 자신에게 말을 걸어오면 환하게 웃으며 문을 열어주는 타입의 남자였다.

친구들은 안을 명동백작이라는 별명으로 불렀다. 하지만 그 별명은 백작이나 백작부인이 가지고 있을 것 같은 우아함이나 고상함의 이미지와는 거리가 먼 것이었다. 명동백작은 올빼미처럼 어디로도 떠나지 못하고 명동 안에서만 생활하는 안을 비아냥거리거나 조소하기 위해 친구들이 붙여준 별명이었다. 스물일곱 살인가? 스물여덟 살인가? 하여간 그 무렵쯤부터 안은 명동 밖으로는 한 발짝도 나가지 않는 기묘한 삶을 살기 시작했다. 적어도 내가 알고 있는 한 안은 지난 11년 동안 단 한 번도 명동을 떠나지 않았다. 그러니까 명동에서만 일을 하고, 명동에서만 잠을 자고, 명동에서만 밥을 먹고, 명동에서만 여자를 꼬시고, 명동에서만 섹스를 하는 삶 말이다. 생각해보면 그것은 꽤나 기괴하고 이상한 삶이다. 왜냐하면 명동은 생각보다 아주 좁은 곳이기 때문이다. 행정구역상 명동의 면적은 0.99제곱킬로미터밖에 되지 않는다(설령 명동이 가로세로 100킬로미터가 넘는 넓은 땅이라고 하더라도 굳이 그 밖으로 나오지 말아야 할 이유는 또 뭐란 말인가? 한나절이면 전 세계 어디로도 날아갈 수 있는 이 환상적인 지구촌 시대에 말이다). 어쨌거나 가로세로 1킬로미터가 안되는 그 좁은 곳에서 안은 지난 11년 동안 한 번도 빠져나오지 않았다. 그래서 안에게는 교통카드도, 자동차도, 운전면허증도 심지어 자전거조차도 없다.

돌이켜보면 안이 늘 그랬던 것은 아니었다. 이십대 중반까지 안은 분명 어딘가를 열심히 돌아다녔다. 유럽의 몇몇 나라와 중국과 몽골에 여행을 갔었고, 어학연수를 한답시고 1년도 넘게 캐나다에 머물기도 했다. 친구들 서넛과 함께 25일 동안 자전거를 타고 전국의 해안선을 돌아다닌 적도 있었다. 그런데 어느 날 문득 안은 명동에 갇혔다. 친구들이 명동 밖으로 나가지 않는 이유를 물을 때마다 안은 웃으며 "굳이 명동 밖으로 나가야 할 이유를 그만 잊어버렸어"라든가 "명동에서는 여자들이 쉽게 외로워지거든" 같은 알쏭달쏭한 말로 대답을 피하곤 했다.

안에게는 명동에서 암달러상을 했던 엄마로부터 유산으로 물려받은 집이 있었다. 집이라고 해봐야 3층짜리 낡은 상가건물 옥상에 있는 창고를 개조한 아홉 평짜리 작은 방이었지만 혼자 살기에는 충분한 크기였다. 창 쪽에는 티테이블을 놓을 수 있는 작은 테라스도 있어 명동 거리를 내려다보며 맥주를 홀짝홀짝 마시거나 담배를 피울 수도 있었다. 안은 엄마가 물려준 집에서 그림을 그리며 생계를 해결했다. 주로 책 표지디자인 일을 했지만 주문이 들어오면 달력, 광고 전단지, 명함, 캐리커처, 글과 그림이 함께 들어가 있는 전집류의 동화까지 가리지 않고 했다. 그러니까 주문자가 시안을 확인하거나 수정할 부분에 대해 의논을 하기 위해 명동으로 직접 올 수 있는 사람이기만 하면 안은 어떤 종류의 일이든 가리지 않았다. 내가 보기에 안은 그림에 재능이 있었다. 하지만 예술적 야망이라고 부를 만한 것에 안은 털끝만큼도 관심이 없었다.

안은 늘 명동에 있었고 누가 찾아오든 환한 미소를 지으며 반가워했기 때문에 명동 근처를 지날 때면 많은 친구들이 안의 집에서 놀다가 가곤 했다. 광화문이나 종로 쪽에 일이 있어 나왔는데 약속 시간보다 너무 일찍 나왔다거나, 약속이 취소되어 갑자기 할 일이 없어져버렸다거나, 휴일에 여자친구랑 명동에 나왔는데 막상 나와보니 마땅히 재미있게 놀 만한 일이 없다거나, 뭐 그런 일이 생기면 친구들은 별 부담 없이 안의 집을 찾곤 했다. 그러면 음악을 들으면서 안이 내려주는 진한 커피를 마실 수 있었고, 안의 냉장고에 늘 가득차 있는 캔맥주를 꺼내 한두 캔쯤 마시면서 가벼운 잡담을 나누다가 돌아올 수 있었다. 그러니까 안이 새로 사귄 애인과 은밀한 시간을 보내고 있는 때만 아니라면 안의 집은 늘 열려 있었다.

안이 특별히 뭔가를 배려해주거나 맛있는 음식을 대접하는 것도 아니었다. 그저 평범한 드립커피와 시원한 캔맥주 정도였다. 하지만 모두들 안의 집에 들를 때면 뭔가 대단한 환대를 받는 느낌이었다. 뭐랄까. 오랜만에 고향집에 온 것처럼 편안한 기분이 든다고나 할까. 확실히 안은 '환대의 기술'이라고 부를 만한 묘한 매력을 가지고 있었다. 그 매력 때문인지 안의 집에는 늘 많은 사람들이 들락거렸다. 그리고 나도 그중의 하나였다.

*

　골목에 차를 주차시키고 문을 열었을 때 안의 방은 마치 이사라도 떠나는 것처럼 물건들이 어질러져 있었다. 텔레비전을 올려놓던 장식장은 세로로 세워져 있었고, 텔레비전은 냉장고 위에 있었으며, 식탁 의자는 식탁 위에 올라가 있었다. 방 한쪽에는 안이 혼자 옮기려다 실패한 것처럼 보이는 문제의 거대한 물소가죽 소파가 떡하니 버티고 있었다. 그리고 안은 절이라도 하듯 무릎을 꿇고 엉덩이를 든 자세로 물소가죽 소파에 머리를 묻은 채 어깨를 들썩이며 울고 있었다. 그 모습을 보자 아직 채 가라앉지 않은 짜증과 왠지 안쓰러운 마음과 엉덩이를 들고 울고 있는 안의 우스꽝스러운 모습이 마음속에서 한꺼번에 버무려져 묘한 기분을 불러일으켰다.

　내가 안의 엉덩이를 발로 차서 떠밀었다. 안이 바닥으로 벌렁 넘어졌다. 안이 고개를 들더니 잠시 멍한 표정으로 나를 바라보다가 금세 원군이라도 만난 것처럼 반가운 표정을 지었다. 그리고 손등으로 눈물을 훔치며 "왔구나! 역시 와줬구나" 하고 혼잣말처럼 말했다.

　"우냐? 나잇살이나 처먹어가지고 이 새벽에 소파 때문에 혼자 울고 자빠졌냐? 아이구, 인간아, 인간아. 내 인생도 참 한심하다고 생각하지만 너를 보면 참으로 살아갈 힘이 난다. 힘이 나."

　"난 네가 안 오는 줄 알고. 아무도 안 오는 줄 알고." 안이 울먹이며 말했다.

　그러고도 안은 잠시 동안 더 울먹였다. 내가 울고 있는 것도 아닌데 어쩐지 민망하기도 하고 딱히 할말도 없고 해서 나는 안을 잠시 내버려두었다. 5분쯤 지나자 안은 다소 진정된 것 같았다.

"그나저나 방은 왜 이렇게 어지러워?"

"어떻게든 소파를 배치해보려고 그랬지."

"배치가 안 되냐?"

안이 고개를 끄덕였다.

"그러니까 소화도 못 시킬 물건을 뭐하러 가져왔어?"

"항상 이런 근사한 소파를 가지고 싶었어. 어릴 때부터 늘 좁은 집에 살아서 한 번도 소파를 가져본 적이 없었거든. 봐봐. 이 소파, 굉장히 안락해 보이잖아. 누워서 텔레비전도 보고 낮잠도 자고 참 좋겠다 싶었어. 그런데 막상 방에 들여놓으니까 안락은 개뿔, 덩치만 산만해가지고 아무짝에도 쓸모가 없어. 처음에는 그냥 조금 불편하고 거슬리는 정도였는데, 슬슬 짜증이 나더니 나중에는 무서워지기 시작하는 거야. 나 이 소파 때문에 며칠 동안 잠도 못 잤어."

안의 말대로 그 소파는 근사해 보였다. 여전히 가죽도 좋아 보였고 눕기만 하면 저절로 스르르 잠이 올 것처럼 푹신하고 안락해 보였다. 하지만 소파가 너무 큰 공간을 차지해버려서 식탁과 안의 작업용 책상과 장식장 사이에는 겨우 반 평 정도의 자리밖에 남지 않았다. 확실히 이 덩치 크고 우아한 소파는 작고 아담하게 꾸며진 이 집의 모든 것들을 왜소하고 답답하게 만들고 있었다.

"그래서 이걸 어쩌겠다고? 딱지 붙여서 버리려고?" 내가 소파를 발로 툭툭 차며 말했다.

"아니, 처음에 가져왔던 미용실 앞에 다시 갖다놓으려고. 꼭 미용실 앞에 갖다놓아야 해. 그 미용실 여자들에게 복수를 해야 하거든."

"웬 복수?"

"이 괴물 같은 안락으로 나를 유혹해서 고통을 준 것에 대한 복수지. 분명 미용실 여자들도 이 소파에 당했음이 틀림없어. 그런데도 다른 사람에게 똑같은 고통을 주기 위해 미끼를 던진 거지. 멍청하게도 내가 걸려든 거고. 정말 얄밉지 않아?"

"아주 지랄을 한다, 지랄을 해."

내가 안을 쏘아보자 안이 머쓱한 표정을 지었다.

"어쨌거나 옮길 거면 지금 빨리 옮겨. 소파 내려놓고 나 조금 있다가 출근해야 해." 내가 말했다.

"토요일인데도 출근해?"

"오늘이 토요일이냐?"

"몰랐어?"

"응, 몰랐어."

오늘이 토요일이라는 걸 왜 몰랐을까? 아마 잠을 못 자서 그럴 거라고 나는 생각했다. 잠을 못 자면 도무지 하루가 끝난 것 같지 않으니까. 안과 나는 소파를 들고 문밖으로 나갔다. 그리고 계단을 내려가기 시작했다. 오래된 상가건물의 계단은 좁고 가팔랐고, 빌어먹을 물소가죽 소파는 더럽게 무거웠다.

"올라올 때는 누가 들어줬는데?" 내가 물었다.

"혼자 들고 올라왔어." 안이 기울어진 소파 반대쪽으로 힘을 주며 말했다.

"혼자서? 이 무거운 걸 어떻게 혼자 들었어?"

"일단 소파 밑으로 기어들어가. 그리고 거북이처럼 소파를 등에 지고, 조금씩조금씩 움직이는 거지. 쉬다가 가다가, 가다가 쉬다가 하면서. 혼자서 3층까지 올리는 데 세 시간이나 걸렸어."

"혼자 들고 올라왔으니 혼자 들고 내려갈 수도 있겠네?"

"시도야 해봤지. 그런데 이상하게도 들고 올라올 때는 소파가 움직였는데 막상 내리려고 하니까 전혀 들 수가 없는 거야."

"말이 되냐?"

"정말이라니까. 똑같은 자세로 소파 밑에 기어들어갔는데 꼼짝도 안 하더라니까." 안이 억울하다는 표정으로 말했다.

어쨌거나 안이 세 시간 동안 들고 올라왔다는 소파를 우리는 불과 20분 만에 내렸다. 미용실 앞에 소파를 내려놓자 안은 손을 탁탁 털고 불 꺼진 미용실 창을 향해 주먹으로 감자를 먹였다. 그리고 속이 후련한지 "혜혜" 하고 소리내어 웃었다.

방으로 돌아오자 금세 기분이 좋아진 안은 휘파람을 불며 방 안을 치우기 시작했다. 안은 매우 재빠른 동작으로 식탁 위에 있던 식탁 의자를 내리고, 한쪽 벽에 세워져 있던 장식장을 다시 제자리에 놓고 그 위에 텔레비전을 놓았다. 내가 도와주려고 의자에서 일어서자 안이 손사래를 쳤다.

"됐어. 이런 건 혼자서도 할 수 있는 거니까. 그나저나 오늘 출근 안 하지?"

"응, 토요일이니까."

"그럼 너는 맥주라도 마시고 있어. 맥주라면 얼마든지 있으니까."

"아침부터 웬 맥주?"

"잘 모르는구나. 진짜 맥주의 참맛을 느끼려면 아침에 마셔야 해."

그런가? 잠시 망설이다가 나는 냉장고 문을 열었다. 마치 편의점의 주류 냉장고처럼 마흔 개 정도의 캔맥주들이 종류별로 가지런히 들어 있었다. 나는 아사히 캔맥주 하나를 꺼냈다. 그새 안은 물건들을 모두 제자리에 놓고 비질을 시작했다.

"배고파? 스파게티라도 해줄까?" 안이 물었다.

"괜찮아. 배는 고픈데 뭘 먹고 싶지는 않네."

안이 연신 바닥을 쓸고 있었다. 안의 이마에 땀방울이 가득했다.

"진공청소기를 하나 사지 그래?" 내가 말했다.

"이 콧구멍만한 집에 뭔 진공청소기씩이나. 게다가 그놈은 무척 시끄럽잖아. 나는 빗자루가 좋아. 싸고 조용하고."

싸고, 조용하고. 나는 맥주를 한 모금 마시고 그 말을 속으로 되뇌어보았다. 싸고, 조용하고. 그 말은 마치 내 삶을 단적으로 대변하는 말 같았다.

"그런데 아침에 마시는 맥주. 생각보다 아주 좋구나!" 내가 캔맥주 하나를 다 비우고 말했다.

"응, 아침에 마시는 맥주 좋아. 좋은 사람들이랑 우스운 이야기를 하면서 마시는 맥주도 좋은데, 맥주라면 역시 밤새워 일을 끝낸 다음 출근하는 사람들을 보면서 마시는 맥주가 최고지. 너희들은 출근해라. 나는 이제 맥주 마시고 잔다. 뭐 이렇게 중얼거리면서 말이지."

물건 정리와 청소를 다 마치자 안은 아주 뿌듯한 얼굴로 허리를 뒤로 젖히며 기지개를 켰다. 그리고 냉장고에서 캔맥주를 하나 꺼내왔다. 소파가 사라지자 방은 한결 넓어진 것 같았다. 정확하게 말하면 소파 때문에 잔뜩 주눅들었던 이 방의 가구들이 이제야 자존감을 가지고 제자리를 찾은 것 같았다. 시곗바늘이 7시를 가리키고 있었다. 햇살이 창문 한쪽으로 들어와 탁자 위를 반쯤 비췄다.

"요즘 얼굴이 안 좋은데, 무슨 힘든 일이라도 있는 거야?" 안이 맥주를 한 모금 마시고 물었다.

"힘든 일이야 많지. 마누라는 집을 나가고, 나는 내내 불면증에 시달리고 있고, 그런데 겨우 잠들자마자 친구라는 놈은 새벽 4시에 전화질이나 해대고."

"제수씨가 집을 나갔어? 바람이라도 난 거야? 얌전하기만 한 사람인 줄 알았는데 의외로 결단력이 있는 분이었네? 멋있다, 제수씨! 상대편 남자는 어떤 사람인데?"

안이 신이 나서 호들갑을 떨었다. 내가 손을 들어 안의 머리에 꿀밤을 때렸다. 안이 한쪽 눈을 찡그리며 꿀밤을 맞은 머리를 문질렀다.

"그런 거 아니야. 그냥 좀 싸웠어."

"제수씨는 지금 어디 있는데?" 안이 물었다.

"거제도에 있겠지. 거기가 고향이거든. 아마 거제도 장모님 댁에 있을 거야."

"그래서 잠을 못 자는 거야? 집 나간 제수씨 때문에?"

"아니, 잠은 그전부터 계속 못 잤어. 최근 몇 달 동안 계속 잠을 설치고 있어. 잠이 안 오거나, 잠들어도 금방 깨거나, 잠이 든 것도 깨어 있는 것도 아닌 아주 얇고 불안한 잠을 자고 있거나, 뭐 그런 식이지. 아주 죽을 맛이야."

"무슨 이유가 있을 거 아냐? 부부생활에 문제가 있다든가, 직장에서 스트레스를 너무 많이 받는다든가."

"글쎄, 왜 잠을 못 자는 건지 나도 도통 이유를 모르겠네. 특별히 힘든 일도 없고, 특별히 불안한 일도 없어. 결혼하면서 생긴 빚도 거의 다 갚았고. 이제 힘들고 어려운 시절은 그럭저럭 지나왔다고 생각이 되는데, 이상하게 몇 달 전부터 잠이 안 오는 거야. 뭐랄까. 뭔가 자꾸만 침식되는 기분이랄까?"

"시시한 느낌 같은 것 말이지? 삶에 대해 더이상 기대할 것도 없고 그래서 더이상 불안할 것도 없는 뭐 그런 기분."

"비슷해. 뭐 그런 기분이지."

"나도 알아, 그런 기분. 인생에서 일어나는 일이라고는 소파를 들고 들어왔다가 다시 소파를 들고 나가는 한심한 일들뿐인 거지."

안은 남은 맥주를 입안에 다 털어넣었다. 그리고 냉장고 문을 열고 캔맥주 두 개를 꺼내오더니 하나를 따서 내게 내밀었다.

"마셔. 잠이 안 올 때는 술이 최고지. 하염없이 마시다보면 기절이라도 하니까."

우리는 맥주를 마셨다. 홀짝홀짝 맥주를 마시고, 담배를 피우고, 몇 마디 이야기를 나누고, 창밖을 바라보며 지나가는 여자들의 옷차림에 대해 이야기했다. 그리고 맥주를 다 마시면 캔을 우그러뜨려서 탁자 위에 던진 다음 냉장고에서 새 맥주를 꺼내왔다. 홀짝홀짝 맥주를 마시고, 담배를 피우고, 시시껄렁한 이야기를 나눴다. 두어 시간쯤 지나자 탁자 위는 우리가 찌그러뜨린 맥주 캔들로 가득했다.

"실은 나, 얼마 전에 명동 밖으로 나갔다 왔어." 안이 고백이라도 하듯 수줍은 목소리로 말했다.

"정말?" 내가 깜짝 놀란 표정으로 물었다.

안이 고개를 끄덕였다.

"그런 굉장한 일을 왜 이제 말하는 거야? 그럼 11년 만의 외출인가? 이거 무슨 영화 제목 같은데?"

안은 다소 붉어진 얼굴로 캔맥주를 바라보고 있었다.

"그나저나 무슨 일로?" 내가 물었다.

"여권을 만들려고. 비행기 표도 예약하고."

"비행기 표? 어딜 가려고?"

"케이프타운."

"남아프리카공화국에 있는 거?"

안이 고개를 끄덕였다.

"케이프타운엔 왜?"

"진희씨가 거기로 발령받았거든. 3년쯤 있을 거래. 같이 가지 않겠느냐고 해서, 같이 갈까 생각했지."

"언제 떠나는데?"

"예정대로라면 오늘, 아니 어제 떠났어야 했지." 안이 쓸쓸한 표정으로 말했다.

진희씨는 안의 애인이었다. 그녀는 수력발전용 터빈을 만드는 회사에서 일하는 엔지니어였다. 175센티미터 정도의 큰 키에 투포환 선수처럼 단단한 근육을 가진 여자였다. 실제로 고등학교 때는 투포환 선수이기도 했다. 뚱뚱하다기보다 선천적으로 뼈가 굵은 타입의 체형이랄까. 그녀의 말에 따르면 집안사람이 모두들 다 그렇게 덩치가 크다고 했다. "할아버지가 청도에서 유명한 씨름꾼이었어요" 하고 그녀는 수줍은 얼굴로 내게 말했다. 부끄러움이 많은 여자였다. 이런 말은 좀 이상하지만 그녀는 체형과는 달리 아주 귀여운 얼굴을 가지고 있었다. 그래서 그녀를 볼 때면 나는 항상 곰돌이 푸 가족이 떠오르곤 했다.

"왜 안 떠났는데? 여권도 만들고 비행기 표도 샀는데." 내가 물었다.

"아프리카까지 가서 내가 뭘 하냐?"

"코끼리도 보고, 기린도 보고, 치타도 보고, 타잔도 보고. 설마 그 넓은 아프리카에서 할 게 없겠냐?" 내가 농담처럼 말했다. 하지만 안은 내 말에 아무 대꾸도 하지 않았다.

"공항에 배웅은 나갔어?" 내가 다시 물었다.

안이 고개를 저었다.

"진희씨가 많이 실망했겠네?"

"많이 실망했겠지. 하지만 나 같은 놈을 아프리카까지 데리고 갔다면 훨씬 더 많이 실망했을 거야. 아마 그랬을 거야." 안이 자신을 비웃는 투로 말했다.

"그런 뜻이 아니잖아. 그냥 같이 있고 싶은 거고, 보고 싶은 거고 뭐 그래서 실망했을 거라고 말하는 거지."

"나야 뭐 늘 명동에 처박혀 있으니까. 명동에만 오면 언제든 만날 수 있는 사람이니까."

안이 마치 허공에 대고 말하는 것처럼 담배 연기를 길게 뿜어냈다. 그리고 커피 가루가 담긴 재떨이에 담배를 비벼끄고 맥주를 한 모금 마셨다.

"나 같으면 지금 당장 아프리카로 날아가겠다. 복잡하고, 땅값 비싸고, 사람 많고, 이 콧구멍만한 명동에서 복닥거리며 사는 거 이제 지겹지도 않냐?"

"지겹지. 터무니없이 지겹지. 매번 같은 사람들에, 같은 일에, 같은 농담에, 같은 술자리에, 정말 지겨워. 가끔은 섹스를 하고 있는 순간에도 지겨워서 하품이 다 나온다니" 하며 안은 자조적으로 웃었다.

"지겨우면 그만해도 되잖아?" 내가 물었다.

"외로우니까. 그런 짓이라도 안 하면 외로워서 견딜 수가 없거든." 안이 말했다.

그리고 안은 길게 하품을 하더니 의자에서 일어났다.

"이제 자야겠어. 너무 졸리네. 내가 바닥에서 잘게, 오늘은 네가 내 침대에서 자. 나 때문에 고생했으니까."

"아냐, 난 술 깨면 집에 갈 거야. 그냥 침대에서 자."

"어쩐지 오늘은 그냥 여기서 자고 싶어서 그래."

안은 침대에서 베개 하나를 들고 오더니 소파가 있던 자리에 벌렁 드러누웠다. 그리고 습관처럼 텔레비전을 켜고 볼륨을 들릴 듯 말 듯 한 크기로 맞췄다. 안은 평소에는 텔레비전을 켜지 않고 잠을 잘 때만 켜는 버릇이 있었다. 물론 텔레비전을 보기 위해 켜는 것은 아니었다. 그냥 두런두런 사람 목소리가 들리면 잠이 잘 온다는 게 이유였다.

"그런데 거기 말이야. 방금 전까지 소파가 있었던 그 자리, 예전엔 그 자리에 뭐가 있었지?" 내가 안이 누워 있는 자리를 손가락으로 가리키며 물었다.

수없이 이 방을 드나들었는데 소파가 있기 전에 뭐가 있었는지 기억이 나지 않았다. 안이 바닥에서 몸을 반쯤 일으키더니 자기가 누워 있던 자리를 물끄러미 쳐다봤다.

"여기? 아무것도 없었는데?"

"그래? 이상하네. 꼭 뭔가 있었던 것 같은데."

"그런가?" 안이 고개를 갸웃거렸다. "그러네. 네 말을 듣고 보니 뭔가 있었던 것 같기도 하네." 안이 옆에 있던 토끼 머리 모양을 한 쿠션을 발가락으로 쿡 찌르면서 "이게 있었나?" 하고 장난처럼 말했다. 그리고 다시 바닥에 드러누웠다.

피곤했는지 채 몇 분도 지나지 않아 안은 코를 골며 잠이 들었다. 안이 잠들고 나서도 나는 맥주를 두 캔이나 더 마셨다. 그리고 화장실에서 오줌을 누고 안의 침대에 누웠다. 몹시 피곤했고 술도 취했는데 잠이 오지 않았다. 한동안 눈을 감고 있다가 나는 잠자기를 포기하고 자리에서 일어났다. 그리고 주방에서 원두를 갈아 주전자 가득 커피를 내린 다음 테라스로 나가서 명동 거리를 바라보며 커피를 마셨다. 태양이 정수리 위에 수직으로 섰다가 옆으로 천천히 기울어질 때까지, 주전자에 있는 커피를 모두 다 마시고 들고 있던 담배를 다 피울 때까지 나는 테라스에 멍하니 앉아 있었다. 그리고 문득 지구가 점점 온난해지는 것은 사람들이 점점 더 외로워지기 때문일 거라는 터무니없는 생각을 했다. 점점 더 외롭고, 점점 더 외로워지기 때문에 모두들 저렇게 바쁘게 움직이고 있는 거라고.

오후 3시가 되어도 안은 일어나지 않았다. 나는 테이블 위에 뭐라고 메모를 남길까 잠시 생각하다가 그냥 "간다"라고만 썼다. 그리고 차를 몰고 집으로 돌아왔다.

*

    돌아오는 길에 아파트 앞 상가에서 어항을 샀다. 앙증맞은 물레방아와 수초가 들어 있는 어항이었다. 어쩐지 잘못해서 깨뜨릴 것 같은 불길한 예감이 자꾸 들어서 나는 두 손으로 어항이 든 상자를 조심스럽게 받쳐들고 집으로 돌아왔다. 아내는 돌아오지 않았다. 현관문을 열자마자 그것을 알 수 있었다. 이를테면 그것은 공기나 냄새 같은 걸로 알 수 있는 것이다. 혼자 사는 집이 만들어내는 쓸쓸함의 공기 말이다. 나는 새로 산 어항을 싱크대에서 조심스럽게 씻었다. 그리고 유리그릇에 담겨 있는 금붕어들을 새로 산 어항에 넣고 사료를 조금 떨어뜨렸다. 새 어항 속에서 헤엄치는 금붕어들을 나는 한참 동안 바라보았다. "어때? 유리그릇보다는 훨씬 좋지?" 내가 금붕어들에게 물었다. 뻐끔뻐끔, 맘에 든다고 금붕어들은 말했다.

    거실 한쪽에 소파가 있었다. 안의 집에 있던 이태리제 물소가죽 소파에는 비할 수도 없는 볼품없는 소파였다. 싸구려 인조가죽에, 소리가 나는 스프링에, 낮잠이라도 한숨 자고 일어나면 어김없이 허리가 아픈, 그 소파에 나는 드러누웠다. 그리고 잠이 들었다. 몇 달 만에 자보는 깊고깊은 잠이었다.

빌어먹을
알부민

노인은 아주 깡마른 몸을 가지고 있었다. 뼈밖에 안 남은 노인의 몸에서는 정말이지 단 1그램의 지방도 찾을 수 없을 것 같았다. 게다가 왼손을 심하게 떨고 있었고 수수깡처럼 가는 다리는 그 가벼운 몸조차 지탱하지 못하고 위태하게 휘청거렸다. 그런데 자기 몸도 못 가누는 노인이 지금 한증탕 안으로 들어오려고 하는 것이다.

'세상에 저런 몸에서 뭘 빼낼 게 있다고 한증탕에 들어오려고 하는 거지?' 金은 이해할 수 없다는 눈으로 노인을 바라봤다. 노인은 한증탕의 열 때문에 잔뜩 뜨거워진 유리문을 안간힘 쓰며 열려고 했다. 하지만 유리문은 노인이 열기에는 너무 무거웠고 또 이음매 부분에 녹이 잔뜩 슬어 있어 뻑뻑했다. 노인은 유리문을 완전히 젖히지 못했기 때문에 들어오려고 하면 번번이 문틈에 몸이 끼었다. 유리문에 살이 닿으면 아주 뜨거울 텐데 노인은 별다른 내색도 없이 그 바보 같은 짓을 계속하고 있었다. 보다 못한 金이 자리에서 일어나 수건으로 손을 감싼 다음 유리문을 힘껏 젖혔다. 순간, 툭 튀어나온 광대뼈 때문에 유난히 움푹 들어가 있는 노인의 눈이 金을 노려보았다. 쳐다본 게 아니라 노려봤다는 게 맞다. 당황한 金이 엉거주춤한 자세로 문 앞에 서 있자 노인은 저리 비키라는 듯 손등으로 金의 가슴을 쳤다. 손끝이 아주 짜증스러웠다. 꽤나 고약한 노인이군, 金은 어이가 없어 헛웃음을 지으며 한 발 뒤로 물러섰다.

하지만 노인은 한증탕 안으로 들어오지 않고 여전히 입구에 서서 숨을 몰아쉬고 있었다. 유리문을 몇 번 밀치는 동작만으로도 노인은 꽤나 지친 것 같았다. 그렇게 한참 동안이나 숨을 몰아쉬더니 노인은 그 비틀거리는 걸음걸이로 한증탕 안으로 들어왔다. 한증탕의 한쪽 벽에는 달궈진 돌들이 잔뜩 있어 대단히 뜨거웠다. 게다가 한증탕 중간에는 알프스 온천 유황을 집어넣었다는 증기 스팀기가 시끄러운 소리를 내며 쉴새없이 증기를 내뿜고 있어 위험하기까지 했다. 자리를 잡기 위해 그 사이를 비틀비틀 걸어가는 노인의 동작이 몹시 위태했다. 하지만 무슨 상관인가. 도와준답시고 부축이라도 하면 노인은 또 그 암팡진 눈으로 金을 노려보며 신경질을 낼 게 뻔했다. 멋대로 하라지. 金은 나무의자로 돌아와서 수건을 뒤집어썼다. 그리고 수건 사이로 노인의 동작을 지켜보았다. 노인은 한 손을 의자에 대고 다른 한 손은 나무 벽면에 댄 채 천천히 마룻바닥에 앉았다. 그리고 다시 숨을 몰아쉬었다. 숨을 몰아쉴 때마다 노인의 목에서 가래 끓는 소리와 쇳소리가 심하게 났다. 도대체 저런 몸으로 한증탕에는 왜 들어온 거지? 金은 좀처럼 이해가 되지 않았다. 왜냐하면 노인의 깡마른 몸에서는 땀을 흘려 빼야 할 것이 하나도 없어 보였기 때문이다. 설령 있다고 하더라도 저런 몸에서 뭔가를 더 빼내면 노인은 금방이라도 무너져내릴 것만 같았다. 뭐 알아서 하겠지, 속으로 중얼거리며 金은 노인에게서 시선을 뗐다. 하지만 쇳소리가 섞인 노인의 숨소리 때문에 계속 신경이 쓰였다.

노인이 들어오느라 한동안 문이 열려 있었으므로 한증탕의 열기는 조금 식은 듯했다. 하지만 문을 닫자 금세 다시 열이 차기 시작했다. 가슴과 이마에서 땀방울이 맺혀 나왔다. 金은 자신의 몸에서 번져나오는 땀방울들과 풍선처럼 부풀어오른 아랫배를 보았다. 회사를 그만둔 이후로 계속 몸무게가 붙고 있었다. 살이 찌면 튀어나온 아랫배 때문에 어떤 각도로도 자신의 성기를 볼 수 없다는 이야기를 박대리에게 처음 들었을 때 金은 피식 웃음을 터뜨렸다. "고개를 푹 숙이면 보이지 않나?" 金이 물었다. "에이, 그 정도면 문제랄 것도 없죠. 제대로 배가 나오면 나중에는 어떻게 해도 자기 고추를 볼 수 없다니까요. 그러면 오줌이 어느 방향으로 튈지 알 수가 없으니 정말 곤혹스럽지요" 하고 박대리는 넉살을 떨었다. 하지만 요즘 들어 그의 아랫배가 성기의 일부를 가리게 되었지만 金은 그것이 전혀 이상하지도 신기하지도 않았다. 사실 아랫배 때문에 성기가 전혀 보이지 않게 된다 하더라도 金은 하나도 이상하지 않을 것 같았다.

한증탕에 얼마나 있었을까. 金은 가슴과 얼굴에 송골송골 솟아 있는 땀방울들을 손으로 훔쳐냈다. 모래시계 속의 붉은 모래 알갱이들은 벌써 다 떨어져 있었다. 金이 한증탕에 있는 시간은 모래시계를 두 번 뒤집는 시간 정도였지만 노인이 갑작스럽게 들어오고 소동을 피우느라 뭔가가 애매해져버렸다. 하지만 金은 땀을 이미 충분히 흘린 것 같다고 생각했다. 그만하고 나갈까? 金은 모래시계를 잠시 바라보았다. 모든 시간은 정지되어 있다는 듯 붉은 모래 알갱이들이 아래쪽에 차분하게 내려앉아 있었다. 하지만 金은 무슨 생각인지 모래시계를 한번 더 뒤집었다. 붉은 모래 알갱이들이 다시 스르르 쏟아지기 시작했다.

金은 혀끝으로 입안을 훑어보았다. 입천장이 다 헐어 있었다. 며칠째 제대로 된 잠을 자지 못했다. 부산에 있는 아버지 병문안을 다녀오느라 이틀 밤을 기차 안에서 보냈고 아버지 집에는 방이 두 칸밖에 없어 부엌과 붙어 있는 마룻바닥에서 자야 했다. 게다가 어젯밤에는 과하게 술을 마셨다. 몸이 남아날 리 없다. 아버지는 얼마나 더 버틸까. 金은 며칠 전에 보았던 아버지의 얼굴색을 떠올리면서, 혹은 동생이 여러 가지 검사표로 아버지 병과를 설명하던 것을 생각하면서 아버지에게 남은 시간을 계산해보았다. 한 달? 두 달? 아니다. 한두 달 내로 돌아가시지는 않을 것이다. 간경화로 쓰러진 지 벌써 3년째다. 석 달밖에 못 살 거라고 의사는 말했지만 아버지는 오늘내일 오늘내일하면서 아직까지 살아 있다. 金은 아버지가 너무 오래 버티고 있다는 생각을 한다. 이제 그만 가실 때도 되었건만. 하지만 의사 말대로 간에는 기적이 없다. 아버지는 곧 죽는다. 간에 기적이 없다는 것은 얼마나 다행한 일인가. 아버지는 곧 죽는데 온 가족이 병원비로 돈을 밀어넣고 있다. 이 힘든 시절에, 아무 보람도 없는 돈을 말이다. 그런데도 아버지는 더더욱 몸에 좋은 것을 찾고 있다. 점점 더 어린애가 되어가고, 점점 더 욕심을 부리고 있다. 만약 아버지 간에 정말 기적이라도 일어난다면 그땐 아버지보다 金이 먼저 죽어야 할 형편이었다.

"그래도 어쩌겠어요. 할 수 있는 데까지는 해봐야죠. 그냥 돌아가시는 걸 지켜보고만 있어요?" 부산에 내려갔을 때 제수씨는 그렇게 말했다. 金은 제수씨를 착한 여자라고 생각한다. 그녀는 한쪽 다리를 절었다. 태어날 때부터 그랬다던가? 어릴 때 교통사고를 당해서 그랬다던가? 어떻게 해서 다리를 절게 되었는지 동생에게 듣긴 들었는데 잊어버렸다. 동생이 처음 그녀를 집으로 데려왔을 때 온 가족이 그 결혼에 반대했다. 네가 뭣이 부족해서 몸이 불편한 여자와 결혼을 하려느냐? 가족들은 말렸다. 아버지는 동생의 얼굴에 재떨이까지 집어던졌다. 하지만 지금 제수씨는 가족의 보배다. 제수씨가 없었다면 그의 가족이 만났을 상황은 상상도 할 수 없을 만큼 끔찍하다. 아내가 제수씨 대신에 아버지 똥 수발을 들까? 말도 안 되는 이야기라고 金은 생각한다. 아내는 자기 자식 기저귀에 묻은 똥 덩어리도 끔찍하게 여기는 여자다.

얼마 전에 동생은 아파트를 팔고 아버지의 집으로 들어갔다. 아파트를 처분한 돈은 한 푼도 남지 않았다. 3년간 쓴 병원비와 약값을 갚느라 다 써버렸다. 金은 장남이었으므로 어쩌면 그것은 金이 해야 할 일이었는지도 모른다. 金은 직장에서 잘렸다는 핑계로, 퇴직금은 친구를 믿고 투자했다가 억울하게 모두 날렸다는 핑계로 동생이 아버지 병원비로 아파트를 날리게 될 때까지 별로 도와주지 못했다. 물론 金도 정기적으로 아버지 병원비를 부쳤고, 급한 돈이 필요할 때면 어떻게든 마련해서 동생에게 보내기도 했었다. 그것만 해도 金의 형편에서는 꽤나 버거운 일이었다. 늘 아내 눈치를 봐야 했고 자잘한 돈이 들어갈 때마다 아내와 싸움을 해야 했다. 하지만 큰돈이 들어가는 일은 언제나 동생 몫이었다. 어려운 일이 있을 때마다 이 핑계 저 핑계를 대며 빠져나왔다. 사실 그 놀라운 핑계들을 만들고 제수씨에게 전화를 한 것은 모두 그의 아내가 한 일이다. 하지만 누가 한들 부끄러운 짓인 건 마찬가지다. '그래도 아버지 집은 동생에게 줄 거야. 그건 아내에게 분명히 못박아놓았어.' 金은 다짐하듯 중얼거린다. 그래봐야 얼마 나가지도 않는 산복도로 비탈의 낡은 집이지만 그걸로 金은 약간의 위안을 삼는다.

숨을 크게 들이마신다. 습식 한증탕 위를 떠도는 뜨겁고 습기 찬 공기가 폐 속으로 깊숙이 들어온다. 답답하다. 답답하다. 답답하다. 그만 나갈까? 金은 모래시계를 본다. 붉은 모래 알갱이가 아직 3분의 1도 떨어지지 않았다. 제기랄, 모래시계는 왜 뒤집었을까, 바보같이. 붉은 모래 알갱이가 다 떨어지지 않으면 한증탕에서 나갈 수 없다. 왜 그런지는 모르겠다. 金은 어쩐지 그래야 할 것 같다고 생각한다. 붉은 모래 알갱이가 남아 있는데 뜨겁다고 나가버리면 패배한 기분이 들었다. 그 기분은 대단히 모욕적이다. 내가 다른 일로 승리한 적이 있던가. 가족에게 보란 듯이 뭔가를 성취한 적이 있던가. 金은 그의 삶 전체를 재빨리 훑어본다. 없다. 정말이지 하나도 없다. 나는 형편없는 아버지지. 나는 또 밤일이건 낮일이건 다 무능한 남편이고, 그리고 누구 말대로 나는 무늬만 장남이지. 아내는 金이 항상 밀리고 치이는 것은 전부 물러터진 성격 탓이라고 말했다. 남들은 다 버티고 있는데 혼자만 직장에서 쫓겨난 것도, 친구에게 사기를 당한 것도 다 물러터진 성격 탓이라고 말했다. 당신 같은 사람을 믿고 이 험한 세상을 어떻게 살겠냐고, 세상은 전쟁터인데 당신은 싸움을 할 준비가 전혀 안 되어 있는 인간이라고. 그렇다. 난 그런 인간이다. 다 내 잘못이다. 사소하고 작은 고통도 견디지 못하는, 사내답지 못한 내 잘못이다. 누가 뭐래? 다 내 잘못이라니까!

金은 수건으로 땀을 닦고 그것을 다시 머리에 쓴다. 수건이 자꾸 머리에서 흘러내려 金은 여러 번 머리를 매만진다. 金은 수건 때문에 신경질이 나기 시작한다. 아니, 어쩌면 수건 때문이 아닐지도 모른다. 카르릉카르릉 거친 숨소리를 내는 노인 때문일지도 모른다. 갑자기 한증탕 안이 미칠 것처럼 뜨겁다. 모래시계를 보지 말아야 한다. 떨어지는 붉은 모래 알갱이들을 보고 있으면 마음이 한없이 초조해진다. 金은 자리에서 벌떡 일어나서 보건체조를 하듯이 팔을 벌려본다. 두어 번 그 짓을 반복한다. 손끝으로 뜨거운 기운이 확 밀치고 들어온다. 놀란 金이 황급히 자리에 앉는다. 과학 시간에 배우지 않았는가. 뜨거운 공기는 위로 올라간다. 그러니 일어서면 훨씬 더 뜨겁다. 높은 곳에 오를수록 더 뜨거워진다. 그러니 낮게 앉아야 한다. 낮게 앉을수록, 바닥에 납작하게 엎드릴수록 덜 뜨겁다. 金은 한증탕의 나무의자에서 내려와 쪼그린 자세로 앉는다. 그러고 보니 노인은 아까부터 바닥에 누워 있다. 노인은 바닥에 누워 있는데도 서 있을 때와 마찬가지로 간헐적으로 손과 발을 떨고 있었다. 그리고 처음보다 숨을 더 크게 몰아쉬고 있었다. 언뜻 들어보면 신음 소리 같기도 했다. 그 소리는 혼수상태로 아버지가 병원에 실려갔을 때 응급실에서 내던 숨소리와 비슷했다. 이러다가 정말 무슨 일이 나는 것은 아닐까. 金은 카르릉카르릉거리는 노인의 숨소리가 자꾸 귀에 거슬린다.

金은 다시 한번 숨을 크게 들이마신다. 더운 김이 속에 가득차서 허파가 땀을 흘리는 것처럼 느껴진다. 허파에, 심장에, 쓸개에 송골송골 땀방울이 맺혀 있는 것만 같다. 하지만 모래시계 속의 붉은 모래 알갱이들은 여전히 반이나 남아 있다. 내가 왜 이 한증탕에 갇혀서 이 고생을 하고 있는 거지? 金은 문득 모래시계를 주먹으로 박살내고 싶은 어처구니없는 충동에 사로잡힌다. 그렇게 되면 주먹에는 얇은 유리 파편들이 박힐 것이다. 하지만 金을 답답하게 붙잡고 있던 시간들은 어지럽게 흩어질 것이다. 바닥에 흩어질 붉은 피와 붉은 모래 알갱이. 시간을 붙잡고 있던 붉은 모래 알갱이. 金은 모래시계를 쳐다보다가 수건으로 이마의 땀을 닦는다. 그리고 갑자기 고개를 세차게 흔든다. 제기랄, 내가 나이가 몇인데 그깟 돈 300만 원을 가지고……

부산에 내려갔을 때 동생은 형 힘든 거 알지만 300만 원 정도만 어떻게 융통이 안 되겠느냐고 金에게 조심스레 물었다. 그때 제수씨는 옆에서 사과를 깎고 있었다. 아버지는 눈을 감고 자는 척하고 있었지만 깨어 있음이 분명했다. 감은 눈의 속눈썹이 가늘게 떨리고 있는 걸로 보아 金의 입에서 무슨 말이 나올지 귀를 곤두세우고 있었을 것이다. "300만 원은 어디 쓰려고?" 金이 물었다. "아는 사람 소개로 알부민을 값싸게 한 박스나 살 수 있게 되었다고 저이가 아주 신이 났어요." 동생 대신 제수씨가 입을 열었다. 과연 동생은 뭔가를 이룬 것처럼 정말이지 뿌듯한 얼굴로 웃고 있었다. 알부민. 여러 용도로 쓰이지만 주로 간경변과 간경화에 쓰이는 약이다. 원료를 사람 혈액에서 추출한단다. 원료를 무한정으로 공급받을 수 없다보니 돈이 많다고 해서 몇 상자씩 쌓아둘 수 있는 약이 아니란다. "물론 돈이 많은 사람들에게 그까짓 게 힘들 리 없겠지만, 우리 같은 사람들에게는 아주 흔치

212

않은 기회예요. 그리고 이건 인터넷 같은 데서 파는 보조제품이 아니라 병원에서 처방하는 정품과 똑같은 거래요." 동생이 신이 나서 말했다. 金은 잔뜩 신이 난 동생의 얼굴을 멍한 표정으로 바라봤다. 아버지는, 그래 아버지는 알부민을 맞으면 몸이 한결 거뜬해진다고 늘 말하곤 했다. 빌어먹을 알부민. 아버지는 박카스 같은 것으로는 왜 몸이 거뜬해지지 않는가? 아버지는 왜 알부민을 맞아야만 몸이 거뜬해지는가? 몸이 한결 거뜬해지는 약들은 왜 다들 그렇게 비싼가. "의료보험이 안 돼서 한 번 맞을 때마다 16만 원이나 들었는데 이건 한 병에 8만 원이면 살 수 있거든요. 딱 반값이라니까요. 이렇게 저렴하게 구입하는 건 정말 흔치 않은 기회죠." 동생이 말했다. 안약보다 작은 병 하나에 8만 원. 참 저렴하기도 하다. "그래 정말 흔치 않은 기회구나." 金이 힘없이 말했다. 어쨌거나 동생에게 알부민을 한 박스씩 사두는 건 굉장한 일일 것이다. 金은 머릿속으로 재빨리 셈을 해본다. 삼백 나누기 팔. 팔삼 이십사 육십 남고 팔칠 오십육 팔오 사십. 대략 서른여덟 병이다. 한 상자를 산다고 했으니 모자라는 돈은 동생이 낼 것이다. 상자에는 마흔 병이 들어 있을 것이다. 어쩌면 쉰 병이나 예순 병이 들어 있을지도 모른다. 상자에 몇 병이 들었건 그게 무슨 상관인가. 어쨌거나 金이 내야 하는 돈은 300만 원이다. 金은 아내 몰래 300만 원을 구할 수 있는지 머리를 굴려본다. 없다. 머리를 오래 굴릴 필요도 없다. 직장을 다닐 때는 뭐라도 수가 났겠지만 아내가 운영하는 슈퍼마켓에서 꼬맹이들에게 과자 부스러기나 팔고 있는 지금은 신용카드 한 장 없는 신세다. 통장은 전부 아내가 관리하고 있어 아내 몰래 그가 빼낼 수 있는 돈이라고는 슈퍼마켓 현금인출기에 있는 만 원짜리 몇 장이 전부다. 잠자는 척 눈을 감고 있는 아버지의 속눈썹이 다시 꿈틀거렸다. 동생과 제수씨가 金의 얼굴을 보고 있었다. "그렇게 좋은 약이라는데, 어떻게든 마련해봐야지." 마지못해 金이 말했다. 동생과 제수씨가 참 다행이라는 듯 안도의 한숨을 쉬었다. 꿈틀거리던 아버지의 속눈썹이 잠잠해졌다. 아버지는 좋겠다. 알부민을 한 박스나 머리맡에 놔둘 수 있어서. 알부민 구해주는 효자 아들과 기저귀 갈아주는 착한 며느리가 옆에 있어서. 그저 눈을 꼭 감고 자는 척하면서 속눈썹만 까닥거리기만 하면 되어서.

어제 오후 金은 아내에게 아버지 약값으로 300만 원이 필요하다고 말했다. 동생은 아버지 병원비로 아파트 한 채를 날렸는데 그까짓 300만 원이 대수인가. 형이 체면을 지켜야지. 당연히 아내는 길길이 날뛰었다. 자기도 주고 싶지만 여윳돈이라고는 한 푼도 없으니 어쩌겠냐는 것이다. 金은 아들의 여름방학 때 보내주기로 한 영어캠프를 취소하자고 말했다. 우리 형편에 영어캠프가 가당키나 하며 솔직히 영어캠프 같은 거야 가도 그만 안 가도 그만 아니냐고도 말했다. 아내가 뜨악한 표정을 지었다. 그리고 이내 슬픈 표정으로 얼굴을 바꿨다. 아내의 표정이 역겨웠다. 이봐, 그런 표정 지을 필요 없다구, 게다가 당신은 연기도 안 되잖아, 이런 말을 아내의 얼굴에 해주고 싶은 심정이었다. 말이 나와서 하는 말이지 영어캠프에 수백만 원이나 갖다바치는 건 알부민 한 박스 사는 것보다 더 한심한 일이라고 金은 생각했다. 지리산 어느 산장에서 방학 동안 합숙하면서 외국인 선교사들과 영어로만 이야기하는 캠프란다. 그 돈이 무려 250만 원이다. 아내 말로는 선교 프로그램이 같이 있어서 가격이 그 정도지 다른 영어캠프들은 500만 원짜리도 있고 심지어 천만 원짜리도 있단다. 얼마나 어렵게 구한 건데, 정말 흔치 않은 기회란 말이에요. 아내가 우는 소리를 했다. 세상에, 요즘엔 그 흔치 않다는 기회들이 자신의 주위에는 왜 그리 흔한지 金은 이 많은 흔치 않은 기회들을 주신 고마운 신께 감자라도 먹이고 싶은 심정이었다. 그의 아들은 이제 고작 초등학교 3학년인데, '하우 두 유 두' 같은 인사말 따위를 배우겠다고 한 달에 250만 원이라니. 金은 그 나이에 알파벳도 제대로 몰랐다. "아버지 약값이 없다잖아, 약값이. 사람이 죽어가는데 그깟 300만 원이 대수야? 당신은 동생이랑 제수씨에게 미안하지도 않아?" 金이 소리를 질렀다. "그 약으로 아버님이 살아나시면 내가 왜 안 줘요? 도련님이 괜한 짓 하는 거 당신도 알잖아요. 당신이 벌어놓은 돈이라도 있으면 내가 왜 이래요? 가뜩이나 힘들어죽겠는데 당신은 왜 자꾸 나만 나쁜 여자로 만드는 거예요?" 그리고 아내는 울음을 터뜨렸다. 슈퍼에 들어온 동네 손님들이 민망한 듯 입구에 서 있었다. 金은 앞에 있는 과자 박스를 발로 힘껏 찼다. 그 속에 양파링이 들어 있었던가. 양파링 봉지 하나가 터지면서 가게 안으로 과자들이 정신없이 흩어졌다. 손님이 데리고 온 시츄 강아지가 재빨리 달려와서 바닥에 떨어진 양파링을 허겁지겁 먹어댔다. 비현실적인 광경이었다. 金은 멍하니 그 꼴을 보고 있다가 서랍에서 통장과 현금카드를 꺼내들고 슈퍼 밖으로 나왔다. 아내가 그의 등뒤에서 "그 돈 부치면 정말 끝이에요" 악을 쓰고 있었다.

그 돈 부치면 정말 끝이에요. 끝이에요. 金은 정말 이제는 뭐든지 끝이 났으면 좋겠다고 생각한다. 아버지도 끝이 났으면 좋겠고, 지긋지긋한 병원비 하며 약값 같은 것도 끝이 났으면 좋겠고, 여기저기에 깔린 대출금과 할부도 끝이 났으면 좋겠고, 분수에 맞지도 않는 애들 학원비도 정말 끝이 났으면 좋겠다고 생각한다. 金은 특히 슈퍼가 끝이 났으면 좋겠다고 생각한다. 金은 초롱이 아빠, 이 쭈쭈바 얼마예요? 하고 동네 아줌마가 물을 때마다 심한 굴욕감을 느꼈다. 쭈쭈바가 얼마냐니. 쭈쭈바의 가격은 쭈쭈바 겉봉에 상세하게 적혀 있지 않니, 이 망할 아줌마야. 이놈의 슈퍼를 때려치워야 해. 빨리 직장을 다시 잡아야 해. 여기서 말라죽기 전에 이 빌어먹을 놈의 슈퍼로부터, 아내의 잔소리로부터 하루빨리 멀어져야 해. 하지만 솔직히 그것은 쉽지 않은 일이었다. 金이 보낸 수많은 이력서에는 아무런 답변도 없었다. 金이 직장에서 한 일은 아무나 할 수 있는 일이었고 그저 자리를 지키는 일이었다. 퇴직을 하고 나서야 그것을 알았다. 金은 십수년 동안 아무나 할 수 있는 일을 하면서 자리를 지키고 월급을 받은 것뿐이었다. 그러니 앞으로도 이 늙은 구직자를 위해 어떤 회사에서도 답변이 없을 거라는 것은 분명했다.

金이 네거리에 도착했을 때 은행문은 이미 닫혀 있었다. 하지만 그 옆에 365일 현금인출기가 있었으므로 金은 즉시 그리로 들어갔다. 그 돈 부치면 정말 끝이에요, 끝이에요, 끝이에요. 아내의 목소리가 귀에서 앵앵거렸다. 사람이 죽어간다는데 얼어죽을 놈의 어린이 영어캠프는, 양심도 없는 여편네 같으니라고, 金이 중얼거렸다. 공부는 시켜서 뭐해? 고등학교만 보내준 아들은 아파트까지 팔아서 아버지를 봉양하는데 대학까지 보내준 장남은 마누라 눈치보느라 300만 원도 못 구해서 이렇게 빌빌대는데. 金은 신경질적으로 비밀번호를 누르고 수표로 300만 원을 뽑았다. 현금인출기에서 수표를 꺼내면서 金은 그냥 동생 통장으로 이체를 하면 될 것을 지금 뭘 하고 있나? 하는 생각을 했다. 金은 다시 현금인출기 속으로 수표를 집어넣으려고 했으나 그 기계는 수표가 입금되지 않았다. 오후 5시 20분. 은행은 문을 닫았고 현금인출기는 수표 입금이 안 된다. 거 참. 할 수 없이 돈은 내일 아침이나 되어야 동생에게 보낼 수 있을 것 같았다. 金은 손에 든 수표 서른 장을 보면서 자신의 멍청함에 피식 웃음이 나왔다.

다시 거리로 나왔을 때 金은 손에 들고 있는 300만 원이 부담스럽게 느껴졌다. 길을 걷다가 잃어버리면 어떡하나. 회사를 나온 이후로 金은 그렇게 많은 돈을 들고 있었던 적이 없었다. 애들에게 쭈쭈바를 팔거나 과자를 팔 때 기껏해야 만 원짜리 한 장이, 보통은 천 원짜리 몇 장이 그의 손에 왔다갔다할 뿐이었다. 金은 10만 원권 수표 서른 장을 안주머니 깊숙이 넣었다. 그리고 안주머니에 달려 있는 단추를 단단히 잠갔다.

金은 집으로 돌아가지 않고 하염없이 거리를 걸었다. 길을 걸으며 金은 불사신의 괴물이 되어버린 아버지를 생각했다. 金은 마녀가 되어버린 아내를 생각했다. 金은 마음 한구석에서 항상 안쓰러웠던 동생을 생각했다. 하루에 열두 시간씩 트럭 운전하랴, 아버지 병간호하랴, 그리고 남는 시간에 좋은 약 구하러 돌아다니랴. 金은 어차피 아버지는 살 가망도 없는데 병원에서 헛고생시키지 말고 어디 시골 좋은 데 모셔서 맛있는 음식이나 드시면서 남은 시간을 보내게 하는 게 어떠냐고 물었을 때 단호하고 완강하게 고개를 젓던 동생의 얼굴을 생각했다. 같은 핏줄인데 어디서 그런 효자가 났을까? 거 참. 金은 자신이 부끄럽고 한심했다. 한심하고 부끄럽지만 별다른 도리가 없다고도 金은 생각했다. 누군가 사내는 마흔이 넘으면 물이 나오건 안 나오건 파던 우물을 계속 팔 수밖에 없다고 한탄조로 말한 게 생각났다. '괜히 통닭집을 열겠다는 둥 삼겹살집을 열겠다는 둥 까불지 말라니까. 그런 것들도 다 임자가 있는 우물이야. 그러다가 다 작살나는 거라구. 되든 안 되든 그냥 파던 우물이나 계속 파야 하는 거야. 그 수밖에 없는 거라구.'

그 수밖에 없는 거지. 金은 자신이 파내려간 우물의 말라비틀어진 바닥을 생각했다. 40년이 넘는 인생 동안 대체 뭘 한 걸까? 뭘 특별히 이루었다고 말할 만한 것은 하나도 떠오르지 않았다. 허겁지겁 살았고 그저 시간들이 지나갔을 뿐이었다. 金은 자신이 너무나도 쓸쓸하고 외롭다고 느꼈다. 견딜 수 없는 공허감이 거리에 던져져 있는 그에게로 밀려왔다. 놀이공원이나 갈까. 아니면 동물원에 갈까. 기린이나 코끼리 같은 덩치 큰 동물들을 보고 오면 기분이 나아지지 않을까. 청룡열차 같은 것을 연속해서 몇 번 타고 나면 기분이 한결 나아지지 않을까. 번지점프라도 하고 나면……

그러다 金은 문득 송미나를 떠올렸다. 그녀에게 전화를 할까? 金은 망설였다. 송은 다른 부서의 직원이었는데 어쩌다보니 밥을 먹고 술을 마시고 섹스를 하는 관계가 되었다. 왜 그런 관계가 되었는지는 정확히 기억나지 않는다. 아마 송이 먼저 저녁식사를 제안했고 金은 송의 제안에 다소 의아해하며 다소 설레기도 하며 수락을 했던 것도 같다. 그래서 저녁을 먹었고 저녁식사가 끝나고 가볍게 술을 마셨고 술자리가 끝나고 어쩌다보니 호텔 방에 둘이 그렇고 그렇게 드러눕

게 되었다. 그후로도 몇 번인가 송과 金은 만남을 가졌다. 송에게는 金 말고도 그런 식의 저녁식사를 하는 남자가 몇 명 더 있었다. 송은 자기 입으로 이런 저녁식사를 즐긴다고 말하기도 했다. "저는 좋은 사람들과 즐기는 이런 우아한 저녁식사가 좋아요. 이 저녁으로 숨통을 좀 트이고 도시 생활을 견디는 거지요." 金은 그때 송 같은 여자의 우아한 저녁에 자신이 포함될 수 있다는 사실에 아주 뿌듯한 기분이 들었다. 그녀는 자신의 두 달 치 월급보다 비싼 핸드백을 들고 다녔지만 그렇다고 해서 다이아 반지를 낀 손가락을 허공에 감아올리며 웨이터를 부르는 그런 타입의 여자는 아니었다. 적당히 센스가 있었고 거리를 지킬 줄 알았고 부담 없고 즐겁고 뒤끝 없는 그런 여자였다. 무엇보다 송은 어떤 주제에 대해 대화를 나누건 이야기의 흥을 돋우는 특별한 재주가 있어서 송과의 만남은 지루하지가 않았다. 정확히 말하자면 송과의 만남은 金에게 왠지 모를 위로가 되었다. 직장을 그만두고 나서도 몇 번인가 전화가 왔지만 金은 아버지 병세가 악화돼서 좀 복잡하다는 이유로 만남을 피해왔다. 하지만 솔직한 이유는 송과 우아한 저녁을 보낼 만한 돈이 金에게 전혀 없었기 때문이었다. 송과 만나는 시절의 金은 과장이었고, 은근슬쩍 쓸 수 있는 회사 법인카드도 있었고, 아내 몰래 감춰둔 비자금도 있었다. 하지만 지금 金은 아이들에게 쭈쭈바를 팔고 거스름돈을 건네주는 동네 슈퍼 아저씨였다.

金은 송의 가냘픈 허리와 단단한 엉덩이를 생각했다. 金은 지금 이 시점의 자신의 삶에는 위로가 필요하다는 생각을 했다. 金은 송과의 우아한 저녁식사에 들어갈 비용에 대해 생각했다. 金은 안주머니에 손을 넣어 수표가 든 봉투를 만져보았다. 봉투가 두툼했다. 金은 동생의 알부민을 생각했다. 金은 아들의 영어캠프를 생각했다. 그리고 金은 네거리에 우두커니 서서 오른쪽 횡단보도 신호등이 빨간불에서 파란불로 바뀌는 것을, 네거리의 왼쪽 횡단보도 신호등이 파란불에서 빨간불로 바뀌는 것을 하염없이 지켜보았다. 네거리의 오른쪽 횡단보도 신호등이 다시 파란불에서 빨간불로 바뀌자 金은 송에게 전화를 걸었다. 전화를 받은 송은 "어머, 과장님 너무 오랜만이에요. 제게 전화를 다 주시고 정말이지 너무 반가워요" 하면서 호들갑을 떨었다. 송의 호들갑이 金에게 용기와 안도감을 주었다. 그의 주머니 깊숙이 들어 있는 10만 원권 수표 서른 장이 그에게 자신감을 주었다. 金은 송에게 시간이 괜찮다면 오늘 저녁에 식사나 같이 하겠느냐고 다소 침울한 목소리로 물었다. 송은 목소리가 안 좋은 것 같다고, 혹시 무슨 일이라도 있느냐고 물었다. "아버지가 돌아가셨어. 부산에서 장례를 끝내고 돌아오는 길이야." 金이 아주 낮은 목소리로 천천히 말했다.

송과 金이 만난 곳은 바닷가재 전문점이었다. 그곳의 바닷가재 정식은 1인분에 12만 원이나 했고, 은퇴한 사장들이 모이는 회원제 클럽에서 파이프 담배나 물고 있어야 할 것 같은 오십대 중반의 중후한 웨이터는 15만 원 이하로는 찾아볼 수도 없는 와인 메뉴판을 따로 내밀면서 바닷가재의 진정한 맛을 느끼기에 이상적인 와인 몇 가지를 제안했다. 메뉴판 앞에서 잠시 망설이다가 金은 할 수 없이 18만 원짜리 와인을 시켰다.

식사를 하는 내내 송은 金에게 아버지의 죽음에 대해 진심 어린 위로를 하려고 애썼다. "몹시 슬프지요?" 하고 송은 물었다. 金은 솔직하게 말하면 별로 슬프지 않다고 말했다. 오히려 별로 슬프지도 않은

데 장남이기 때문에 억지로 슬픈 표정을 짓고 있어야 한다는 사실이 더 슬프다고 말했다. 송이 의아한 표정을 지었다. 金은 지난 3년 동안 아버지 병원비를 내느라 아파트 한 채가 날아갔고, 병간호를 하느라 가족들 모두가 잠도 제대로 자지 못했다고 말했다. 카프카의 소설「변신」에서 벌레로 변한 아들이 죽자 모처럼 즐겁고 편안하게 피크닉을 나가는 가족들의 심정을 이제야 알 것 같다는 말도 했다. 그럴 수도 있겠다는 듯 송이 고개를 끄덕였다. "하지만 정말로 하나도 안 슬픈 건 아니지요?" 하고 송은 되물었다. 金은 어깨를 으쓱거리며 지금은 장례식이 끝난 지 얼마 되지 않아 그저 어리둥절하다고 말했다. "복잡하고 어리둥절해. 그래서 잘 모르겠어." 金이 말했다. 송이 그럴 수 있다는 듯 다시 고개를 끄덕였다.

대화의 주제가 그런 식이라 송과 金은 둘 다 자신의 접시에 있는 바닷가재를 반도 먹지 못했다. 한 병에 18만 원이나 하는 와인도 반이나 남겼다. 테이블 위에 가득 남아 있는 음식을 보면서 金은 오랜만에 송에게 전화를 거는 민망함을 피하기 위해 아버지의 죽음에 대해 거짓말을 한 것을 처음으로 후회했다. 자리에서 일어날 때 송이 이 식사는 자신이 대접하겠다면서 계산서를 집었지만 金이 단호하게 고개를 저으며 계산서를 뺏었다. 송이 웃으며 잡고 있던 계산서를 가볍게 놓았다. 그 빌어먹을 바닷가재 전문점에서 바닷가재에 와인에 게다가 어처구니없이 텍스까지 붙어 있는 계산서를 처리하고 나왔을 때 수표 다섯 장은 이미 날아가고 없었다. 金은 동생의 박스에서 사라져버린 알부민 여섯 병을 생각했다.

송은 어디 가서 맥주나 한잔하겠느냐고 물었다. 최근에 알게 된 집인데 독일식 맥주를 직접 만드는 곳이라며, 그 집 주인이 독일에 유학을 가서 직접 배워왔다고 말했다. 金은 독일식 수제 맥주는 개에게나 줘버리고 어서 빨리 호텔에 들어가서 송과 뜨거운 섹스를 하고 싶어 미칠 것 같은 심정이었다. 하지만 그럴 수는 없는 노릇이었다. 이 여자와의 우아한 저녁을 제대로 마치기 위해 金은 할 수 없이 택시를 타고 독일식 수제 소시지와 독일식 수제 맥주를 오로지 장인 정신 하나로 꿋꿋하게 만드는 독일식 수제 맥주 전문점으로 가야만 했다. 그 독일 유학파가 만든 맥주는 한 잔에 만 3천 원이나 했고 金이 보기에 마트에서 파는 프랑크 소시지와 별 차이가 없어 보이는 수제 소시지 한 접시는 4만 원이나 했다. 독일식 수제 맥주를 홀짝홀짝 마시며 다시 알부민 두 병을 작살냈을 무렵 송은 조금 취한 것 같았다.

金이 은근슬쩍 송의 옆자리에 앉았다. 송이 고개를 비스듬히 기울인 채 金을 보고 귀엽다는 듯 피식 웃었다. "전 과장님이 악착같은 데가 없어서 참 좋았어요. 모두들 그렇게 악착같잖아요. 그런데 과장님은 그런 게 없어서 좋아요. 여유 있고, 털털하고, 미련 없이 가볍게 일어설 줄 알고." 송이 약간 혀가 꼬인 발음으로 말했다. "여유 있는 게 아니라 사람이 물러터져서 그래, 물러터져서." 金이 자조하듯 말했다. 송은 남은 맥주를 마저 비우고는 자신이 한 달 후에 결혼을 한다고 말했다. "그러니 오늘밤 어물쩍 저 쓰러뜨릴 생각일랑 하지도 마세요. 저 이제 곧 결혼한단 말이에요." 송이 장난스럽게 金의 어깨를 툭 치며 말했다. 金이 심통 난 표정을 짓고 있자 송은 金의 뺨을 가볍게 어루만졌다. "이럴 때 보면 과장님 참 귀여워요. 하지만 오늘은 우리 그냥 술이나 마셔요." 송이 말했다.

정말로 오늘은 그냥 술이나 마실 생각이었는지 송은 술을 많이 마셨다. 그래서 맥주 전문점에서 나왔을 때 송은 몹시 취해 있었다. 송이 취했으므로 그 빌어먹을 독일식 수제 맥주도 할 수 없이 金이 계산해야만 했다. 송은 몸을 비틀거리면서 연신 과장님을 만나서 기분이 좋다는 말을 했다. 그리고 이제 결혼을 해서 현모양처 흉내를 내야 한다니 조금 슬프다는 말도 했다. 송은 비틀비틀 걸으며 혀 꼬부라진 소리로 노래도 불렀다. 金은 송을 부축하면서 눈동자를 두리번거리며 열심히 호텔을 찾았다. 하지만 근처에 호텔은 보이지 않았다. 그나마 눈에 띄는 여관들은 허름하기 짝이 없었다. 허름한 여관은 그녀에 대한 모독이라고 金은 생각했다. 그녀의 가슴에 대한 모독이고, 그녀의 엉덩이에 대한 모독이고, 알부민 여덟 병을 작살낸 이 비싸고 우아한 저녁에 대한 모독이었다. 물론 동네 슈퍼 아저씨에게는 모독일 것이 없다고 金은 생각했다. 하지만 송의 가슴을 존중할 만한 호텔이 보이지 않았으므로 金은 아무 여관에나 들어갔다.

金은 술에 잔뜩 취해 있는 송을 침대에 눕혔다. 송은 침대에 쓰러지면서 "아이 참, 여긴 왜 들어온 거예요" 하고 말했다. 金은 송의 웃옷을 위로 젖히고 브래지어 끈을 풀고 송의 가슴을 만졌다. 송이 혀 꼬부라진 소리로 "과장님, 저 이제 곧 결혼해요. 그러니까 저에게 이러시면 안 돼요" 하고 말했다. 金은 아랑곳하지 않고 송의 젖가슴을 빨았다. 송이 손바닥으로 金의 얼굴을 살짝 밀면서 "아이 참, 우리 과장님은 이럴 때 보면 꼭 개구쟁이 같다니깐" 하고 말했다. 金은 송의 치마 속에 손을 집어넣어 팬티를 벗겨냈다. 송은 "아이 참, 하지 말라니까요. 저 이제 곧 결혼한단 말이에요" 하고 말했다. 金은 "알았어. 알았어. 당연히 송은 결혼을 해야지, 누가 뭐래? 송은 결혼하는 거야. 틀림없이 송은 행복한 결혼을 할 거야" 하고 말도 안 되는 소리를 지껄이면서 황급히 자신의 바지와 팬티를 내렸다. 그리고 아직 젖지도 않은 송의 음부에 자신의 성기를 비벼서 밀어넣으려고 했다. 그때 송이 갑자기 金의 뺨을 세게 후려쳤다. "야, 이 개새끼야, 너랑 섹스 안 한다잖아! 섹스 안 한다고, 이 개새끼야!" 송이 고래고래 소리를 질렀다. 송은 침대에서 벌떡 일어나더니 브래지어 끈을 묶고 웃옷을 내렸다. 연이어 송은 침대 위에 널브러져 있는 자신의 팬티를 움켜쥐더니 핸드백 속에 쑤셔넣었다. 그리고 침대 한구석에서 멍한 표정으로 앉아 있는 金을 향해 "그만큼 좋게 말했으면 말귀를 알아 처먹어야지" 하고 쏘아붙인 다음 문을 쾅 닫고 밖으로 나가버렸다.

습식 한증탕 증기 스팀기는 여전히 터져나갈 듯 삐익 소리를 내며 맹렬히 증기를 내뿜고 있었다. 그래, 송은 결혼을 하고 나는 슈퍼에서 쭈쭈바나 팔고, 송은 결혼을 하고 나는 슈퍼에서 양파링이나 팔고, 인생이 다 그런 거지, 별수 있나 파던 우물이나 계속 파는 거지, 하고 金은 중얼거렸다. 송의 단단한 엉덩이를 생각하는 동안 어느새 성기가 불룩해져 있었다. 金은 머리에 있는 수건으로 황급히 발기된 성기를 가렸다. 한증탕 모래시계 속의 붉은 모래 알갱이는 이미 다 떨어져 있었다. 땀방울들이 몸의 모공을 뚫고 나와 쉴새없이 바닥으로 떨어져 내리고 있었다. 金이 앉아 있던 자리가 온통 金이 흘린 땀으로 푹 젖어 있었다. 金은 자신이 한증탕에 너무 오래 있었다고 생각했다. 金은 자리에서 일어났다. 땀을 너무 많이 흘린 탓으로 일어섰을 때 金은 약간 휘청거렸다. 한증탕의 내부는 뿌연 수증기로 가득했다. 노인은 여전히 바닥에 누워 있었다. 대단한 노인이군. 이 뜨거운 곳에서 꼼짝도 않고. 그런데 카르릉카르릉거리던 노인의 숨소리가 들리지 않았다. 金이 노인에게 가까이 다가가 귀를 대보았다. 여전히 소리가 들리지 않았다. 놀란 金이 노인을 황급히 흔들었다. "어르신, 정신 차리세요, 어르신. 정신 좀 차려보세요." 그러자 노인이 실눈을 떴다. 난데없이 웬 호들갑이냐는 표정이었다. "뭐야?" 노인이 말했다. "아니, 저는 그저, 어르신께서 숨을 안 쉬고 있는 것 같아서." 金이 우물쭈물 말했다. 노인은 아무런 대꾸도 없이 다시 눈을 감았다. "어르신, 여기서 잠드시면 큰일나요. 아주 위험하다고요." 金이 다시 말했다. 노인은 귀찮으니까 저리 꺼지라는 듯 손을 내저었다. 다소 머쓱해진 金은 한증탕을 한번 둘러본 후 별 뜻도 없이 모래시계를 다시 뒤집고 한증탕 밖으로 나왔다.

한증탕 밖으로 나오자 차가운 기운이 그의 몸 구석구석을 스쳐지나갔다. 金은 마치 감옥에서 탈출을 한 것처럼 기분이 상쾌했다. 사람들이 이래서 인내라는 것을 하는군. 인내는 고통스럽지만 견디고 나면 이렇게 달콤하잖아. 金은 냉탕 쪽으로 걸어갔다. 냉탕 타일 벽에는 '다른 분들을 위해 꼭! 땀을 씻고 냉탕에 들어오세요!'라는 문구가 붙어 있었다. 그러나 金은 땀을 씻지 않고 곧장 냉탕 속으로 들어가서 풍덩 하고 빠졌다. 냉탕의 차가운 기운이 金을 더더욱 기분좋게 했다. 金은 냉탕의 바닥까지 푹 잠수했다. 한참 열이 올랐던 그의 몸이 급격히 식었다. 한껏 팽창하고 풀어졌던 그의 근육과 혈관은 수축하고 긴장했다. 金은 깊은 해저에서 잠을 자는 가오리처럼 한참 동안이나 냉

탕 바닥에 잠수해 있었다. 그의 몸이 차가워지면 차가워질수록 金은
자신의 문제가 명료해지고 간단해지는 것 같았다. 차가운 몸을 가지
기만 하면 동생의 알부민도, 아버지의 죽음도, 아내의 무시도, 송이
자신에게 보여준 경멸도 별로 중요한 문제가 아닌 것 같았다. 부끄러
울 것도 미안할 것도 없지, 찬물 속에 머리를 집어넣으며 金이 중얼거
렸다.

　金은 냉탕에서 나왔다. 노인은 여전히 한증탕 안에 누워 있었다. 저
러다 정말 큰일이라도 나는 게 아닐까 하는 생각이 들었지만 金은 상
관하지 않고 한증탕 앞을 성큼성큼 지나서 때밀이용 간이침대에 누웠
다. 간이침대에 눕자 쌓였던 피로가 한꺼번에 밀려왔다. 金은 며칠 동
안 제대로 된 잠을 자지 못했고, 어제는 송과 술을 너무 많이 마셨고,
한증탕에서는 땀도 너무 많이 흘렸다. 金은 온몸에 힘이 하나도 없는
것 같았다. 金은 벽시계를 보면서 한두 시간 정도는 잠을 잘 수 있겠다
고 생각했다. 아이는 4시에 돌아오니까 그때까지만 슈퍼로 돌아가면
되겠지. 金은 눈을 감았다. "애는 써봤는데 요즘 경기가 너무 안 좋아.
돈 삼백 구하기가 이렇게 힘이 드네. 형이 정말 미안하다." 金은 "할
수 없죠 뭐" 하고 말하던 동생의 실망한 목소리에 대해 생각했다. 金은
동생 집에 쌓여 있던 알부민 빈 병들에 대해 생각했다. 金은 남은 수
표와 카운터에 있는 돈으로 겨우 맞춘 250만 원을 건넸을 때 아내가
보여준 환한 웃음에 대해 생각했다. 金은 영어캠프에서 1등을 해서
외국인 선교사에게 칭찬을 받을 아들놈에 대해 생각했다. 金은 이제
더이상 섹스를 할 수 없게 되어버린 송과 송의 단단한 엉덩이에 대해
생각했다. 金은 송의 단단한 엉덩이와 결혼을 하는 행운아에 대해 생

각했다. 金은 어릴 적 아버지와 같이 다녔던 아주 낡은 동네 목욕탕과 목욕을 끝내고 나오면 아버지가 빨대를 꽂아주던 달콤하고 맛있는 바나나 우유를 생각했다. 그리고 金은 잠이 들었다.

金이 다시 일어났을 때 목욕탕은 아주 소란스러웠다. 119 구조대원들과 경찰관과 목욕탕 주인아저씨가 목욕탕 안을 바쁘게 돌아다니고 있었다. 불이라도 났나? 金이 주위를 둘러봤다. 119 구조대원 한 명이 들것에 실려 있는 깡마른 노인을 흔들며 "할아버지, 정신 차리세요. 할아버지 이름이 뭐예요? 할아버지?" 하고 소리치고 있었다. 하지만 노인에게선 아무런 반응이 없었다. 그러자 다른 구조대원이 가방에서 산소호흡기를 꺼내 노인의 입에 갖다댔다. 그리고 119 구조대원들은 믿기지 않을 만큼 빠른 속도로 들것을 들고 목욕탕을 빠져나갔다. 목욕탕 주인아저씨가 오십대 경찰관에게 연신 억울한 표정을 지으며 뭐라고 변명을 했다. 오십대 경찰관은 목욕탕 주인의 말을 듣는 둥 마는 둥 하면서 한증탕 안을 살펴봤다. 오십대 경찰관은 한증탕 안을 둘러본 후 때밀이용 간이침대에서 아직 잠이 덜 깬 얼굴로 엉거주춤 앉아 있는 金을 발견하고 어처구니없다는 표정을 지었다. "아저씨, 여기서 계속 자고 있었소?" 오십대 경찰관이 물었다. 얼떨결에 金이 고개를 끄덕였다. "헛" 하고 오십대 경찰관이 헛웃음을 쳤다. 그리고 경멸에 가득찬 눈빛으로 金의 알몸을 아래위로 훑어내렸다. "옆에서 사람이 죽어가는데 잠도 잘 주무시고, 아저씬 인생 편하게 살아서 참 좋겠수다." 오십대 경찰관이 비아냥거렸다. 그리고 오십대 경찰관은 고개를 절레절레 흔들며 목욕탕 밖으로 걸어나갔다. 목욕탕 주인도 경찰관을 따라 나갔다.

　모두들 사라지고 나자 목욕탕은 금세 무슨 일이 있었냐는 듯이 조용해졌다. 金은 여전히 때밀이용 간이침대에 엉거주춤 앉아 있었고 아직 잠이 덜 깬 것 같았다. 金은 멍하니 목욕탕 내부를 둘러보았다. 목욕탕 천장에서 떨어지는 물방울 소리가 터무니없이 크게 들려왔다. 金은 문득 자신의 몸이 식어 있음을 깨닫고 온탕 속으로 들어가서 조용히 몸을 담갔다.

하구(河口)

부동산 중개업자가 소개해준 사내는 강둑에 있었다. 낚싯대 하나가 강물 위로 찌를 드리우고 있었다. 사내 옆에는 낡은 낚시 가방과 다 비운 소주병이 있었다. 안주도 없이 비워낸 소주병 때문에 사내에게 괜한 친근감이 들었다. 아직 물고기를 못 잡은 것인지 망 속에는 한 마리의 물고기도 없었다. 하지만 사내는 그것에 별 개의치 않는 얼굴 이었다.

부동산 중개업자가 사내에게 뭐라고 간단하게 내 사정을 설명했다. 그러니까 보증금이 없다는 것, 서울에서 내려왔다는 것, 얼마나 있을 지 기약이 없다는 것, 뭐 그런 정도였을 것이다. 어쩌면 행색을 보니 뭔 사고를 치고 도망다니는 사람 같다는 이야기를, 또 어쩌면 뭐 그렇 긴 해도 나쁜 사람 같아 보이지는 않는다는 이야기를 했을지도 모른 다. 부동산 중개업자가 말을 하고 있는 동안 사내는 한번씩 고개를 돌 려 나를 쳐다봤다. 둘 사이의 대화가 끝나자 사내가 나에게 걸어왔다.

"보증금이 없다고요?" 사내가 물었다.

"대신 월세를 좀더 내겠습니다." 내가 말했다.

"월세를 더 낼 건 없어요. 보증금이야 어차피 내 돈도 아니니까."

사내가 잠시 말을 끊고 강 아래를 처다봤다. 사내가 드리운 실속 없는 찌가 수면 위에서 가볍게 출렁거리고 있었다.

"밥은 어떻게 먹을 거요?" 사내가 다시 물었다.

사내의 말이 무슨 뜻인지 몰라 나는 어리둥절한 느낌이었다. 남이야 밥을 어떻게 먹건 무슨 상관이란 말인가? 내가 머뭇거리고 있자 사내가 다시 입을 열었다.

"보증금 없이 매달 50만 원만 내쇼. 밥은 우리집에서 같이 먹고. 마누라가 식당을 하는데 이냥저냥 먹을 만해요."

사내의 말투는 사내의 얼굴과 닮았다. 사내는 하회탈처럼 늘 웃고 있는 인상이었는데, 그게 좋아서 그런 건지 싫은 걸 숨기려고 그런 건지 도무지 속을 알 수 없었다. 부동산 중개업자가 이만한 조건은 없다는 듯 옆에서 고개를 끄덕였다. 실제로 좋은 조건이었다. 밥값만 해도 한 달에 50만 원은 훌쩍 넘어갈 터였다. 게다가 이 시골에는 단기로 방을 빌려주는 곳도, 보증금 없이 구할 수 있는 방도 흔치 않았다.

"방을 좀 볼 수 있을까요?" 내가 물었다.

"방은 나중에 봐요. 지금 들어가면 마누라한테 붙잡혀서 못 나와." 사내가 손사래를 치며 말했다.

"그래도 일단 방을 봐야지……" 내가 말끝을 흐렸다.

"좋은 방이오." 방에 대해선 더 말할 것도 없다는 듯 사내가 내 말을 잘랐다. "넓고, 조용하고, 한쪽 창으로는 낙동강 하구가 보이고 다른 창으로는 남해 바다가 보이니 머리 식히기엔 제격일 거요."

사내의 단호한 말투가 어쩐지 신뢰감을 주었다. 사실 내가 찬밥 더운밥 가릴 처지도 아니었다. 나는 가방을 열어 돈봉투를 꺼냈다. 봉투 속엔 300만 원 남짓한 돈이 있었다. 그게 내가 가진 전 재산이었다. 봉투에서 지폐를 세며 나는 '이 돈이 다 떨어지면 뭘 할 건가? 너는 죽을 생각인가?' 하고 나에게 물었다. 내 속에 있는 또다른 내가 아무런 말도 하지 않은 채 묵묵히 지폐를 셌다. 나는 봉투에서 돈을 꺼내 사내에게 건넸다. 사내가 돈을 세지도 않고 외투 주머니 속에 쑥 집어넣었다.

"한집에서 같이 밥 먹으면 이제 식구나 다름없는데 술이나 한잔합시다." 사내가 말했다.

내가 우물쭈물 고개를 끄떡였다.

"너도 일 없으면 같이 가자." 사내가 부동산 중개업자 쪽으로 고개를 돌리며 말했다.

"희락 갈 거요, 스펀지 갈 거요?" 부동산 중개업자가 기다렸다는 듯 물었다.

"스펀지에 아가씨가 새로 왔다는데 아직 구경을 못 했어." 사내가 환하게 웃으며 말했다.

"스펀지에서 스멀스멀 기어나오다가 들키면 형수님이 우리 잡아먹으려고 할 텐데?" 부동산 중개업자가 말했다.

사내가 피식 웃더니 별말 없이 낚시 도구를 챙겼다. 그리고 강둑을 따라 터벅터벅 걷기 시작했다. 강의 끝으로 해가 떨어지고 있었다. 마치 거대한 입이라도 있는 듯 강이 끝나고 바다가 시작되는 곳이 온통 붉었다.

사내가 나를 데려간 곳은 말발굽 모양의 바가 있는 80년대식 가라
오케와 룸살롱을 섞어놓은 듯한 묘한 분위기의 술집이었다. 말발굽
바 안에는 드럼과 기타가 있었고 중간에는 노래방 기계가 있었다. 드
럼 연주자는 보이지 않았고 기타 연주자처럼 보이는 늙은 사내가 땅
콩 안주에 소주를 마시며 기타를 튜닝하고 있었다. 사내는 이곳에 자
주 오는 모양으로 사내가 들어서자 술집 한구석에 앉아 있던 여자들
이 환호성을 지르며 다가왔다. 영업을 시작하기에 아직 이른 시간인
지 여자들은 화장을 덜 끝낸 얼굴들이었다. 이런 술집에서 접대부 노
릇을 하기에는 모두들 지나치게 나이가 많아 보였다. 주문도 하지 않
았는데 마담이 양주 한 병과 맥주 열 병, 그리고 처음 보는 생선포를
들고 와서 테이블에 놓았다. 내가 생선포를 유심히 보고 있자 사내는
"아! 나막스 처음 보시나?" 하고 물었다. 내가 고개를 끄덕였다.

"정확한 명칭은 붉은 메기야. 붉은 메기를 기름에 튀긴 거지. 예전
에는 흔했는데 요즘엔 말린 오징어에 밀렸어. 하지만 오징어와 나막
스는 품격이 다르지. 암."

오징어와 나막스가 품격이 다르다는 게 왜 사내에게 자랑거리가 되
는지는 알 수 없었지만 사내는 양껏 으스대는 표정을 지었다. 사내가
양주병 뚜껑을 따더니 온더록스 잔에 술을 조금씩 따르고 얼음을 두
개씩 집어넣었다. 그리고 나에게 한 잔, 부동산 중개업자에게 한 잔을
내밀었다. 나는 잠시 내 술잔 속에서 위험하게 출렁거리고 있는 술을
바라봤다. 알코올중독 치료 때문에 병원을 나온 이후로 아직 술을 한

방울도 마시지 않았다. 세번째 입원이었고 내가 술에 엉망으로 취해 있을 때 경찰과 가족들이 억지로 집어넣은 비자발적 강제 치료였다. 병원에 입원했을 때 아내는 이혼서류를 들고 왔다. 아내는 아무 말도 하지 않았지만 내가 이혼서류를 무심히 읽고 있는 내내 눈물을 흘렸다. 7년 동안 연애를 했고 8년 동안 결혼생활을 했다. 생각해보면 긴 세월이다. 늘 저 여자와 같이 밥을 먹고 텔레비전을 보고 섹스를 하고 차를 마셨다. 다시 누군가와 15년을 같이 살 수 있을까? 밑도 끝도 없이 그런 생각을 하다가 나는 피식 웃었다. 누가 너 따위 알코올중독자와 15년을 살아준단 말인가? 아마 한 달도 버티기 힘들 것이다. 이혼서류는 끝도 없이 길었고 자필로 써야 할 칸들은 너무나 많았다. 서류를 한 장 넘기면 이름을 쓰고 주민등록번호를 쓰고 주소를 쓰고 이혼사유나 재산분할이나 뭐 그딴 것들을 체크해야 했다. 그리고 다시 서류를 넘기면 또다시 이름을 쓰고 이혼사유를 체크하는 바보 같은 짓을 반복해야 했다. 금단증세 때문에 펜을 잡고 있는 손이 몹시 떨렸다. 하지만 나는 떨리는 손으로 그 많은 빈칸들을 채워나갔다. 더이상 변명할 것도 사정할 명분도 없었다. 솔직하게 말하면 나는 그 무엇을 설명하거나 변명할 만한 힘이 전혀 없었다. 모든 빈칸을 채우고 나는 이혼서류에 도장을 찍었다.

"술 잘 못하시나?" 술잔을 비우지 못하고 그저 멍하니 있는 내 모습이 의외라는 듯 사내가 고개를 갸웃하며 물었다. "잘 못하면 억지로 마실 건 없고. 우린 또 술 못하는 사람한테 억지로 술 안 권하거든. 술이 아까우니까."

"그럼, 마시고 싶어도 술이 없어 못 마시는 안타까운 사연을 가진 사람들이 얼마나 많은데, 이토록 귀한 술을 그렇게 낭비하면 벌받지." 부동산 중개업자가 눈을 찡긋하며 익살을 떨었다.

사내들의 권유에도 내가 술잔을 잡지 않고 가만히 있자 사내와 부동산 중개업자가 자기들끼리 건배를 하고 술잔을 비웠다. 사내가 다시 자기 잔에 술을 따랐다. 잔에 술을 채우며 사내는 콧노래를 흥얼거렸다. 술이 앞에 있어서 사내는 기분이 좋은 모양이었다. 나도 그랬다. 눈앞에서 삶이 망가져가고 있는데도 술잔 앞에 있으면 마냥 설레고 기분이 좋았다. 사내가 건배를 청하듯 내게 다시 술잔을 내밀었다. 사내는 능글능글 웃고 있었는데 그 웃음에서 속을 읽을 수가 없었다. 나를 비웃고 있는 건지, 아니라면 그저 내 대답을 기다리고 있는 건지.

"술 못하면 콜라라도 마시든가. 그냥 멍하니 있으니까 앞에서 술 마시는 사람이 민망하잖아." 기다리다 지친 사내가 약간 실망스럽다는 투로 말했다.

나는 사내를 향해 빙그레 웃고는 손가락을 집어넣어 잔 속에 있는 얼음 두 개를 바닥에 버렸다. 그리고 사내 앞에 있는 양주병을 들어 내 온더록스 잔에 술이 가득 차도록 부었다. 재미있다는 듯 사내와 부동산 중개업자가 내 동작을 유심히 바라보고 있었다. 나는 사내의 잔에 술잔을 가볍게 부딪히고 온더록스 잔에 가득 들어 있던 술을 단숨에 마셨다. 독한 술기운이 식도를 타고 거칠게 내려가는 느낌이 좋았다. 살아 있는 느낌. 잠자던 세포들이 한꺼번에 깨어나는 느낌이었다. 병원으로 면회를 온 형은 어쩌다 이렇게까지 망가졌느냐며 내 손을 잡고 울었다. "엄마가 너 때문에 잠을 못 주무신다. 이제라도 늦지 않았다. 다시 시작하면 된다. 그러니 또 술 마시면, 형 너 두 번 다신 안

본다. 알겠지?" 형은 눈에 눈물이 그렁그렁한 채로 말했다. 하지만 술이 목구멍을 타고 넘어가는 순간에 아무런 자책감도 죄책감도 없었다. 이제 다 잃었는데 무엇 때문에 술을 끊는단 말인가. 내가 양주를 단숨에 다 비우자 사내는 약간 놀란 표정을 짓더니 부동산 중개업자 쪽으로 고개를 돌렸다.

"히야, 이 친구 멋진데? 술 좀 마셔본 친구야." 사내가 한껏 고무된 목소리로 말했다.

"그러게요. 모처럼 제대로 된 식구가 들어왔어요." 부동산 중개업자가 맞장구를 쳤다. "너도 봤지? 이 독한 술을 단번에 넘기는 거. 저 부드러운 목넘김, 저게 그냥 객기로 마시는 게 아니거든. 히야, 나 놀랐어. 이 친구 겉보기와는 아주 다르네."

"아따 형님, 제가 아까 그랬잖아요. 사람은 좋아 보인다고. 자고로 술 좋아하는 사람치고 나쁜 사람이 없거든요." 부동산 중개업자가 말했다.

"그럼, 그걸 말이라고." 사내가 환한 얼굴로 말했다.

어이없는 일이었다. 내가 술을 잘 마시는 것이 왜 사내들에게 저토록 기쁨이 되는 걸까? 두 사람의 수작도, 이 이상한 술집도, 그리고 술집으로 걸어오면서 내내 봤던 강 하구에 펼쳐진 넓고 넓은 이 평야도, 어제까지 서울에 있던 내가 여기까지 내려와 있다는 것도 모두 낯설고 비현실적으로 느껴졌다. 어떤 비현실이 내 머릿속을 가득 채운 후 다시 흘러나와 이 싸구려 지하 술집과 저 사내들의 머리까지 가득 채운 기분이었다. 빈속이었고 오랜만에 마신 술이라 그런지 몽롱하고 뜨거운 술기운이 금세 얼굴까지 올라왔다. 하지만 잔뜩 신이 난 사내는 다시 내 잔에 술을 가득 채우고 자신의 잔에 술을 따랐다. 사내가 술을 따르자 그새 양주 한 병은 다 비워지고 없었다. 사내가 마담을 불러 양주를 한 병 더 시켰다. 마담이 술을 가져오면서 오늘은 왜 이리 급하게 마시냐고 걱정 아닌 걱정을 했다. "오늘은 기분이 아주 좋아. 내 집에 멋진 사람이 왔거든" 하고 사내는 의기양양하게 말했다. 그러더니 새 양주병을 따서 부동산 중개업자의 잔에 술을 가득 채우고 잔을 들어올렸다. "자! 마시자구. 멋진 새 식구를 위하여!"

우리는 무언지 모르는 흥에 겨워 모두 잔을 단번에 비웠다. 사내가 "어이, 기분좋다. 이런 날 노래가 빠지면 안 되지" 하고 자리에서 일어나 홀 쪽으로 걸어가더니 마이크를 잡았다. 바 끝에서 땅콩을 안주로 소주를 비우던 늙은 사내가 기타를 들고 말발굽 바 안으로 느릿느릿 들어왔다. 늙은 기타 연주자가 연주를 시작하자 사내가 노래를 불렀다. 늙은 기타 연주자의 연주 솜씨에는 연륜과 품격이 있었고, 사내는 가수처럼 노래를 잘 불렀다. 느리고 구슬픈 노래가 사내의 낮고 성량이 풍부한 슬픈 음색과 잘 어울렸다. 아가씨 둘이 사내 곁으로 가서 사내의 허리를 부드럽게 감싸안았다.

"자넨 좋은 사람이군." 부동산 중개업자가 말했다.

"제가요? 에이, 설마요. 뭔가 단단히 잘못 보신 겁니다." 내가 웃으며 말했다.

"형님이 자넬 좋아하잖아. 우리 형님은 나쁜 사람은 못 알아봐도 좋은 사람은 단박에 알아보거든" 하고는 부동산 중개업자는 마이크를 잡고 노래를 부르는 사내를 향해 고개를 돌린 후 마치 연민처럼 보이는 슬픈 웃음을 지었다. 잠시 후 노래를 부르고 돌아온 사내가 목이 마른지 맥주를 벌컥벌컥 마셨다. 화장을 끝낸 아가씨들이 우리가 앉은 테이블로 우르르 몰려와서 시끄럽게 떠들기 시작했다. 늙은 술집 아가씨들은 유쾌했고 힘이 넘쳤다. 우리는 노래를 부르고, 술을 마시고, 아가씨들의 볼을 만지거나 엉덩이를 두들겼고, 성적이고 지저분한 농담을 하며 마구 웃었다. 사내가 오늘 기분은 최고라며 술을 더 시켰다. 사내는 기분이 좋았고 마담은 덩달아 기분이 좋았고 늙은 술집 아가씨들도 기분이 좋았다. 그래서 우리는 다시 폭탄주를 만들어서 원샷을 하고, 또 노래를 부르고, 또 아가씨들의 엉덩이를 두들기며 지저분한 농담을 하고 허리가 끊어질 듯 웃었다.

술집에서 나올 때 우리 셋은 모두 취해 있었다. 카운터에 앉은 마담은 술값이 78만 8천 원이라고 말했다. 내가 술값을 보태려고 가방을 열자 사내가 내 손등을 세게 때렸다.

"이거 왜 이러시나. 좋은 술 마시고 기분 잡치게. 자넨 내 집에 온 손님이니 당연히 술값은 내가 내는 거야. 그게 이 허대가 사는 명지 앞바다의 법칙이야. 알았어?" 사내가 말했다.

농담 같은 그 말이 너무나 준엄하게 들려서 나는 가만히 있었다. 사내가 외투 주머니에서 내가 건넨 월세 50만 원을 꺼내고 자기 지갑에서 20만 원을 더 꺼냈다. 그래도 돈이 부족하자 부동산 중개업자가 자기 지갑에서 10만 원을 꺼내 술값을 맞췄다.

술집을 나와서 우리는 방파제 끝에 있는 포장마차로 가서 술을 더 마셨다. 사내가 소주와 낙지와 몇 가지 조개구이를 시켰다. 포장마차에서야 우리는 비로소 통성명을 했다. 그래서 나는 사내의 이름이 허대라는 것을, 부동산 중개업자의 이름이 허삼식이라는 것을, 둘은 사촌간이며 불과 30년 전만 해도 낙동강 하구에 여의도 면적의 서너 배가 넘는 땅을 가지고 있었다는 것을 알게 되었다.

"이 앞에 보이는 명지 앞 갈대밭이 다 우리 할아버지 땅이었어." 부동산 중개업자 허삼식이 말했다.

"그 넓은 땅은 다 어쨌어요?" 내가 호기심에 가득 차서 물었다.

"술 퍼마신다고 다 팔아먹었지." 허삼식이 말했다.

"여의도 서너 배만한 땅을 전부 다요?" 내가 깜짝 놀라서 물었다.

"자네 옆에 계신 위대한 형님이 영화를 찍네 어쩌네 하면서 한 3분의 1 말아드시고, 내가 그거 복구하느라 사업한답시고 또 한 3분의 1 말아먹고, 에라이 좆같은 세상 술이나 퍼마시자 뭐 그런다고 나머지 땅 말아먹었지. 형님, 우리가 그 땅 얼마에 팔았지?" 허삼식이 물었다.

"시발, 평당 150원인가 200원인가?" 허대가 피식 웃으며 말했다.

"지금은 얼마나 하는데요?" 내가 허대에게 물었다.

"몰라, 이 새끼한테 물어봐. 이놈은 지가 판 땅에서 부동산 중개업해서 먹고사는 놈이니까." 허대가 말했다.

"요즘엔 못해도 평당 한 300만 원은 하지. 온통 국제신도시니 재개발이니 하면서 뭐든 지어대니까."

"배알도 참 좋아. 150원에 판 땅이 300만 원을 하는데, 그 땅 위에서 부동산 중개업을 하고 싶으냐?" 허대가 웃으며 말했다.

"우리 형님 아직도 철 안 들었네. 형님, 삶이란 게 그렇게 잔인한 거예요. 잔인해서 재미있는 거고." 허삼식이 웃으며 말했다.

"좋기도 하겠다. 재미도 있고 잔인도 해서." 허대가 너털웃음을 터뜨리며 말했다.

"아! 좋지. 얼마나 좋아. 잔인도 하고 재미도 있고." 허삼식이 덩달아 너털웃음을 터뜨렸다. "하긴 형님이야 무슨 걱정이 있겠소. 코끼리 같은 마누라가 돈도 잘 벌어다주고, 늑대 같은 자식들은 자기 알아서 자기 먹을 것을 챙겨먹으니, 우리 형님이야 맨날 놀고 자빠져도 먹고살 걱정이 없는데. 형님이야 무슨 걱정이야. 내 인생이 걱정이지. 나야 코끼리 같은 마누라가 있나. 자식 놈들이라곤 다 하이에나 같아서 맨날 뼈밖에 안 남은 아버지 쭉쭉 빨아먹을 궁리만 해대니."

허삼식이 너스레를 떨고 소주를 입안에 털어넣었다.

"자네 코끼리 본 적 있니?" 허대가 갑자기 뚱딴지같은 실문을 던졌다.

"네?"

"코끼리 실제로 본 적이 있느냐고. 사람들이 전부 우리 마누라가 코끼리 닮았다, 코끼리 닮았다 하는데 난 코끼리를 실제로 본 적이 없어서 말이야. 나도 우리 마누라 닮은 동물이라 한번 보고 싶은데." 허대가 술에 취해 말했다.

"코끼리야 웬만한 동물원에 가면 다 있는 거 아닙니까?"

"우린 원체 동물원 같은 데를 싫어하니까. 그래도 명색이 우리 마누라 닮은 사랑스러운 동물인데 동물원에서 첫 대면을 할 수는 없지." 허대가 말했다.

"아! 코끼리지. 우리 형수님이야 진짜 코끼리지. 남편이라는 작자가 돈을 벌어오나 그렇다고 일을 도와주나, 맨날 낚시질에 술이나 퍼마시는데도 그 지극정성을 봐. 우리 형님은 복을 타고났어. 시팔, 전

생에 나라라도 구했나봐. 나는 전생에 나라를 팔아먹었고." 허삼식이
투덜거렸다.

"다 같이 살 만하니까 같이 사는 거야. 내가 아무것도 안 하고 사는
것 같냐?" 허대가 쏘아붙였다.

"형님은 실로 아무것도 안 하잖아요."

"이 사람이, 일이 어떻게 돌아가는지 아무것도 모르는구만. 나는
사랑을 하잖아, 사랑을. 내가 얼마나 지극정성으로 사랑을 하는데. 모
두들 내가 마누라 등이나 처먹고 사는 줄 아는데 그게 다 뭘 모르고
하는 소리라니깐. 내가 그 사람 버리면 그 사람 불쌍해서 안 돼요." 허
대가 말도 안 되는 소리를 했다.

허삼식이 웃음을 터뜨렸다. 나도 웃음을 터뜨렸다. 허삼식이 잔을
들어올렸다.

"그래요. 한잔합시다. 형님은 열심히 사랑을 하고, 나는 내가 판 땅
에서 부동산 중개업해서 입에 풀칠을 하고, 인생 멋지네."

우리는 잔을 부딪치고 술을 마셨다. 방파제 건너편에서 새들의 울
음소리가 들려왔다. 문득 늘 웃고 있는 허대의 저 하회탈 같은 얼굴은
무엇을 숨기기 위해서가 아닐지도 모른다는 생각이 들었다.

"그래서 여의도 서너 배만한 갈대밭을 다 날리고 영화는 찍으셨습
니까?" 내가 허대에게 물었다.

"못 찍었지. 찍었으면 지금 할리우드에 가 있지 여기서 이러고 있
겠나?"

"미련이 많으시겠습니다."

"없어. 인생이란 게 되는 것도 있고 안 되는 것도 있는 거지. 좋은

시절도 있고 나쁜 시절도 있는 거고."

"지금은 어떤 시절입니까?"

"보면 모르겠나?"

내가 잘 모르겠다는 듯 고개를 갸웃거렸다.

"당연히 내 인생 최고의 시절이지."

허대가 이를 드러내며 큰 소리로 웃었다.

포장마차에서 소주 세 병을 비웠을 때 사내들은 자리에서 일어났다. 마치 오늘 마실 술의 정량을 다 채웠다는 듯 사내들이 자리에서 일어나 술자리를 정리하는 모습은 단호하고 익숙해 보였다. 나는 술에 몹시 취해서 허대를 붙잡고 내가 살 테니 술을 더 마시자고 사정하다시피 말했다. 허대가 내 어깨를 다독거리며 "히야, 이 친구 정말 강적이네. 우리 같은 늙은이들은 도저히 못 당하겠어" 하고 말했다. 허삼식이 오늘만 날이냐며 쇠털같이 많은 날들이 남았으니 오늘의 아쉬움을 가슴에 깊이 아로새겨 내일도 마시고 모레도 마시자고 웃으며 말했다. 그리고 부동산 중개업자 허삼식은 손을 흔들며 자기 집으로 걸어갔다.

허대는 나를 데리고 술집에서 50미터도 채 되지 않는 건물로 들어갔다. 1층은 식당이었고 2층과 3층은 살림집인 낡은 건물이었다. 허대가 들어서자 식당 주방에서 웬 여자가 허대에게 욕설이 섞인 소리를 질렀다. 어찌나 큰지 내가 깜짝 놀라서 그 자리에 멈춰 섰다. 하지만 허대는 들은 척도 하지 않고 괜찮다는 듯 내 어깨를 툭툭 치더니 묵묵히 2층으로 올라갔다. 허대가 방문을 열며 "이 방이야. 괜찮지?"

하고 물었다. 허대의 말처럼 방은 아주 넓었고 정돈이 잘 되어 있었다. 큰 창문으로 밤바다도 보였다. 게다가 방 중앙에는 마치 나를 기다려온 것처럼 푹신한 요와 이불이 펼쳐져 있었다. 하지만 나는 허대의 팔을 잡고 술꾼들에게 지금 이 시간이면 초저녁이나 다름없는데 한잔 더 하자고 간절하게 말했다. 허대가 "이 사람아, 술은 내일 또 마시면 되지 뭘 그리 걱정인가. 내일 이 세상에서 술이 사라질까봐 걱정인가? 먼길 와서 피곤할 테니 오늘은 이쯤 하고 그냥 자게나" 하고 말했다. 그리고 허대는 비틀거리며 자기 방의 문을 열고 들어갔다.

허대가 돌아가고 나는 방에 혼자 남겨졌다. 나는 담배를 피우며 창문 밖으로 보이는 밤바다와 밤바다에 떠 있는 어선들을 한참이나 바라보았다. 술이 더 마시고 싶어서 견딜 수가 없었다. 밖으로 나가서 혼자서 술을 마실까 내내 그 생각뿐이었다. 하지만 아는 이도 없는 이 낯선 곳에서 술을 마시다 사고라도 치면 이제 어디로 갈 수 있을까, 걱정도 들었다. 할 수 없이 나는 밤바다를 보며 담배를 한 대 더 피운 다음 옷도 벗지 않고 이불 속에 들어가 누웠다. 깨끗하게 빨아놓은 이불 속에서 따뜻하고 좋은 냄새가 났다. 그래서인지 나는 금세 잠이 들었다.

눈을 떴을 땐 새벽이었다. 어스름이 여행자의 낯선 방에 깔려 있었다. 밤새 조업을 하고 항구로 들어오는 어선들의 엔진 소리가 새벽 공기를 울리며 들려왔다. 일찍 눈을 뜬 것은 낯선 잠자리 때문도, 갈증 때문도 아니었다. 소변이 마려워서도 아니었다. 나는 술을 더 마시고 싶었다. 격렬한 불안과 공포가 내 속의 문을 밀치고 들어와 있었다.

몸에서 격한 한기가 일어났고 손이 몹시 떨렸다. 나는 슬리퍼를 신고 아래층 식당으로 내려왔다. 불이 꺼진 식당 홀 끝에 두 개의 냉장고가 있었다. 그 안에는 마치 천국처럼 술병들이 가지런하게 채워져 있었다. 나는 염치도 없이 냉장고 문을 열고 거기서 소주 한 병을 꺼냈다. 그리고 그 자리에서 병마개를 따고 반병 정도를 벌컥벌컥 마셨다.

알코올이 흡수되고 몸이 다소 진정이 되자 나는 식당 테이블 의자에 털썩 주저앉았다. 냉장고 유리문에 망가진 한 사내의 모습이 보였다. 헝클어진 머리와 초점을 잃은 동공. 너는, 술 때문에 인생을 망쳤다고, 모든 게 다 술 때문이라고, 사람들은 나에게 수도 없이 말했다. 아마 그럴 것이다. 나는 인생을 망쳤다. 그럴 필요가 없었는데, 잘할 수 있는 생이었는데, 나는 굳이, 애써, 인생을 망쳤다.

생각해보면 아주 이상한 일이었다. 어느 날 문득, 아무 이유도 없이, 나는 미친 듯이 술을 마시기 시작했다. 물론 그전에도 술을 좋아했고 술자리도 좋아했다. 술자리의 은은하고 유쾌한 분위기도 좋았고, 일을 마치고 사람들과 이런저런 이야기를 나누는 것도 좋았다. 하지만 그렇다고 남들보다 많이 마시거나 폭음을 하는 타입은 아니었다. 주사도 별로 없었다. 나는 그냥 남들과 똑같았다. 일을 마치고 동료들과 가볍게 맥주를 마시고 집으로 돌아가는 정도였다. 적당히 마시면 자리에서 일어설 줄 알았고 중요한 일이 있으면 술자리를 정중히 사양하고 집으로 돌아가서 밤늦게까지 일을 했었다. 그런데 어느 날 갑자기 술이 내 삶을 지배하기 시작했다. 시도 때도 없이 술 생각이 났고 한번 술을 마시고 싶다는 생각이 들면 그 유혹을 뿌리칠 수가 없었다. 그리고 일단 술이 들어가기 시작하면 도저히 멈출 수가 없었다. 술 때문에 걷잡을 수 없이 삶이 무너져가는 동안 나는 종종 무엇때문이냐고, 도대체 왜 그러냐고 나에게 수천 번도 넘게 물었다. 하지만 나는 정말이지 그 이유를 찾아낼 수가 없었다.

그 무렵 나는 10년도 넘는 시간강사 시절을 끝내고 대학에서 전임 자리를 얻었다. 아파트도 장만했다. 서울 변두리의 작은 아파트였고 아직 갚아야 할 대출금이 7년이나 남아 있었지만, 어쨌든 난생처음 가져보는 내 소유의 집이었다. 철마다 전셋집을 구하러 돌아다니지 않아도 되었고, 그 지긋지긋한 이사도 안녕이었다. 더불어 교통비도 안 나오는 지방대학 강의를 하고 꾸벅꾸벅 졸면서 밤기차를 타고 돌아오는 생활도, 주말에 학원에 나가 입시 강의를 해서 모자라는 생활비를 버는 삶도 끝이 났다. 우리 소유의 첫 집에 들어선 날 밤 아내와 나는 작은 파티를 열었다. 아내는 앞으론 모든 게 잘될 것 같다며 울었다. 어려운 시절은 끝이 났고 이제는 그냥 살아가기만 하면 된다고, 그냥 살아가기만 하면 된다고 아내는 말했다. 정말로 그랬을지도 모른다. 그냥 살아가기만 하면 어려운 시절 없이 그저 좋은 날만 하염없이 이어졌을지도 모른다.

그런데 나는 술을 마시기 시작했다. 처음에는 일과를 마치고 매일 저녁마다 마시는 정도였는데 점점 마시는 양이 늘어났다. 그리고 점점 더 술을 참기가 어려워졌다. 아침에 일어나서 커피에 위스키를 타기 시작했고 얼마 지나지 않아 커피 같은 건 마시지도 않게 되었다. 빈 강의 시간에 학교 앞 카페에서 술을 마시거나 가방 속에 작은 위스키 병을 넣고 다니며 도서관 앞 벤치에서, 빈 강의실에서 홀짝홀짝 술을 마셔댔다. 술에 취해 강의 시간에 아이들 앞에서 횡설수설을 했고 동료 교수와 회의 시간에 멱살을 잡고 싸움을 벌이기도 했다.

수도 없이 많은 사람들이 내게 물었다. 멀쩡하던 사람이 왜 갑자기 알코올중독자가 되었느냐고. 그들은 걱정했고, 충고했고, 협박했고, 부탁했고, 사정했다. 하지만 나는 점점 더 많은 술을 마셨다. 도무지 멈출 수가 없었다. 대체 왜 그러냐고, 사람들도 묻고 나도 물었다. 하지만 아무리 물어도 나 역시 내가 왜 그러는지 알 수가 없었다. 나는 그저 술이 좋았다. 술을 마시고 갑자기 바뀌는 공기의 냄새가 좋았다. 몸이 풀리는 느낌, 갑자기 혈관 속에서 팽창하는 자신감, 뭐 어떻게든 되겠지 싶은 낙천성이 마구 생기는 것도 좋았다. 무엇보다 이 지상의 삶으로부터 살짝 벗어난 것 같은 느낌, 잠시나마 내 영혼이 지상의 중력으로부터 자유로워져 흐느적거리고 부유하는 그 느낌이 좋았다.

그리고 어떤 시간이 되자 이제 술을 마시는 일은 나의 의지와 아무 상관도 없는 일이 되어버렸다. 나는 눈을 뜨자마자 술을 들이붓기 시작했고, 한번 마시기 시작하면 정신을 잃을 때까지 마셔야 했다. 깨어 있는 대부분의 시간 동안 늘 술에 취해 있었으므로 나는 아무 일도 할 수 없었다. 대학에서 사실상 사직서를 제출하라는 의미의 휴직 권고를 받았고 알코올 때문에 두 번이나 강제 입원을 했다. 수없이 많은 후회와 결심이 있었다. 하지만 그 무엇도 내가 술을 마시는 일을 멈추게 할 수 없었다. 내 삶은 내 혈관에 차오르는 알코올 농도보다 더 빨리 망가져갔다.

"누구세요?" 식당 부엌 쪽에서 여자가 물었다.

경쾌하고 높은 여자의 목소리를 듣자마자 어젯밤 부엌에서 큰 소리

로 욕을 하던 허대의 아내임을 알 수 있었다. 낯선 사람이 자기 식당
에 앉아서 새벽부터 술을 마시고 있는데도 전혀 겁먹은 목소리가 아
니었다. 여자에게는 시장 상인 특유의 강단이 있어 보였다. 게다가 여
자는 허대와 부부라고 하기에는 지나치게 젊어 보였다. 허대는 오십
대 후반인데 여자는 삼십대 후반이나 사십대 초반처럼 보였다.

"어, 어제부터 윗방에서 세를 들기로 한 사람입니다." 내가 말을 더
듬거리며 말했다.

여자가 "아!" 하고 짧은 탄성을 지르고 고개를 끄덕였다. 그리고 내
손에 있는 소주병을 무표정하게 쳐다봤다.

"허락도 없이 술을 꺼내 마셔서 죄송합니다. 술값은 나중에 제가
꼭……" 내가 작은 목소리로 우물쭈물 말했다.

여자가 아무 말도 없이 식당 부엌으로 들어가더니 몇 분 후 삶은 백
합을 들고 나와 테이블 위에 올렸다.

"술 마시는 것 가지고는 뭐라 안 할 테니 내 집에서 깡술은 먹지 말
아요. 당신은 몸 상하고 나는 자존심 상하니까." 여자가 말했다.

방금 삶았는지 여자가 들고 온 백합에서 모락모락 김이 올라왔다.
새벽부터 몰래 숨어 술을 마시고 있는 이 한심한 술꾼에게 여자가 베
푸는 환대가 의아했다. 아니, 자기 집에서 '깡술'을 마시면 자존심이
상한다는 이 여자에게 갑자기 존경스러운 마음이 들었다. 어서 먹으
라는 듯 여자가 나를 지켜보고 있었다. 나는 여자를 향해 가볍게 고개
를 숙이고 백합 하나를 까서 입속에 집어넣었다. 두툼한 조개의 속살
이 따뜻하고 부드러웠다.

"천지가 술잔인데 왜 병나발을 불어요?" 여자가 나무라듯 말했다.

여자가 식기건조기에서 글라스 두 개를 꺼내오더니 내 잔에 소주를 따르고 또 자기 잔에 조금 따랐다. 여자가 자기 잔에 있는 술을 단번에 마셨다. 그리고 백합을 하나 까서 입속에 집어넣었다. 잘 삶아졌다는 듯 여자가 연신 고개를 끄덕였다.

"트럭 운전할 줄 알아요?" 여자가 난데없이 물었다.

"네?"

"오토 말고 스틱 차량 몰 줄 아냐고요."

"예전에 아르바이트로 배달 일을 조금 했었습니다."

"잘됐네. 그럼 저 좀 도와주시겠어요?"

"지금요? 지금은 술을 마셨는데요?"

"이 시골에서 어떤 미친 경찰이 새벽 5시에 음주 단속을 하겠어요?" 음주운전이 뭐 대수냐는 듯 여자가 무덤덤한 표정으로 말했다.

운전을 할 수 있을까? 고개를 갸웃거리고 있는 동안 여자는 이미 밖으로 나가 식당 앞에 주차해놓은 1톤 트럭에 올라타서 시동을 걸고 있었다.

"빨리 타요. 시간 없어요." 운전석에서 여자가 소리쳤다.

마시던 술잔을 식탁 위에 올려놓고 나는 허겁지겁 트럭 조수석에 올라탔다. 내가 문을 채 닫기도 전에 여자는 기어를 넣고 트럭을 출발시켰다. 여자는 운전을 잘했다. 길 양옆으로 차들이 빼곡히 주차되어 있는 좁은 골목을 능숙하게 빠져나가더니 금세 강둑길 위로 차를 올려놓았다. 이렇게 운전을 잘하는데 술까지 마신 나를 굳이 왜 데려가는지 이해할 수 없었다.

"운전 잘하시네요." 내가 물었다.

"그 술주정뱅이 새가슴보다는 내가 좀 낫죠." 여자가 피식 웃으며 말했다.

술주정뱅이 새가슴은 남편인 허대를 말하는 모양이었다.

"저는 뭘 하면 됩니까?" 내가 물었다.

"아 참! 어시장에 가면 트럭 댈 데가 마땅치 않거든요. 주차 아저씨들이 거 무슨 대단한 벼슬이라고 유세가 장난이 아니에요. 그렇다고 트럭을 너무 멀리 대놓으면 나중에 물건 들고 올 때 힘들어요. 그러니까 주차 아저씨들 피해서 적당한 데서 눈치보며 기다리다가 제가 시장에서 나올 때 픽업만 해주면 돼요. 그 정도는 할 수 있죠?"

"네."

"초면에 이런 부탁해서 죄송해요." 여자가 전혀 죄송하지 않은 얼굴로 쾌활하게 말했다.

"별말씀을요."

"그나저나 어제 그 인간들이랑 같이 술 마셨죠?"

"네?"

"우리 남편이랑 부동산 중개업 하는 허삼식이랑."

"네."

"어디서 마셨어요?"

"그냥, 거기, 그러니까 그 근처에서." 내가 우물거렸다.

"뭐라 안 할 테니 솔직하게 말해봐요."

"그냥, 그 근처에서 간단하게 마셨습니다. 가게 이름은 잘 모르겠고요. 아! 방파제 옆 포장마차에서 마셨어요."

"희락이냐고 스펀지냐고." 여자가 갑자기 큰 소리로 윽박을 질렀다.

"스펀지요." 여자 소리에 깜짝 놀라서 나도 모르게 대답이 튀어나왔다.

"스펀지 이 시발년, 내가 그 인간한테 한 번만 더 술 팔면 죽여버린다고 분명히 경고했는데. 내 말을 귓등으로 듣고 기어이 술을 팔아? 이 잡년을 오늘 내가 가만 놔두나봐라."

여자가 흥분해서 마구 욕을 하며 운전대를 이리저리 돌렸다. 강둑을 달리던 트럭이 덩달아 흥분해서 지그재그로 요동을 쳤다. 나는 트럭 모서리에 있는 손잡이를 꼭 잡고 무슨 죄인이라도 된 것처럼 가만히 앉아 있었다. 잠시 후 여자가 다소 진정이 된 목소리로 말했다.

"다음달에도 우리집에 있을 거면 월세는 반드시 저한테 주세요. 그 미친 인간한테 주지 말고."

"알겠습니다." 내가 공손하게 대답했다.

시장에 도착하자 여자는 나에게 트럭을 맡기고는 손수레를 끌며 어판장으로 들어갔다. 해도 뜨지 않은 새벽인데도 어시장은 수많은 트럭으로 붐볐다. 모자와 가슴에 번호표를 단 경매인들이 밤새 어부들이 잡아온 싱싱한 생선들을 놓고 큰 소리로 흥정을 하고 있었다. 그리고 그녀 말대로 주차단속원들이 무슨 대단한 벼슬이라도 하듯 거드름을 피우며 시장 입구에 정차한 차들을 향해 소리를 지르고 있었다. 하지만 주차단속원들은 내가 있는 트럭까지는 오지 않았다. 나는 담배를 한 대 물고 시장을 오가는 무수한 사람들과 트럭들 그리고 얼음을 가득 채운 나무상자 위에서 어시장 불빛을 받아 유독 빛나고 있는 생선들을 바라봤다.

여자는 채 20분도 되지 않아서 시장 입구로 나왔다. 여자가 끌고 간 손수레에 각종 조개들과 말린 생선들, 그리고 아귀와 대구와 갈치와 고등어와 가자미 같은 생물들이 가득 들어 있었다. 20분 만에 샀다고 는 믿기지 않을 만큼 어마어마한 양이었다. 나를 찾는지 여자가 고개 를 이리저리 돌리며 두리번거렸다. 내가 재빨리 트럭을 몰아 시장 입 구에 차를 댔다. 주차단속원이 호각을 불며 거기에 트럭을 대면 어쩌 냐고, 빨리 차를 빼라고 고래고래 소리를 질렀다. 하지만 나는 주차단 속원의 말에 아랑곳하지 않고 꿋꿋하게 트럭을 박아둔 채 여자를 향 해 소리를 질렀다. 시장이 워낙 시끄러워서 여자는 내 목소리를 못 듣 는 것 같았다. 나는 트럭에서 내려 여자에게 달려갔다. 그리고 여자 와 함께 손수레를 끌고 와서 생선들을 트럭 짐칸에 올렸다. 주차단속 원이 욕설을 해대며 연신 호각을 불어대고 있었다. "아, 그놈들 더럽 게 삑삑거려쌓네." 여자가 웃으며 말했다. 짐을 다 올리고 여자는 아 주 재빠른 동작으로 다시 운전석에 올라탔다. 그리고 트럭을 출발시 켰다.

트럭이 복잡한 어시장 골목을 빠져나와 다시 강둑길로 올라서자 여 자는 콧노래를 부르며 어깨를 살짝 들썩거렸다. 그리고 옆에 있는 나 를 힐끔 바라봤다.

"오늘 시장은 아주 좋아요. 물건도 좋고 값도 싸고." 여자가 좋은 생선을 싸게 사서 기분이 좋은지 함박웃음을 지었다. "생선도 좋고 조개도 좋고 옆에 잘생긴 남자도 있고, 오늘은 기분 아주 최고네." 여 자가 그 특유의 높고 쾌활한 톤으로 말했다.

문득 여자의 말하는 투가 허대와 닮았다는 생각이 들었다. 허대도 말끝마다 "오늘 기분은 아주 최고"라는 말을 했었다. 부부는 닮는다. 아내와 살면서 나도 종종 그런 걸 느꼈다. 그러니까 부부는 서로를 미워하며 기묘하게 닮아간다.

"보기보다 강단 있으시네요?" 여자가 말했다.

"네?" 무슨 뜻인지 몰라 고개를 갸웃하며 내가 물었다.

"주차 아저씨들이 그렇게 욕을 하고 빽빽거리는데 버틸 줄도 알고. 우리 남편 허대는 새가슴이라 조금만 빽빽거리면 저 멀리로 차를 빼버리거든요."

"아! 네. 뭐 그 정도 가지고. 예전엔 다른 건 몰라도 버티는 재주 하나는 있었는데, 요즘은 그것도 신통치 않네요."

말하고 나니 자랑도 아니고 푸념도 아닌 이상한 말이 되어버렸다. 하지만 내 말이 쓸쓸하게 들렸는지 여자가 나를 보고 슬픈 표정을 지었다.

"여기 얼마나 계실 건데요?"

"아직 잘 모르겠어요."

"그럼 우리집에 있는 동안만 나 좀 도와주면 안 돼요? 오늘처럼 새벽에 픽업만 해주면 돼요. 그럼 월세 안 받을게. 밥도 공짜, 술도 공짜, 월세도 공짜. 아저씨 완전 봉 잡은 거야." 여자가 쾌활하게 말했다.

여자가 그렇게 말해주자 아무 한 일도 없는데 괜히 뿌듯한 마음이 들었다. 나는 선뜻 대답을 못 하고 차창 밖으로 고개를 돌렸다. 강 끝에 갈대들이 아침 햇살을 받아 반짝거렸다. 갈대들이 강의 끝에 서 있는 건지 바다의 입구에 서 있는 건지 갑자기 궁금해졌다. 저기 보이는 끝까지, 그리고 그 너머까지 다 우리 할아버지 땅이었지, 하고 허대는 말했다. 오래전에 자기들의 땅이었던 곳을, 술값으로 다 날려버려서 지금은 남의 소유가 되어버린 땅 위를, 별일도 아니라는 듯 씩씩하게 1톤 트럭을 몰고 가는 여자의 얼굴이 아름다워 보였다. 문득 왜 사내들이 여자를 두고 코끼리를 닮았다고 하는지 이해가 되었다. 확실히 그녀는 코끼리를 닮았다. 아니면 코끼리가 그녀를 닮았거나.

"혹시 코끼리 닮았다는 말 들어보셨어요?" 내가 물었다.

"누가 그래요? 허대 그 인간이 그랬죠? 이게 내가 불쌍해서 같이 살아주는 줄도 모르고 어디 이쁜 마누라를 낼 게 없어서 코끼리에 갖다대. 기린도 아니고 코끼리가 뭐야, 코끼리가." 여자가 흥분해서 소리를 질렀다.

"에이, 기린보다야 코끼리가 훨씬 낫죠."

"코끼리가 낫긴 개뿔이 나아요? 기린이 훨씬 낫지. 기린이 얼마나 예쁜데. 목도 길고. 다리도 날씬하고. 게다가 기린은 피부도 얼마나 좋은데."

강둑을 달리며 여자는 내내 투덜거렸다. 코끼리도 예쁘고, 기린도 예쁘다고, 나는 창밖을 바라보며 혼잣말처럼 중얼거렸다. 차창으로 아침 햇살이 쏟아져들어와 내 얼굴을 비췄다. 눈부시고, 따뜻하고, 포근한 햇살 때문에 금세 졸음이 쏟아지기 시작했다.

풋워크의 소설

강동호(문학평론가)

1.

　세계에 싸움을 거는 소설을 상상한다는 것은 가능한 일인가. 물론,
이 물음은 애초부터 답을 찾을 필요가 없는 동어반복의 질문에 불과
할지도 모른다. 본래 소설가라는 존재는 현실에 시비를 걸고 반항을
일삼는 껄렁한 존재들이고, 소설을 쓴다는 것은 세상과 싸움을 벌인
다는 말과 다르지 않기 때문이다. 그런 의미에서 보자면 소설사야말
로 세상을 새삼 문제삼고 그와 일전을 벌였던 어떤 유구한 싸움의 기
록과 같은 것이다. 물론 그 싸움에서 불리했던 것은 언제나 소설 쪽이
었다. 말하자면 체급부터가 다르다는 것인데, 과연 세상에 시비를 거
는 소설에 아랑곳 않는 세상의 저 완강하고도 무지막지한 태도는 어
지간해서는 변하지 않는다는 사실을 우리는 인간이 그간 반복해온 역
사의 비정함을 통해 확인할 수 있었을 것이다. 그러니 이 싸움의 승부
에 내기를 거는 냉정한 도박사라면 세계 쪽에 자신의 판돈을 걸고 싶

을 수밖에 없는 것은 당연하다. 한마디로 애당초 승산 없는 싸움이 될 수밖에 없다는 뜻이다. 그러나 승패가 결정되어 있는 것처럼 보인다고 해서 어찌 소설이 세계와의 싸움을 중단할 수 있겠는가. 사정이 그러하다면, 세계와의 싸움에 임하기 위해서는 조금쯤은 신중하고도 냉정히 자신을 되돌아보는 단계가 필요할 것 같다. 강한 적과 싸우려들수록 최소한 적을 알고, 나를 알아야 하며, 그에 따른 소설가 자신만의 효과적인 전략을 특별히 마련해야 한다. 그렇다면 묻지 않을 수 없다. 세계는 어떤 존재인가. 그리고 그에 대해 싸움을 거는 소설은 무엇이며, 그 소설이 택할 수 있는 전략에는 어떤 것이 있을까. 이 물음에 차례로 답하는 방식으로 김언수의 단편집 『잽』을 읽어보자.

2.

첫번째 질문, 세계란 어떤 존재인가. 김언수는 세계를 그저 통속적이고 지루한 곳, 변화의 여지란 애당초 발견될 수 없는 따분한 공간이라고 일관되게 말하는 것처럼 보인다. 이미 『캐비닛』이나 『설계자들』과 같은 탄탄한 장편들을 통해, 작가는 판타지와 스릴러 장르의 문법이 혼합된 흡인력 있는 이야기를 만들어냄으로써 냉혹함과 비정함을 야기하는 자본주의 체제의 재생산적 구조를 문제삼은 바가 있다. 가령, 『설계자들』에서 김언수는 청부살해라는 대중문화적 코드를 활용하여 '거대한 카르텔'로서의 완강한 세계에 대한 사회적/역사적 설계도를 대담하게 그려내고야 말았던 것이다. 핍진한 묘사나 사실적인 인물에 대한 설정 따위는 과감하게 생략한 채 어떤 장르적인 문법에 기반하여, 작가는 지금 우리의 현실에서 맹위를 떨치고 있는 힘의 역

학관계를 알레고리적으로 형상화하는 데 성공했던 것이다. 흥미로운 것은 대중적 내러티브의 통속적 요소들을 아무렇지 않게 채용하면서 결국 권력의 구조가 지니고 있는 통속성 자체를 겨냥하는 작업이야말로 김언수의 소설적 전략의 핵심에 가까웠다는 점이다. 그러한 작가의 이력을 감안해볼 때, 우리는 그의 첫 단편집 『캡』에서 작동하고 있는 소설적 메커니즘은 이전의 작품들과는 조금 다르게 보인다고 말할 수 있을 것이다. 그의 이전 장편들이 대개 통속의 구조를 활용해 세계의 구조적 통속성 자체를 낯설게 바라볼 수 있는 메타적인 위치로 독자를 이끌었던 것에 반해, 김언수의 첫 단편집에 실린 소설들은 대개 세계의 구조보다는 그 구조 안에서 발생하는 삶의 통속적인 단면들 자체와 직접 대면할 수 있는 현실의 밑바닥 현장으로 우리를 직접 안내하려는 것처럼 읽힌다. 이는 의미 있는 사건이 좀처럼 일어나지 않는 권태로운 시공간을 마치 상투적인 통속극의 한 장면처럼 가감 없이 그리는 데 작가가 좀처럼 주저함이 없다는 뜻이기도 하다. 왜 그런 것일까? 그 결정적인 이유가 직접적으로 고백되는 장면을 소설의 한 대목에서 가져와본다.

"시시한 느낌 같은 것 말이지? 삶에 대해 더이상 기대할 것도 없고 그래서 더이상 불안할 것도 없는 뭐 그런 기분."
"비슷해. 뭐 그런 기분이지."
"나도 알아, 그런 기분. 인생에서 일어나는 일이라고는 소파를 들고 들어왔다가 다시 소파를 들고 나가는 한심한 일들뿐인 거지."(「소파 이야기」, 197쪽)

말하자면, 넌더리나는 상투적인 삶이 따분하고 피로하다는 것이다. 현실에 대한 그 어떤 기대감도 없고 따라서 욕망이 달성되지 못할 것이라는 불안감도 없는 삶만이, 지지부진한 인물들을 통해 지리멸렬하게 연명하듯 그려지고 있다. 깊이 있는 '내면' 따위는 찾아보기 힘든 장삼이사들의 무기력한 행동양태만이 소설의 전반에 걸쳐서 계속해서 나타나고, 불행이 관습처럼 반복되는 지루한 세계 속에서 벤야민적인 의미의 경험의 가능성을 잃은 얄팍한 삶만이 되풀이해서 재현되고 있는 것이다. 그러니 저 피로와 권태를 주추로 삼고 있는 소설에서는 그 어떤 자극적인 사건이 발생한다고 해도 그저 자연화된 일상의 풍경 속에서 덧없이 휩쓸려갈 뿐이다.

이를테면 단편 「단발장 스트리트」를 보자. 이 소설은 하루살이처럼 살아가고 있는 밑바닥 인생들의 통속적인 일상을 그려내고 있다. 주인공 '나'는 창녀 '야우'와 함께 살고 있는 술집의 웨이터이며, 매일매일을 폭음과 기억이 없는 무책임한 폭력 그리고 목적을 잃은 실랑이가 오가는 "우울한 쓰레기통"에서 겨우 연명하는 존재이다. 미래에 대한 삶의 전망은 물론이고 현재의 의미도 말라버린 삶, 마치 매일 듣는 욕설처럼 날것 그대로의 하류 인생만이 무표정하게 반복될 뿐이다. 그러던 어느 날 주인공이 일하는 술집에서 단골 '잭'과 '두꺼비'가 시비가 붙게 되고, 이어서 마초 냄새 물씬 풍기는 홍콩 누아르에서나 나올 법한 장면이 이어진다.

잭이 자리에서 일어나 두꺼비 쪽으로 걸어왔다. 잭은 잠바 주머니에서 칼을 꺼내더니 바의 중간에 꽂았다. 그리고 그 옆에 동전을 하나 올려놓았다. 바의 천장에서 내려오는 조명 불빛 때문에 잭이 꽂은 칼과 동전은 아주 기묘해 보였다.

"적당한 게임이 하나 있지. 나도 감옥에 있을 때 말로만 들었지 아직 한 번도 안 해봤어. 본 적도 없고. 하지만 규칙은 아주 간단해. 동전을 던져서 지는 놈이 손가락을 하나씩 자르는 거지. 가령 앞면이 나오면 내가 손가락을 하나 자르고, 뒷면이 나오면 자네가 손가락을 하나 자르는 거야. 물론 자네가 동전 앞면에 손가락을 자르고 싶다면 그렇게 해도 좋아. 누구든 그만 하자고 말하는 놈이 지는 거지. 우린 둘 다 손가락이 멀쩡하니까 동전을 스무 번 던지기 선에는 게임이 끝나겠군. 공평하고 정직한 게임이지. 어때, 할 수 있겠나?"(「단발장 스트리트」, 84쪽)

예상대로, 잭은 첫 내기에서부터 지게 되고 일말의 망설임도 없이 자신의 손가락을 자른다. 그 모습에 공포를 느낀 두꺼비는 도망을 치고, 잭은 병원에 가는 대신 피를 흘리며 여유롭게 술을 마신다. 그는 승리한 것일까. 그러나 다음날 잭은 칼에 찔린 채 마치 버려진 쓰레기마냥 싸늘한 주검으로 발견된다. 주인공은 유력한 용의자로 의심받는 두꺼비의 거짓 알리바이를 만들어주는 대가로 돈을 받고 경찰에 거짓 진술을 하면서 이야기는 마무리된다. 결국 변할 것 없는 나의 인생을 완성하는 것은 바로 저 주인공의 무기력한 의지이다. 때문에 이 단편을 주름잡는 누아르적인 우울은, 비장미로도 고양될 수 없는 성격의 것이다. 그저 하류 인생의 무력하고도 빤한 이야기를 드러내며, 우울한 쓰레기통을 하염없이 바라보는 주인공의 시선에서 허무하고도 우울한 통속미가 드러날 뿐이다.

　김언수의 소설들은 이렇듯 작가가 세계의 지루함에 완전히 잠식되어 있다는 점을 보여주는 일상들을 심드렁하게 재연한다. 이를테면 돈이 아까워 병상에 누운 아버지를 방기하다가도 자신의 쾌락을 위해서라면 기꺼이 돈을 쓰는 주인공의 아이러니한 자기분열을 그린 「빌어먹을 알부민」이나, 알코올중독으로 대학에서의 안정적인 직장을 잃고 해안의 작은 마을에서 전전하는 삶을 묘사한 「하구(河口)」 등의 경우, 우리는 곳곳에서 어딘가 익숙해 보이는 생활 밀착형의 통속적 이야기들의 전형과 마주치게 된다. 그러나 그것이 김언수 소설로 하여금 사실주의적인 세계에만 머물게 하지는 않는다. 이 통속적 현실성이 극대화될 때, 그의 소설 공간은 너무나 현실적이라서 오히려 비현실적인 공간으로 변모하기도 하기 때문이다. "어이없는 일이었다. 내가 술을 잘 마시는 것이 왜 사내들에게 저토록 기쁨이 되는 걸까? 두 사람의 수작도, 이 이상한 술집도, 그리고 술집으로 걸어오면서 내내 봤던 강 하구에 펼쳐진 넓고 넓은 이 평야도, 어제까지 서울에 있던 내가 여기까지 내려와 있다는 것도 모두 낯설고 비현실적으로 느껴졌다. 어떤 비현실이 내 머릿속을 가득 채운 후 다시 흘러나와 이 싸구려 지하 술집과 저 사내들의 머리까지 가득 채운 기분이었다" (「하구(河口)」). 어쩌면 김언수 소설이 포착하고 있는 통속성은 지나치게 가감이 없는 현실성에서 비롯된 것일 수도 있지만, 이 현실적 통속성이 어떤 전형적인 뼈대만을 갖춘 상태에서 태연하게 전개될 때, 우리는 너무나도 통속적인 현실의 이상한 비현실성이 발휘하는 낯섦과 대면하게 되는 순간을 맞이할 수도 있다.

「금고에 갇히다」는 제목 그대로 금고털이를 기획했던 두 명의 도둑과 그 기획에 공모한 여자가 겪은 어처구니없는 비현실적인 이야기를 소재로 삼고 있다. 이야기는 금고를 열고 들어가는 데까지는 성공했지만 내부 협력자였던 여자의 어처구니없는 실수로 인해 꼼짝없이 금고 안에 갇힌 상황 설정으로 시작한다. 금고 바깥으로 탈출할 수 있는 기회가 완벽히 사라진 상태에서 그저 경찰에 잡힐 시간만을 무료하게 보내고 있던 이 세 인물의 상황은 현실의 바깥을 좀처럼 상상할 수 없는 이 시대의 막막한 폐쇄성에 대한 우화적인 알레고리 같은 것으로 읽을 수 있을 것이다. 그리고, 계획대로라면 특급 호텔에서 여러 미녀들을 거느린 화려한 삶을 보냈어야 했겠지만, 그 희망이 신기루처럼 날아갔다는 사실을 인정하며 지리멸렬하게 자신들의 시간만을 죽이며 살아가는 이들이야말로 아무런 전망도 없이 근근이 삶을 이어가는 현대인들에 대한 냉소적인 비유에 다름 아닐 것이다. 물론, 이 지루한 시간을 보내는 것도 결코 쉬운 일은 아니다. 때문에 그들이 그 폐쇄적인 세계를 살아가기 위해서 의존하는 것이 바로 또다른 환상이라는 점을 이해하는 것은 여러모로 중요해 보인다. 그런 맥락에서 볼 때, 다음과 같은 고백은 결정적인 대목 중 하나이다.

사람들은 사기꾼이 거짓을 파는 직업이라고 생각한다. 하지만 그것은 틀린 말이다. 사기꾼은 환상을 파는 직업이다. 그리고 그 환상은 거짓보다 진실에 훨씬 가깝다. 진실에 가까운 환상 때문에 사람들은 자신이 갈 수 없는 곳에 가려 하고, 자신이 움켜쥘 수 없는 것들을 움켜쥐려고 한다. 자신이 진실이라고 믿는 환상 때문에 사람들은 사기꾼과 손을 잡는다.(「금고에 갇히다」, 47쪽)

이 말은 김언수 소설의 전체를 집약하고 있는 현실관을 요약적으로 대변하고 있는 것인지도 모른다. 흥미롭게도 이러한 지적은 그 말의 당사자인 금고털이범에게도 그대로 적용된다. 무료하게 시간을 죽이고 있던 금고털이범들이 갑자기 삶에 대한 의욕을 불태우기 시작하는 순간은 바로 저 환상에 사로잡히는 순간이기 때문이다. 자신을 범행과 무관한 인물로 증언해주면 이들 중 한 명과 섹스를 해주겠다는 여자의 제안을 받아들고, 두 금고털이범은 그 쾌락의 수혜자가 되기 위해 갑자기 거의 강박에 가까울 정도로 그 가능성에 집착하기 시작한다. 이 행운에 대한 집착이 사기꾼 주인공이 말한 저 현실보다 더 현실과 같은 환상의 통속성에서 비롯되었음은 두말할 나위가 없을 것이다. 이 소설의 인물들이 물리적으로 갇혀 있는 곳은 금고지만, 그들이 진정으로 갇혀 있는 곳은 바로 저 환상의 통속성에 다름 아니다. 이들이야말로 그 통속적인 환상의 수인에 가까운 현대인들의 대표적인 자화상인 셈이다.

3.
그렇다면 이러한 세계의 압도적인 통속성에 맞서는 작가는 어떤 존재이며, 이와 싸우기 위해서는 어떤 전략이 필요할까. 글쓰기에 대한 자의식이 언뜻 드러나는 몇 작품들 중에서도 「참 쉽게 배우는 글짓기 교실」은 그러한 글쓰기에 대한 자기 의식적인 우화와 패러디적인 비아낭거림이 노골적으로 피력되는 소설이다. 「참 쉽게 배우는 글짓기 교실」은 다분히 카프카의 『소송』을 연상시키는 모티프로 시작된다. 어느 날 느닷없이 영문도 모른 채 신원을 알 수 없는 남자들에게 납치된 주인공 송정오는 자신이 전혀 관여하지 않은 어떤 암살 사건의 용의자로 몰리고, 그 사건의 자초지종에 대해 자백할 것을 요구받는다. 결국 주인공은 저 부당한 고문이 주는 고통에 굴복하고 자신이 저지르지도 않은 사건에 대한 허구적 진술서를 쓰기로 결심한다. 그런데, 문제는 거기서부터 소설이 이상한 방향으로 흘러간다는 데에 있다. 일종의 부조리극의 한 장면처럼 어느 순간부터 소설은 방향을 선회하여 다소 과도하다 싶을 정도로 진술서를 쓰는 주인공의 처시와 그에 대한 메타적인 첨언들을 늘어놓기 시작하는데, 바로 그 장면이야말로 김언수의 소설 쓰기에 대한 자의식이 직접적으로 노출되는 대목이라고 할 수 있을 것 같다.

카키색 양복은 의자에 앉아서 담배를 한 대 물면서 내가 쓴 진술서를 다시 읽었다.

"문장은 짧게 써. 그래야 명료해 보이고 읽는 사람이 이해도 잘 되지. 쓸데없는 수식어는 붙이지 말고, 참으로 광택이 나고 보기에도 무시무시해 보이는 검은색 소음기 장착 토카레프 권총이라고 쓰지 말고 그냥 간단하게 토카레프. 이렇게 쓰란 말이야."

나는 한마디도 빠뜨리지 않겠다는 듯이 카키색 양복의 말이 나올 때마다 고개를 끄덕거렸다.

"그리고 닥치는 대로 묘사하지 말란 말이야. 워커힐 호텔 주차장

에 어떤 차들이 있었느니, 쓰레기통은 무슨 색깔이었느니, 호텔 직원
들 복장은 어떠했느니 하는 것들은 전혀 필요 없는 거잖아? 너는 암살
범이니까 너에게 필요한 요원의 표식 같은 것이라든지, 김석산이 어떤
자세로 죽어갔는지 뭐 이런 것만 쓰면 돼. 왜 모든 걸 다 쓰려고 하나.
그러니 별말도 아닌데 분량만 이렇게 많아지지. 진술서의 핵심은 경제
성이야, 경제성. 경제적인 문장 말이야. 알겠어?" 카키색 양복이 물었
다.(「참 쉽게 배우는 글짓기 교실」, 138~139쪽)

진술서 쓰기에 대한 이 같은 지적이 소설 쓰기에 대한 소설가의 직
접적인 훈수에 다를 바 없다는 사실을 눈치채는 것은 그리 어려운 일
이 아니다. 흥미로운 것은 위 소설의 주인공이 실제보다 더 진실에 가
까운 그럴싸한 진술서를 거의 기계처럼 쓰는 편집증의 수준에 도달한
다는 것이다. 여기서 노출되는 소설 쓰기에 대한 자의식의 의미는 비
교적 명백하다. 「지배와 해방」에서 이청준은 글을 쓰게 만드는 원동
력이 무정한 세상을 향한 복수심이라고 했지만, 김언수의 편집증적인
글쓰기의 원동력은 그러한 강박적 복수심과도 조금은 달라 보인다.
이것은 김언수의 소설이 일종의 수인(囚人)의 글쓰기라는 것, 그리고
그것이 세상에서 비롯된 고문과 같은 압력에 대한 굴종의 일환이라
는 의미를 담고 있다. 소설에 대한 고전적 자의식을 포기하지 않는 이
들이라면, 이렇듯 고문자의 요구에 굴종하는 글쓰기가 어딘지 마뜩지
않게 느껴질지도 모른다. 그러나, 그의 편집증적인 글쓰기가 세계에
대한 완전한 굴복을 의미하는 것은 아니다. 왜냐하면 고문의 공포에
순응한 저 글쓰기가 그려내는 세계의 윤곽이 드러날 때, 우리는 이 편

집중자가 무의식적으로 수행하고 있는 작업이 세계에 대한 조롱이었음을 자각할 수 있기 때문이다.

　나는 날마다 진술서 속의 이야기들을 상상하고 느끼고 호흡했다. 그러자 나는 진술서의 세계가 점점 좋아졌다. 아무런 의혹도 모순도 없는 세계! 이처럼 논리적이고 명확한 곳은 이 세상 어디에도 없지! 하고 나는 중얼거렸다. 그러므로 나는 이제 더이상 나에게 암살범이라는 가짜 암시를 주지 않아도 되었다. 나는 암살범 그 자체이고, 진술서 그 자체였다. 나는 이제 자료만 준다면 어떤 진술서도 열두 시간 안에 완벽하게 써낼 수 있을 것 같았다.(「참 쉽게 배우는 글짓기 교실」, 143쪽)

　아무런 의혹도 모순도 없는 완벽한 세계라는 것이 과연 존재할 수 있을까. 만약 그것이 가능하다면 그것이야말로 세상 어디에도 없는 낯선 세계일 수밖에 없을 것이다. 사실, 암살범 자체와 극단적으로 동일시를 하고 그로부터 논리적으로 완벽한 세계를 창안하는 것이야말로 통속적인 드라마의 전형적인 문법과 형식이 아닌가. 그런 의미에서 이 소설의 마지막 장면에서 발생하는 자기분열적 아이러니는 징후적이다. 철저하게 외부의 요구와 욕망에 순응하는 글쓰기를 끝까지 수행하는 것이야말로 거꾸로 이 세계의 통속성을 폭로하는 어떤 첩자의 글쓰기일 수 있다는 점을 보여주니 말이다.
　이 지점에서 우리는 김언수 소설집을 소재주의적 통속성과 구분시킬 수 있는 실마리를 발견할 수 있을 것이다. 보통 통속이라는 단어는 다분히 부정적인 뉘앙스를 내포하고 있다. 무엇보다 저 통속성이라

것이 우리가 보고 싶어하는 삶의 전형적인 형상을 반복적으로 보여주는 모방의 형식이라는 인식이 만연해 있기 때문일 텐데, 그런 의미에서 흔히 예술은 통속적인 현실의 삶을 거부하는 정신의 고결한 귀족주의적 투쟁이라는 통념이 만연하고 있지만, 이를 아주 단순하게 받아들이는 것이야말로 예술에 대한 바른 접근이라고 보기는 힘들다. 가령, 우리의 일상을 이루는 대중문화의 문법들의 상투적인 매혹들, 매번 예측 가능한 이야기만을 늘어놓는 엉성하기 짝이 없는 TV 드라마의 매력을 생각해보자. 문제는 그것들이 미학적으로 하등의 가치가 없다는 사실에 있는 것이 아니라, 반대로 그 저열한 매혹들이 충분히 매력적이라는 데에 있다. 그리고 그 매력이 갖고 있는 추동력은 많은 경우 삶의 어떤 진실의 단면을 지나치게 수용적인 태도로 모방한다는 데에서 비롯된다. 즉, 그 저열한 욕망의 값어치 없음을 우리가 무시하면서도 거기에 은밀히 매료되는 까닭은 바로 그 통속성이야말로 민낯으로 드러난 우리 삶의 진정한 얼굴을 드러내주고 있기 때문일 것이다. 현대시의 시원으로 일컬어지는 보들레르가 퇴폐적인 유곽 안에 기거하며 창부들이 바르는 싸구려 화장품을 예찬하고 아케이드의 진열장에 놓여 있는 평범한 상품들에 대한 수집가적 열정을 불태웠던 것도 같은 맥락에서 이해할 수 있을 것이다. 혹은, 반대로 그가 댄디즘에 깊이 천착했던 이유 역시 우아하고 세련된 미적인 라이프스타일을 영위하려 했기 때문이 아니라, 자신의 삶을 치장하려는 욕구가 극단적으로 추구될 때 비로소 그 위선에 가려져 있던 통속적인 현실 일반이 드러나며, 그 통속의 경박함 속에 녹아 있는 정신적 무게를 드러내는 작업이야말로 오만한 정신주의의 소산일 수 있기 때문이다.

김언수가 저열한 거리의 풍경에 특별히 눈길을 주었던 사연 역시 이와 유사한 맥락과 관련 있다고 할 수는 없을까. 비록 정신주의라고까지 말할 수는 없겠지만, 여기에는 최소한 자기가 습관처럼 소비하고 있는 내 삶의 시간이 어딘지 잘못되어 있다는 강한 자의식이 자리하고 있다고 할 수는 있을 것 같다. 그런 점에서 보면 김언수의 소설 쓰기는 바로 저 압도적인 통속의 환상 속으로 기꺼이 뛰어들어 그것을 해부하는, 일종의 첩자의 삶에 다름 아니라고 할 수도 있을 것이다. 물론 통속성 속에서 살아가면서, 그것의 정체를 폭로하는 첩자의 삶을 이어가는 것은 말처럼 그리 쉬운 일은 아니다. 무엇보다 그것은 삶의 통속성에 대한 위선적 거리를 지우는 작업에 다름 아니며, 그리하여 불가피하게 "나는 확실히 개자식이지"(「꽃을 말리는 건, 우리가 하찮아졌기 때문이다」)라는 자기모멸을 감수하는 데에서 시작될 수밖에 없기 때문이다. 우리 삶의 어디에나 편재하고 있는 통속의 평범성을 인정해야 하므로, 그만큼 쉽게 자신의 삶에 대한 허무주의적인 권태에서 벗어나는 길을 탐색하기가 어렵다는 의미이기도 하다. 그렇다면 문제는 그 냉소의 늪에서 벗어날 수 있는 어떤 방법의 실마리를 발견하는 일일 것이다. 그의 전작 『설계자들』의 주인공인 '래생'이 떠안아야 했던 것도 그와 같은 문제였지만, 그가 끝내 어떤 인상적인 소설적 캐릭터로 우리의 기억에 남을 수 있었던 것 역시 바로 저 상투성의 압도적인 피로를 극복하는 방법을 알았기 때문일 것이다. 그러니 저토록 만연해 있는 삶의 통속성 및 권태와 싸울 수 있는 방법을 터득해야 한다. 이 소설집에서 「잽」이 가장 인상적으로 읽힐 수 있었던 것은 그 일말의 가능성이 드러나는 일종의 유일한 성장담이기 때문일 것이다.

「잽」의 주인공은 평범하게 살아가고 있는 고등학교 1학년생이다. 그 나이 또래의 아이들이라면 으레 그러하듯, 우리의 주인공은 어른들의 세상이 요구하는 덕목에 대해 호기롭게 비아냥거리는 삐딱한 자세를 유지하고, 때로는 급격하게 분노하기도 한다. '소년들이여 야망을 가져라!'라는 상투적이면서도 고압적인 목표를 내세워 학생들에게 강요하던 시절, 주인공은 수업 시간에 창문 밖의 아름다운 풍경에 매료되어 저도 모르게 탄성을 뱉었다는 이유로 당시 윤리를 가르쳤던 '실리카겔'에게 부당한 대우를 받게 된다. 자신의 잘못을 납득할 수 없었던 주인공은 끝내 반성문 쓰기를 거부하고, 대신 졸업할 때까지 매주 토요일마다 테니스장과 그 옆의 화장실 청소를 하라는 벌을 받는다. 이 불공정한 처사에 분개하던 주인공은 우연히 광고 포스터를 보고 권투를 배우기 시작한다. 거기서 그는 관장으로부터 권투의 기술 중 하나인 '잽'을 배운다. 소설의 한 장면이다.

"이게 잽이라는 거다. 어깨와 주먹에 힘을 빼고, 툭툭, 주먹으로 치는 게 아니라 냉장고에서 방울토마토를 재빨리 꺼내온다는 느낌으로 팔을 뻗는 거야. 툭툭, 스텝을 밟으면서 기계적이고 반복적으로, 툭툭, 발의 움직임을 따라 몸에 리듬을 타면서, 툭툭, 상대가 짜증이 나도록, 상대가 초조해지도록, 상대의 얼굴에서 서서히 분노가 차오르도록 툭툭, 계속해서 날리는 거야. 그럼 알아서 무너져. 잽으로 다 무너뜨린 다음 한 방에 보내는 거지. 해봐."
나는 자리에서 일어나 관장이 가르쳐준 대로 주먹을 뻗었다. 어깨에 힘을 빼, 주먹을 날리는 게 아니야, 재빠르게 방울토마토를 가져오는 거야, 관장의 목소리가 들려왔다. 관장이 재떨이 위에 있는 담배를 들어 한 모금을 빨고 다시 재떨이 위에 올려놓았다. 그리고 다시 권투 자세를 잡고 잽을 날렸다. 툭툭.

"링이건 세상이건 안전한 공간은 단 한 군데도 없지. 그래서 잽이 중요한 거야. 툭툭, 잽을 날려 네가 밀어낸 공간만큼만 안전해지는 거지. 거기가 싸움의 시작이야. 사람들은 독기나 오기를 품으라고 말하지. 마치 싸움을 할 때 독기를 품으면 훨씬 도움이 되는 것처럼 말하지. 하지만 실제로 그렇게 뜨거운 것들은 결코 힘이 되지 않아. 그렇게 뜨거운 것들을 들고 싸우면 다치는 건 너밖에 없어. 정작 투지는 아주 차갑고 조용한 거지. 상대방은 화가 나 있어. 네가 자기 땅에 함부로 들어왔으니까. 네가 그의 자존심에 상처를 줬으니까. 상대방은 아주 뜨거워졌지. 하지만 너는 차가워. 너는 그저 냉장고에서 방울토마토를 가져오고 있는 중이니까. 툭툭, 방울토마토 하나. 툭툭, 방울토마토 두 개, 툭툭, 방울토마토 세 개. 상대방의 얼굴이 피투성이가 되어도 여전히 방울토마토를 가볍게 가져올 수 있는 마음이 필요한 거지. 싸움은 그렇게 잔인한 거야. 어때? 너는 끝없이 잽을 날리는 인간이 될 수 있을 것 같아?"(「잽」, 25~26쪽)

이러한 가르침을 받은 이후 소년은 졸업할 때까지 권투에 몰두하지만, 이상하게도 그가 처음 관장에게 공언했던 것처럼 특정한 누군가를 향해 주먹을 날리는 장면이 소설에서 그려지지는 않는다. 자신 안에 쌓였던 분노가 완전히 가신 것은 아니었지만, 어쩌된 일인지 자신에게 부당하고도 모욕적인 징계를 가했던 선생님에게도 혹은 제 덩치만 믿고 으스대던 아이들에게도 싸움을 걸지 않고, 그저 아무 일도 없었다는 듯이 평범하게 학창 시절을 보내는 것으로 소설은 끝을 맺는다. 아니, 한 것이 없지는 않았다. 싸움 대신, 그는 학교에서 내린 징계였던 테니스장 청소를 거의 강박에 가까울 만큼 빠짐없이 해내는 길을 택한다. 분노 때문도, 오기 때문도 아니다. "그냥 그러고 싶었다"는 말처럼 그는 어느새 습관과 일상이 되어버린 청소를 마치 권투 연습을 하듯이 성실하게 할 뿐이다. 주인공은 저 통속적인 세계에 대한 증오를 피력하는 대신 마치 세속과 거리를 둔 고독한 수행자처럼, 권투 연습을 하듯 청소를 하면서 뜨거운 분노가 사라진 자리를 자신만이 거느릴 수 있는 어떤 독자적인 삶의 잠재성으로 채우기 시작한다. 그것은 그가 세상에 항복을 하거나 타협을 했기 때문이 아니라, 세계의 저 압도적인 폭력과 상투적인 불행에 맞서서 자기만의 시간을 지키는 방법을 터득했기 때문일 것이다. 그리고 이러한 형태의 성장담은 인간이 세계와 전혀 무관하게 살아간다는 의미가 아니라, 세계가 자신의 잘못을 인정하고 노출하는 순간이 오기까지 계속해서 잽을 날린다는 뜻이다. 결국 '실리카겔'이 자신의 잘못을 깨닫고 소년에게 용서를 구했듯이, 누가 뭐라 하든 아랑곳하지 않고 자신의 삶을 지켜냈던 이 소설의 주인공이 이룩한 성장담의 힘은 희미해 보이지만 결코 만만한 것이 아니다.

사정이 그러하다면 이것이 세상과 싸우는 소설이 갖추어야 할 기본적인 전략이라고 말해보는 것도 가능하지 않겠는가. "바보들은 권투가 주먹을 쓰는 거라고 생각하지. 하지만 권투는 9할이 풋워크야. 주먹은 그 황홀한 스텝 위에서 장단만 맞추는 거지." 소설도 이와 다를 바가 없을 것이다. 소설을 모르는 바보들은 소설이 세계를 향해 주먹을 내지르기 위해 애쓰는 것이라고 믿는 경향이 있다. 그들은 결국 세상에 생채기 하나 남기지 못할 분노에 찬 문장들을 한 치의 망설임 없이 어쭙잖게 내지르지만, 그럴 경우 먼저 쓰러지는 쪽은 언제나 애꿎은 데에 힘을 낭비한 소설이기 마련이다. 그러나 진짜 소설은 탄탄한 풋워크에서부터 시작을 한다. 그리고 강한 상대일수록 내가 진정으로 하고자 하는 이야기를 숨긴 채, 상대의 발에 내 흐름을 맞춘다. 그렇게 내가 몸을 움직이다보면, 언젠가 세계가 저 자신의 허점을 드러내는 순간이 오기 마련이다. 세상이 지친 기색을 보이기 시작한다면, 슬슬 자신만의 리듬으로 풋워크를 하면서 조금씩 잽을 날릴 기회를 포착해야 한다. 물론 그 순간이 왔다고 해서 섣불리 일격을 내지른다면 그때까지의 공이 모두 허사가 되기 쉽다. 그럴수록 오히려 분노와 증오를 가다듬고 냉정한 킬러처럼, 속을 감춘 채 간간이 잽을 날려야 한다. 그러다보면 결국 세계가 지쳐 휘청거리는 순간을 목격할 수 있지 않겠는가. 생각해보면 우리가 이 소설집을 읽다가 허를 찔리는 순간들은 하나같이 이 소설가가 세상을 향해 재치 있는 잽을 날리는 순간이 아니었던가. 물론 잽만으로 저 강고한 세계가 KO 될 리야 만무하다. 한마디로 결정적인 스트레이트 펀치나 어퍼컷도 필요하다는 뜻이다. 김언수 단편들에서 얼핏 드러나는 작위적인 설정이나 다소 평면적인 의미망도 어찌 보면 지나치게 잽에 의존하는 소설가의 태도의 대가처럼 보일 수도 있을 것이다. 하지만, 세상과의 싸움이야말로 본래 장기전일 수밖에 없지 않겠는가. 그러니 탄탄한 풋워크를 바탕으로 링 위에서 호흡을 가다듬고 있는 소설가의 모습을 본다면 저 싸움이 당분간은 쉽게 끝나지 않을 것 같다고 믿어도 좋을 것이다. 그렇다면 이쯤에서 다시 물어보자. 소설가가 과연 세계를 쓰러뜨릴 수 있을까. 이제는 다시, 독자가 내기를 걸 차례이다.

작가의 말

이 책에 실린 단편들은 주인공의 나이 순서대로 묶여 있다. 그러니까 첫번째 단편 「잽」에서 세상에 대해 화가 잔뜩 나 있는 소년의 나이는 열일곱이고 마지막 단편 「하구(河口)」에서 모든 걸 잃고 강을 따라 바다 입구까지 도망을 온 알코올중독자의 나이는 마흔셋이다. 기형도 식으로 말하자면 여공들의 얼굴은 희고 아름다우며, 소년은 무럭무럭 자라서 알코올중독자가 된다는 식이랄까. 하지만 나는 이 배열이 좋다. 어떤 방식으로든 우리는 모두 늙어가고 있으니까. 그리고 소년 시절에 내가 가졌던 분노는 점점 옅어져가고 있고, 좋은 햇살 아래서 졸음처럼 피식피식 웃는 날들은 더 많아졌으며, 덩달아 술병도 점점 늘어가고 있으니까.

아버지는 7년 전에 돌아가셨다. 그는 쉽게 이해하기 어려운 성격을 가지고 있었고 그 난해함만큼이나 괴팍한 사람이었다. 나는 아버지를 싫어했다. 그를 닮지 않으려고, 그와 비슷한 삶을 살지 않으려고 나는 부단히 노력했다. 한때 그는 수학선생이었고, 기계를 제작하는 발명가였고, 프로 장기기사이기도 했다. 나는 수학을 전혀 못 했고, 기계치에다, 바둑이건 장기건 소질이 없었다. 아버지의 작업실에는 선반이나 밀링머신 같은 공작기계들이 많이 있었지만 친구들이 신기해하고 부러워하는 그 기계에 나는 일절 관심이 없었다. 나는 결벽증에 가까운 그의 꼼꼼한 성격이 싫었고, 가족의 생계를 외면한 채 외곬으로 기계 제작에 골몰하는 밀실과 같은 그의 삶이 미웠다. 아주 오래전부터 나는 아버지의 삶으로부터 맹렬히 도망가기 시작했다. 그는 과묵했지만 나는 수다를 떨었고, 그는 조용한 삶을 살았지만 내 삶은 요란하기 그지없었다. 한동안 나는 아버지의 삶으로부터 성공적으로 멀어졌다고 생각했다.

몇 년 전 우리 가족은 오랜 서울 생활을 접고 고향으로 내려왔다. 짐을 정리하고 바닷가를 걷고 있는데 족히 아흔 살은 넘어 보이는 할머니가 "이게 누구고? 석이 아니냐?"며 내 팔을 꽉 붙잡았다. 할머니는 나를 아버지와 착각한 것 같았다. 나는 정중한 목소리로 아버지는 몇 년 전에 돌아가셨고 저는 그 아들이라고 할머니에게 말했다. 할머니는 내 손을 한참이나 붙잡고는 사진처럼 아버지를 꼭 빼닮았다며 눈물을 글썽였다.

그후로도 종종 나는 동네 할머니들로부터 나이가 들어갈수록 지 애비를 쪽 닮아간다는 얘기를 들었다. 누군가 말했다. 아들은 아버지를 증오하면서 아버지를 닮아간다. 하지만 이 말은 틀린 말이다. 아들이 아버지를 닮아가는 것이 아니다. 아들은 아버지 그 자체다.

아버지는 돌아가시고 아들은 마흔이 되었다. 요즘 나는 아버지가 수십 년을 걸었던 산책길을 똑같은 코스로 걷는다. 아버지에 대한 그리움 때문이 아니다. 그 산책의 방식이 내 몸에 맞기 때문이다. 나는 오른쪽에 바다를 끼고 도는 그 산길이 좋고, 가파른 오르막보다 완만하고 길고긴 오르막이 더 좋으며, 감천항에서 혈청소로 넘어가는 언덕에 잠시 멈춰 담배를 피우는 것이 좋다. 그 자리는 아비지가 수십 년 동안 멈춰 서서 먼 바다를 바라봤던 곳일 게다. 내가 산책을 하고 돌아오는 시간은 아버지의 그토록 규칙적이었던 산책 시간과 묘하게도 일치한다. 아마도 허리가 길고 다리가 짧은 우리 집안 남자들의 비극적인 신체적 특성 때문일 수도 있고, 춤을 추듯 흐느적이며 걷는 요상한 걸음 때문일 수도 있다.

시간이 지나갈수록 나는 점점 아버지와 닮아가고 있음을 느낀다. 나는 그가 왜 늘 일본식 복대를 하고 있었는지를, 허리를 지나치게 곧추 세우고 책을 읽었는지를, 그리고 그의 오래된 산책과 한쪽으로만 닮아가는 운동화의 비밀을 안다. 나는 이제 그의 허무를, 그가 가졌던 울분과 고독과 공허를, 그가 술로 보낸 시절의 촘촘한 분노를 안다. 아버지와 닮아갈수록 나는 아버지를 완벽하게 미워하게 된다. 같은 맥락에서 아버지를 닮아갈수록 나는 완벽하게 아버지를 사랑하게 된다. 내가 그토록 오랫동안 나 자신을 미워하고 또 어쩔 수 없이 사랑하기를 반복해온 것처럼, 나는 아버지를 미워하고 또 어쩔 수 없이 사랑하게 된다.

이 집요하고도 완벽한 애증은 오직 나만이 할 수 있는 것이다. 왜냐하면 나는 이 지구라는 푸른 별에서 그와 가장 유사한 유전자를 가진 인간이고, 이 슬픈 유전자를 다시 세상에 내보내야 하는 아버지의 분신이기 때문이다. 그래서 나는 이 책을 내 아버지에게 바치고 싶다. 천국에도 서점이 있다면 아마 아버지는 이 책을 보고 그 특유의 무뚝뚝한 표정으로 피식 웃을 것이다.

2013년 6월
김언수

| 수록 작품 발표 지면 |

잽_ 『문학사상』 2011년 6월호(발표 당시 제목은 '권투')

금고에 갇히다_ 『문학동네』 2010년 겨울호

단발장 스트리트_ 진주신문, 2002년

꽃을 말리는 것은, 우리가 하찮아졌기 때문이다_ 『30 Thirty』, 작가정신, 2011년

(발표 당시 제목은 '바람의 언덕')

참 쉽게 배우는 글짓기 교실_ 진주신문, 2002년

장지구의 결단_ 미발표

소파 이야기_ 『문학동네』 2012년 가을호

빌어먹을 알부민_ 웹진 문장 2012년 5월호(발표 당시 제목은 '핀란드식 습식 사우나')

하구(河口)_ 『한국문학』 2013년 여름호

문학동네 소설집
잽
ⓒ 김언수 2013

1판 1쇄 2013년 6월 15일
1판 8쇄 2023년 11월 20일

지은이 김언수

책임편집 강윤정 | 편집 김민정 | 독자모니터 행운바다
디자인 윤종윤 유현아 | 저작권 박지영 형소진 최은진 서연주 오서영
마케팅 정민호 서지화 한민아 이민경 안남영 왕지경 황승현 김혜원 김하연 김예진
브랜딩 함유지 함근아 고보미 박민재 김희숙 박다솔 조다현 정승민 배진성
제작 강신은 김동욱 이순호 | 제작처 영신사

펴낸곳 (주)문학동네 | 펴낸이 김소영
출판등록 1993년 10월 22일 제2003-000045호
주소 10881 경기도 파주시 회동길 210
전자우편 editor@munhak.com | 대표전화 031) 955-8888 | 팩스 031) 955-8855
문의전화 031) 955-3576(마케팅) 031) 955-2678(편집)
문학동네카페 http://cafe.naver.com/mhdn
인스타그램 @munhakdongne | 트위터 @munhakdongne
북클럽문학동네 http://bookclubmunhak.com

ISBN 978-89-546-2170-0 03810

www.munhak.com